牡丹社事件

マブイの行方

日本と台湾、それぞれの和解

平野久美子

集広舎

本書を琉球民遭難殺害事件と
台湾出兵において亡くなった、
すべての方々のマブイ（魂）に捧げます。

目次

序章　耳を疑ったニュース・11

第一章　和解への旅・19
旅立ちの朝……20
遭害碑の前で……22
一行は宮古島へ……25
謝罪と抱擁……28
島民たちの博愛精神……32

第二章　事件の顚末・37
琉球民遭難殺害事件とは……38
上陸後の運命……44
漢人による救出劇……49
利用された悲劇……52
台湾出兵（征台の役）……58
原住民との戦い……62

第三章 末裔の葛藤・73

遺族からの異議申し立て……74
ある末裔との出会い……80
宮古島・事件の痕跡を求めて……87
首のない仏様……90
元市長の感慨……94
もったいない石像……98
事件現場の屏東県へ……102
いきなりのハプニング……107
恒春半島を南下する……112
異国で眠る琉球人……117
先人たちの尽力……119
台湾の墓守……129
アコウの大木を探して……134
紀念公園の文言……139
クスクス社を歩く……144
価値ある面談……149

第四章 パイワン族の口伝・155
「葛藤」という名の牡丹社 156
語り部バジロクさん 161
原住民から見たあの事件 167
招かれざる客人 173
恐怖と誤解の連鎖 177
出草（首狩り）という儀式 181
殺害動機の「なぜ？」 185
台湾出兵と石門の戦い 190
少女おたいの故事 195
勇敢な兵士たちの碑 202
牡丹社の学習ブーム 206
救援者と感謝状 211
神様になった軍人 217
第五章 忘却の拠点地・225
誰も知らない 226
政商岩崎彌太郎 229

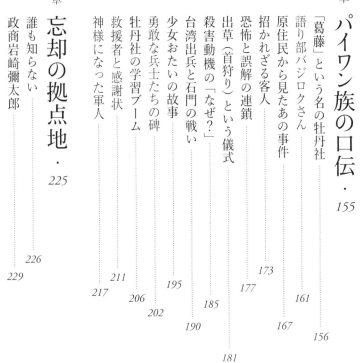

草むす石碑群　232
英字新聞が伝えたにわか景気　241
耳を疑ったニュース　248
か細い墓標　251

第六章　未来への伝言・257
よみがえる開眼式　258
和解への努力　260
沖縄の心　267
パイワン族の祈り　273
和解のゴール　278
頭職の末裔は今　281
赦す力、理解しあう力　284

終　章　マブイの行方・289
あとがき　299
【参考資料一覧】　307
【関連年表】　311

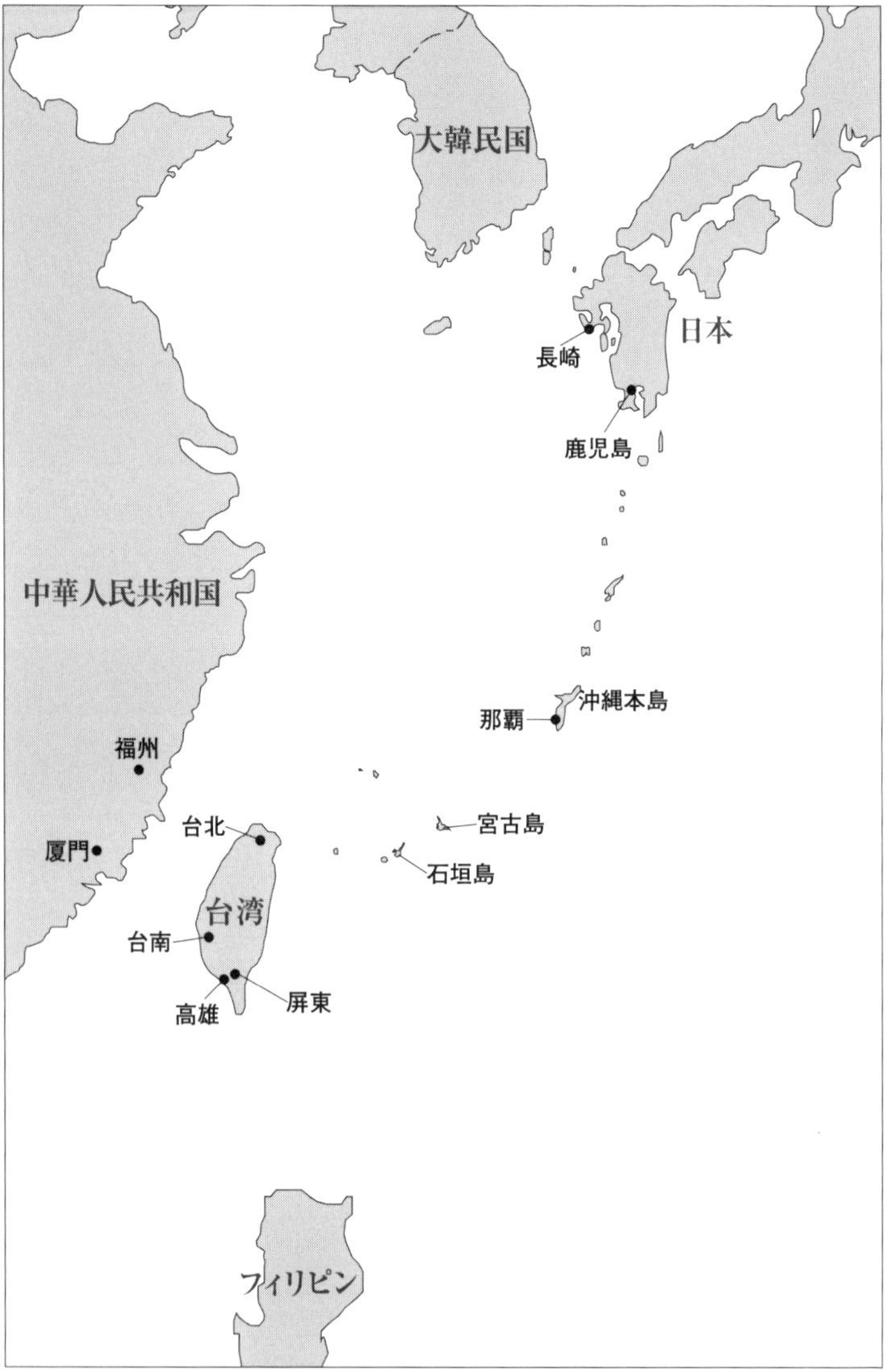
大韓民国
日本
長崎
鹿児島
中華人民共和国
沖縄本島
那覇
福州
宮古島
台北
厦門
石垣島
台湾
台南
屏東
高雄
フィリピン

序章

耳を疑ったニュース

今から十五年以上前の二〇〇五年のことだった。北部台湾の二月に特有の、極細の雨が音もなく降る肌寒い天気だった。その日は、旧正月の休みが明けて久しぶりの登校だったので、覚えている。

当時の私は、台北市にある国立台湾師範大学国語中心（外国人のための中国語学習センター）に籍を置いて、台湾の公用語である中国（普通）語を学びながら、日本統治時代の教育を受けたお年寄りからの聞き取りを、各地で行っていた。大好きな台湾でしばらく遊学をしていたのは、中国語の学習、日本語世代へのインタビューという目的のほかに、今までの仕事のやり方を変えたくもあり、異なった環境の中で、気分を一新したいという気持ちがあったように思う。

授業が終わった後、いつものように近所の食堂でゴマだれであえた芝麻乾麺《チーマーカンミエン》と野菜の炒めもの、タケノコと豚肉のスープをテイクアウトして帰路についた。台北市中心部の忠孝東路沿いに借りていたアパートは、戦後中国大陸各地から台湾へ敗走してきた「外省人《がいしょうじん》」の、それも蔣介石率いる国民党軍人のために造られたものだけあって、一等地に贅沢な敷地を持ち、小さな公園ほどの散策路が設けられていた。入居当初は、日本人の私に冷ややかな視線を投げていたお年寄りたちも、しばらくすると世話好きの好々爺《こうこうや》と化した。

玄関ホールの応接セットにいつもたむろしている彼らに挨拶をして通り過ぎようとすると、「学習はかどっているか？」とか「ご飯はもう食べたか？」とか、必ず誰かが声をかけてくれた。でも、早くエレベーターが来ますように……と内心思ったときもあった。いったん抗日戦争の体験談が始まると、彼らは厳しい表情に変わり、なかなか離してくれなかったからだ。

部屋へ戻って、その日もすぐにエアコンとテレビのスイッチを入れた。すると、女性リポーターの甲高い声が部屋に響き渡った。画面に出てくる血なまぐさい言葉を追ううちに、「あれ、どこかで聞いた事件だな」と記憶をまさぐる。


やっぱりそうだった。

それは、一八七一（明治四）年に、台湾に漂着した宮古島船の乗組員六十六名が原住民の村に迷い込み、言葉が通じなかったことから誤解が生じて、五十四名が殺害されたうえに首を狩られたいたましい事件だ。当時の日本では噂に尾ひれがついて、台湾で起きた人食い事件として伝えられたということを、遠い昔に訪れた沖縄で聞いたことがあった。それにしても、なぜ今頃テレビで取り上げているんだろう？　もう百年以上前のことなのに。

そんな私の疑問にはおかまいなしに、琉球の人々が首を狩られた現場の近くから、リポーターが説明を続ける。

「この事件を政治利用した日本政府は、三年後に台湾へ攻め入って牡丹社事件を起こしました」

耳を疑うようなコメントが出たのはその後だった。

「事件の発端になった殺害事件の、加害者にあたるパイワン族の遺族と関係者たち二十余人が、近く沖縄県を訪問して犠牲者の遺族に会い、直接謝罪を行って和解の式典を執り行うことになりました」

画面に登場した参加者代表が、イベントの準備はほぼ整ったと語っている。

遺族といってもすでに四代目、五代目にあたる人々だろうに。現代に生きる末裔《まつえい》たちに、被害者、加害者の自覚がどの程度あるものだろうか？　日本の研究者らによって明治政府が行った台湾出兵に対する謝罪も行われるそうだが、そんなドラマのような美談が成り立つのだろうか？

気がつけば、ビニール袋に入れて持ち帰った昼食はうっすらと白い脂が浮かび、すっかり冷めてしまっていた。


それから四カ月後の二〇〇五年六月、再び台湾の新聞やテレビの報道で、一行が和解の旅へ出かけたことを知った。びっくり仰天のドラマのようなイベントが実現したのである。宮古島の市長が、パイワン族の少女をしっかと抱きしめる映像は、過去のわだかまりを超え、新しい関係のもとに台湾と日本がひとつになる象徴のようで、思わず胸が熱くなった。互いを許しあうために、関係者はどれほど大きな勇気を持って、心の葛藤を乗り越えてきたのだろう。

台湾から帰国した私は、明治の初めに起きた事件の末裔同士が実現させた和解イベントを、興奮気味に周囲に語り聞かせた。ところが、友人たちはきょとんとした顔をしている。

「日本でそんなニュース、報道したっけ？」と口々に言う。

「台湾の霧社《むしゃ》事件は聞いたことあるけれど、牡丹社事件は知らないなあ」とも言われた。

あとでわかったのだが、在京の新聞社やテレビ局は、日台の和解イベントをほとんど取り上げていなかった。詳報したのは沖縄県のメディアだけだった。

日本でも台湾でも「牡丹社事件」と呼んでいる一連の事件は、一八七一（明治四）年に起きた琉球民遭難殺害事件と、陸軍中将の西郷従道《つぐみち》（一八四三―一九〇二）が大軍を率いて一八七四（明治七）年に台湾へ出兵した「征台の役」をさす。本来、このふたつの事件はまったく関係のないものだったが、第二章で述べるように、明治政府が琉球民遭難殺害事件を口実にして台湾へ出兵したことから、このふたつをひとくくりにして語られるようになってしまった。

「牡丹社事件」と命名されたのは、発生場所がどちらも台湾南部の牡丹社（現在の屏東県牡丹郷）だったためである。「社」という呼び名は、清朝が台湾を支配している時代から原住民のコミュニティー（集落）をさし、漢人が多く住むコミュニティーは「庄」と呼びならわした。日本統治時代にもこの区別が引き継がれ、「牡丹社」という名前が定着して今にいたっている。

二〇〇五年の和解の旅を知ってから、琉球民遭難殺害事件に興味を持った私は、現場になった南部の屏東県に行くたびに、少しずつ資料や情報を集めるよう心がけた。宮古島船に乗っていた人々が漂着した東南の海岸線や、彼らが迷い込んだクスクス（高士仏）社の現在の集落や、彼らが殺害された双渓口の付近、この事件をきっかけにして西郷従道ら日本軍が台湾へ上陸した地点、台湾に出兵した日本軍と原住民の戦闘があった古戦場などを、自分の目で確かめに出かけた。また、犠牲者の故郷である沖縄県宮古島や「台湾遭害者之墓」が立つ那覇市、台湾出兵の拠点地となった長崎市を訪ね、それぞれの場所に堆積している記憶をさぐり、記念碑や慰霊碑に参拝しながら、関係者の話を聞いてまわった。

すると、近代日本とアジアとの関わりにおいて重要な意味を持つ牡丹社事件が、台湾と日本でこれほどまで認識の差があるのかと愕然《がくぜん》とした。台湾では、中学一年生から習う台湾の歴史の時間に取り上げているが、日本ではあまり詳しく教えられていない。〝御維新〟からすでに百五十年が経ち、なにかと明治という時代へのノスタルジーや、近代日本のかたちを創った人たちがもてはやされる風潮の中で、忘れてはいけない出来事のひとつが、忘れ去られている。二〇一九年は台湾出兵から百四十五年という節目の年だったけれど、ほとんどの日本人がそのことをもはや思い出せない。

もうひとつ心外だったのは、台湾出兵、すなわち「征台の役」に政治利用されてしまった琉球民遭難殺害事件なのに、被害者となった漂着民と加害者であると同時に征台の役では被害者になった原住民（パイワン族）の証言や、双方の口伝や遺族のその後の物語も、ほとんど取り上げられず歳月が経ってしまっている。事件が風化することなく、今も台湾と日本双方の人々の心をざわつかせ、生き続けているというのに……。

その意味でも、日台双方の末裔たちが二〇〇五年に直接面会し、和解に向けて一歩を歩み出したことは大いに評価できる。

百五十年近い昔の事件の末裔たちが、いったい、どのような気持ちで先祖が関わった事件の和解に臨むのだろうか？　このニュースを知ったとき、とても興味が湧いた。そして、関係者の方々の話を時間をかけて聞くうちに、互いの文化と歴史を理解しようと日々努力を重ねておられる姿に、感銘を受けた。そのことを伝えたい、現代から眺めた事件の当事者の、魂のありようをご紹介したいと思い、執筆を始めた。

どんな事件でも被害者と加害者がいる限り、和解への道のりは険しく遠いが、その一歩を踏み出さなければ何も始まらない。辛抱強く対話を重ね、理解しあう地道な努力を続けることが、犠牲者の霊魂（マブイ、琉球語）を供養することにつながるのではないだろうか。

「過去は、古井戸のように深い」という意味の言葉が旧約聖書にあるそうだが、過去、すなわち歴史は古井戸のようなものかもしれない。すでに人々から忘れ去られている古井戸でも、のぞき込むと、深い地下からこんこんと水が湧き上がっている。私たちは勇気を持って、古井戸の深い水底をのぞかなくてはならない。その水脈は、過去と現在をつなげているから。私たちは、一人一人が過去を背負いながら現在を生きる〝歴史の子〟であることを忘れてはならない。

本書は、ドラマのような和解劇が持ち上がった二〇〇五年から始まる。

第一章

和解への旅

旅立ちの朝

それでは、二〇〇五年に沖縄県で行われた牡丹社事件のイベントを、屏東県牡丹郷の役場にあたる郷公所が作成した『牡丹社事件　愛與和平　世紀大和解　沖縄訪問団成果報告書』に沿って、誌上で再現してみよう。

六月十四日。台湾屏東県牡丹郷の郷公所は、まだ夜明け前だというのにこうこうと電気がともり、職員があわただしげに出入りしていた。

牡丹郷一帯は人口が約四七〇〇人、中央山脈の南に位置する霊峰大武山系に抱かれた自然豊かなコミュニティーで、住民の大半がパイワン族だ。彼らは、十六に分けられる台湾原住民の部族のひとつで、アミ族に次いで人口が多く全島で九万人ほど。そのほとんどは屏東県の三地門郷、瑪《ま》家《か》郷、泰武郷、来義郷、春日郷、獅子郷、牡丹郷と台東県の一部で暮らしている。

山からの霊気が夜の闇に溶けて、群青色の神秘的なベールがあたりを包んでいる中を、赤や緑や黄色の刺繍が美しい上着をまとった人々が急ぎ足で、まるで熱帯魚の群れのように役場へ向かってくる。午前三時半になったところで、旅支度の一行はこれから始まるイベントへ向けての期待と一抹の不安をにじませながら迎えのバスに乗り込んだ。まず屏東市にある飛行場（二〇一一年に廃港）へと向かい、そこから国際線に乗り換えるために桃園国際空港へ飛び、台北から参加する研究者らと合流した。

六時四十分、定刻通り中華航空の那覇行きは桃園国際空港を離陸した。

那覇国際空港に到着したのは十一時三十分。おそろいの、カラフルなパイワン族の衣装をまとった人々は、空港の乗降客から大いに注目されたことだろう。この一団こそが、牡丹郷長の林傑西《リンヂェシー》さんを団長とする二十一名の「愛と和平・和解の旅」の参加者だった。中には、直接事件に関係したクスクス社、牡丹社の五代目の末裔、台湾の学者、小学生の児童二名も含まれていた。


実は今回の旅が実現する前の年の、二〇〇四年十一月に、屏東県で行われた「牡丹社事件百三十年・歴史と国際学術検討会」の席上、会の学術招集人を務めた又吉盛清《せいきよ》沖縄大学客員教授が原住民側に事件の謝罪をした。すると、パイワン族の林傑西牡丹郷長からも、琉球の被害者遺族に謝罪をしたいとの声が上がった。

両者のこの発言は〝台日大和解〟として、当時、地元のメディアが大きく取り上げて報道をした。そうした流れをくんで、日台の被害者と加害者の遺族が沖縄県で直接会い、民族間の憎悪の連鎖を断ち切ろうとする和解の旅の計画が、一気に実現した。この愛と平和をテーマにしたイベントは、第二次世界大戦終結六十年記念行事の一環として、台湾ではもちろんのこと、沖縄県でも好意的に報じられた。しかし、在京のテレビ局や新聞社は取り上げたとしても小さな扱いだった。このことはすでに書いたとおりだ。

それでは、和解の旅を日程順に追ってみよう。

第一日目（二〇〇五年六月十四日）

十一時三十分、那覇空港着。中琉文化経済協会の歓迎を受ける。その後一行は沖縄市にある東南植物園と全長五十キロメートルの壮大な鍾乳洞で知られる玉泉洞を見学した。

第二日目（六月十五日）

朝、ホテルにてブリーフィング。改めて今回の旅の目的と意義を全員で確認後、沖縄県の歴史や宮古島についての説明を受ける。その後、沖縄県議会議員や中琉文化経済協会を表敬訪問して協会主催の午餐に参加した。

午後は沖縄と台湾の各メディアの取材に対応。十四時から那覇市波の上の護国寺境内にある「台湾遭害者之墓」に参拝し、碑文の説明などを受ける。十五時からは首里城を見学した。

遭害碑の前で

第三日目（六月十六日）

朝から沖縄県庁を訪れ、観光交流担当職員や琉中親善沖縄議会議員連盟のメンバーとの懇談に臨む。午後は「台湾遭害者之墓」に詣で、慰霊祭に参加。

その後、糸満市摩文仁《まぶに》の丘にある平和祈念公園を訪れ、沖縄戦で亡くなったすべての人を記した「平和の礎《いしじ》」や、平和祈念像などを見学、参拝した。

ここで和解の旅のメインイベントだった墓前慰霊祭が行われた「台湾遭害者之墓」について、簡単に説明をしておく。

台湾から撤兵する際に西郷従道が持ち帰った琉球民四十四名の頭骨を納めた「台湾遭害者之墓」は、護国寺の掃き清められた境内の本堂脇に立っている。

那覇の国際通りから波の上ビーチへ向かって十分ほど歩いたところに寺はあり、途中には太平洋戦争中に、疎開児童を乗せたまま米軍に撃沈された対馬丸記念館や、沖縄芝居発祥の碑などがあって、歴史がしのばれる。

護国寺は、もともと十四世紀に薩摩藩からやってきた僧が建立したと言われ、沖縄で最も古い真言宗のお寺として知られている。朱色の琉球瓦の本堂は、おごそかな中にもおおらかな雰囲気を醸し出している。

被害者の遺骨（頭骨）は、一八七五（明治八）年に那覇市若狭町上之毛《ういぬもう》という場所に合葬されたのだが、一八九八（明治三十一）年になって、官選知事の四代目にあたる奈良原繁（在任期間一八九二—一九〇五）が、墓を波の上の護国寺に移し、墓碑銘を建立して整備をした。正面に「台湾遭害者之墓」と彫られた石碑は、すでに暗褐色に変色して、白い斑点が全体に浮かんでいる。

現在の場所に移ったのは一九八〇（昭和五十五）年、本土復帰後の公選知事三代目にあたる西銘順治（在任期間一九七八—一九九〇）の時代だった。このとき、被害に遭った全員の名前を彫った台座を新しく加え、開眼法要を行った。

さて、遠路はるばるやってきた台湾からの訪問団を、墓前で迎えたのは沖縄側の被害者の末裔らと沖縄台湾親善協会の面々、和解劇の世話人を務めた日本側の研究者たちだ。墓前祭は、台湾側を代表して、牡丹社の遺族代表の白勇務《パイヨンウ》さんが墓にお酒をふりかけ、亡くなった方々の霊を供養することから始まり、続いて、次のように挨拶をした。

「先祖の犯した間違いを償うために、私たちは決して遠くないこの地に参拝にやってまいりました。原住民の心からの誠意を示すだけでなく、被害者ご遺族がいたましい過去を忘れて希望を持つことを願います。今日からは、ともに未来へ向かい、歩んでいきましょう」

挨拶が終わると、牡丹社とクスクス社、沖縄の遺族代表の計三人は、固い握手を交わし、互いの辛い過去をいたわるように肩を抱きあった。怨念やわだかまりを捨て、未来志向の友好をともに目指そうと誓いあったのである。この瞬間、多くの参列者は目がしらを押さえ、微笑みを交わしあった。遭害者の墓の前では、参列者の焼香がしばらく続く。

その後、台北から参加した楊孟哲《ヤンモンヂェア》教授が奉納文を読み上げ、墓前祭はとどこおりなく終わった。式後、双方の関係者は、いつまでも墓前から立ち去ろうとせず、肩を抱きあいながら、ともに犠牲者の冥福を祈っていた。

式後に、沖縄と台湾双方のメディアのインタビューを受けたのは、宮古島船の頭職《かしら》（郡長に相当）仲宗根玄安の末裔にあたる、大分市在住の仲宗根玄治さんだった。

「台湾の皆さんのこのたびの訪問に、非常に感動しております。風俗や文化の違いから起こった不幸な事件であったと、私たちも理解しております」

彼は万感の思いを絞り出すように、そう答えた。そのインタビューを通訳から聞いた台湾の一行は深く感動して、仲宗根さんに感謝の気持ちを表した。

ここへ至るまでになんと長い歳月が流れたことだろう。遺族の方々は大きな葛藤を乗り越え、途方もない勇気を持って面会したと、敬服する。

一行は宮古島へ

第四日目（六月十七日）

一行は今回の旅の重要な訪問地、宮古島へと向かった。この日はあいにく天気が悪く、九時半発の飛行機は三時間近く遅れて、那覇空港を離陸した。

沖縄本島から二百八十キロメートル。宮古島群島が浮かぶ海原は、〝宮古島ブルー〟と賞賛されるとおり、コバルトブルー、エメラルドグリーン、ベビーブルーと、濃淡のグラデーションがついている。宮古島を中心にして水滴が散ったように来間島、下地島、伊良部島、池間島、大神島の小さな島が点在し、水納《みんな》島と多良間島が西の方角に浮かんでいる。しかしこの日は雨もようだったので、紺碧《こんぺき》の空にふわふわと浮かぶ白い雲と眼下の宮古島ブルーの美しさを、一行は堪能できなかった。

島の地形はどこも起伏が少なく、宮古島の最高峰野原《のばる》岳の海抜は百九メートルしかない。琉球王国時代は、「密牙古」とも「麻姑山」とも「大平山」とも呼ばれ、沖縄本島とも八重山諸島とも違う、独自の文化、風習、言葉を育んできた。だから、宮古の人々は自分たちを「マークンチュ」と言い、「ウチナーンチュ」（本島人）とは区別している。

宮古島へ到着した一行は、まず平良《ひらら》市博物館を見学した。

訪問団は、事件が起こった時代の島民の厳しい生活ぶりを知っただろうし、ひいては琉球王府と薩摩藩や清朝との、複雑な朝貢関係に思いをはせたに違いない。

薩摩藩の支配下にあった琉球王府時代、宮古島群島、八重山諸島には過酷な人頭税の制度があった。人頭税というのは納税の能力があるなしにかかわらず、その土地に住んでいるだけで課税される。そのため悪名高いのだが、為政者にとっては効率的な税制として洋の東西を問わず、昔から実施されていた。宮古島や八重山の人頭税は、一六三七（寛永十四）年から続いていた。

人頭税の徴収法は、村を上、中、下の三段階に、住民を年齢によって上、中、下、下下の四段階に分けて課税していく。男は穀物、女は貢納布。宮古島や八重山の女性たちが織り上げる上布は、苧麻《ちょま》という植物の繊維を砧《きぬた》でたたいて糸を作り、植物染料で染め上げる大変手のかかるものだ。中でも、極細の糸で織らなければならない最高の上布は、織り手が村に一人か二人というほどで、女性たちは小さい頃から訓練を受け、ただ、ひたすら納税のために働いた。現在も宮古島が誇る宮古上布は、こうした辛く哀しい貢納布の伝統を引き継いだ命の工芸品なのである。

平良市の市立図書館で琉球王府時代の資料を調べたところ、織り手のいる民家に、担当の役人が一カ月に三度も訪れ、品質、色味、図柄を点検し、厳しく出来具合を指導して回ったとある。取り立てはきわめて厳しく、少しでも滞納すると、村の番所に連れて行かれ、両脚を丸太に挟んで締め付ける拷問にかけられた。島民は人頭税のために、家族の生活や自分の命すら犠牲にして一年中働いたのだった。

宮古島、八重山諸島から、過酷な税制によって集められた品物は、那覇から薩摩藩や中国へと送られた。上布が織り上がるのはちょうど春の頃。そこで、ほかの物納品とともに積み込んで那覇の港をめざす貢納船を春立船《はるだちせん》と呼んだ。宮古島の人々が台湾で遭難したのは、こうした年貢を王府へ届けに行った、その帰路のことだった。

一八七九（明治十二）年に琉球併合がなされ沖縄県となってからも、明治政府は人頭税を廃止しようとしなかった。それに対し、宮古島の農民代表らが議会へ請願する運動を忍耐強く繰り広げ、また、世論もそれを後押ししたため、二百六十余年続いた人頭税はついに終焉を迎える。一九〇三（明治三十六）年の国税徴収法の改正にともない、完全に廃止された。

ところで、現在も平良港そばの道路沿いには「人頭石」が残っている。この石と同じ背丈になれば納税者と見なされたとガイドブックなどに書いてあるが、最近の調査では、人頭税の寸尺石ではなかったという見解が出ている。あまりにも過酷な課税だったため、決して忘れぬよう、歴史の中で語り伝えようという島民の意思の象徴としてこの石がある、と思ったほうがよい。

謝罪と抱擁

第四日目の六月十七日。一行は十六時に平良市庁舎を表敬訪問した。

一行を出迎えた伊志嶺《いしみね》亮《あきら》市長が、はるばる台湾からやってきたパイワン族の少女をしっかと抱きしめる映像や写真は、沖縄県と台湾のテレビや新聞が大きく報道し、人々に感動を呼んだ。

和解式の席上、台湾からの訪問団は、言葉と文化の違いから生じたとはいえ、百年以上前の先祖による殺害を宮古島の遺族に謝罪、未来志向の友好を築きたいと提案した。それに呼応するかのように、日本の遺族たちからは来日の感謝と和解の賛意が表され、日本側の研究者たちからは、その三年後に起きた台湾出兵と、戦闘殺傷行為に対する謝罪がなされた。

席上、伊志嶺市長は以下のような挨拶をした。

「皆様のご来島を心からお待ちしていました。今回のご訪問を、我々が相互に理解しあえる貴重

「愛と和平・和解の旅」に参加した台湾のメンバーと宮古島遺族の末裔。
前列中央が伊志嶺市長と林牡丹郷長（写真提供=宮古毎日新聞社）

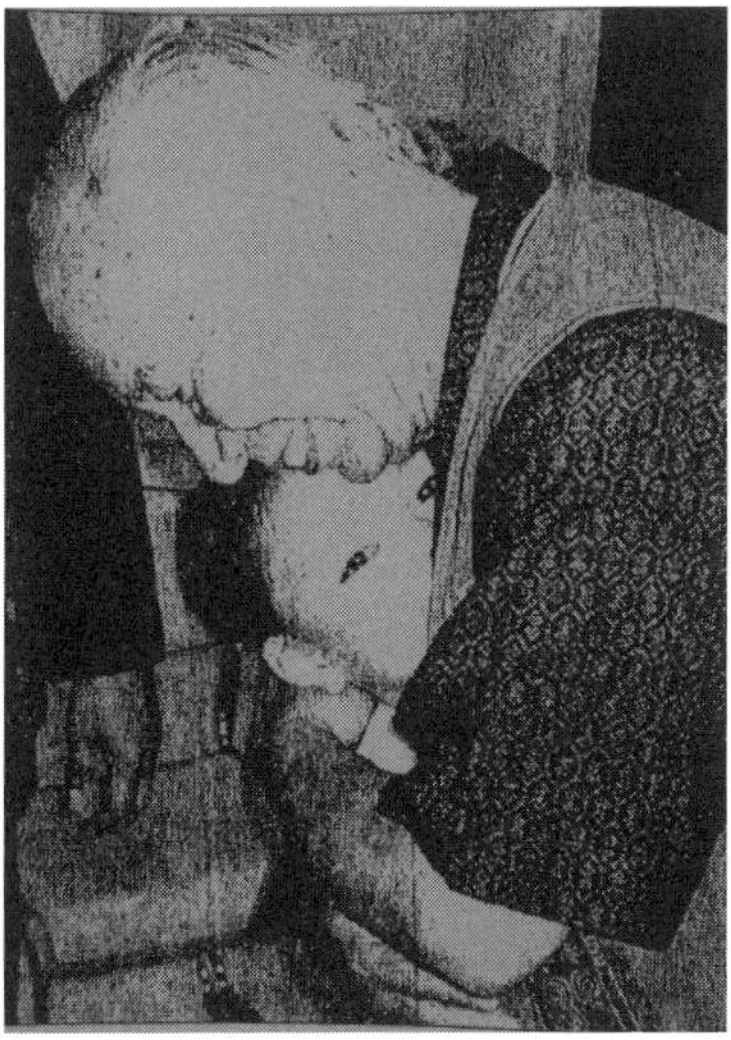

パイワン族の少女をやさしく抱きしめる
平良市の伊志嶺亮市長

パイワン族の子孫らが墓参

仲宗根さん（遺族代表）も参列

【那覇支局】一八七一（明治四）年宮古島の島民ら六十六人が台湾南部に漂着し五十四人が先住民のパイワン族に殺害された「牡丹社事件」の和解と沖・台交流促進のため来沖している林傑西・屏東県牡丹郷長ら訪問団一行は十六日、遺骨が眠る那覇市波之上の護国寺の墓を参拝した。墓参には仲宗根豊見親十七代目子孫の仲宗根玄治さん（大分県在住）も遺族代表として参列し、今後の交流を誓った。一行はきょう十七日、宮古島に渡り、遺族らとの交流会に出席する。

訪問団は牡丹郷の代表や学識経験者、役人ら約二十人。

団長の林さんは「百三十年前に不幸が起こった。誠心誠意、理解を得て、交流を深めたい」とあいさつした。

仲宗根さんは「和解は感無量。」……が不幸を生んだ。これからは理解し合い仲良く付き合っていきたい」と話した。

和解の橋渡し役となった沖縄大学の又吉盛清教授は「勇気を振り絞って来られた皆さんに感動している」と述べた。

あいさつ後、林さんや仲宗根さん、牡丹郷の代表らが墓前で握手を交わした。

又吉教授によれば、殺害された五十四人の出身は平良市三十二人、伊良部町四人、下地町、上野村各三人、城辺町一人、那覇市九人、西原町、今帰仁村各一人。護国寺の墓は一八九九年に造られ……

林さんや仲宗根さん、牡丹郷の子孫たちが墓前で拝礼した＝16日、那覇市波之上の護国寺

牡丹社事件「和解」へ来沖

沖縄県の松本真一観光交流統括監（左）に工芸品を贈る台湾先住民＝16日午前、沖縄県庁

那覇の護国寺で、揃って被害者を供養する
（『宮古毎日新聞』2005年6月17日付
写真提供=宮古毎日新聞社）

な機会ととらえ、今後さらなる交流を増やしたいというのが、私の期待するところであります。過去に遺憾な事件があったとはいえ、私たちは過去の記憶を教訓とし、ともに未来に向かいあい、宮古島と牡丹郷をさらなる友好で結びましょう。ご一行の皆様、ご苦労様でした」

それに応えて牡丹郷の林傑西郷長は、平良市の関係者への感謝の気持ちをまず述べ、宮古島が実は一番緊張する訪問地だったが、皆様に熱烈歓迎されて心より嬉しく感動していること、和解の旅の目的をほぼ達成できたと謝辞を述べた。

また、伊志嶺市長は、内外のメディアのインタビューに応じて、「一八七一年には宮古島島民は被害者だったが、三年後にこんどは牡丹社が日本に襲撃されたので、牡丹社が被害者となった。しかし時代はすでに代わり、今、ここで五代目、六代目の遺族同士が交流している。辛い過去は清算し、今後は、一人一人が交流に努めていくようしたい」とコメントしている。

訪問団は、平良市主催の歓迎の宴に臨み、宮古島の民謡と島の料理で温かなもてなしを受け、なごやかな雰囲気のうちに第四日目が終わった。

第五日目（六月十八日）

午前中は、平良市で「牡丹社事件・愛と和平の世紀大和解」座談会が催された。

まず伊志嶺市長と林郷長の挨拶があり、宮古島在住遺族の紹介が済んだところで、意見交換を兼ねた二時間を超える討論が行われた。クスクス社の遺族代表として参加したマバリウ・バジロク（中国語名は華阿財）さんが、先祖の行為を謝罪、それからパイワン族の観点から事件の経過と牡丹社事件後の村の変化などを説明、謝罪がこれほど遅れてしまったことについても改めて遺族に詫びた。次に、双方の遺族たちがそれぞれ胸の内を述べ、意見交換をした。

宮古島の遺族からは「なぜ先祖が問答無用に殺されねばならなかったのか」という厳しい意見も出て、通訳者が言葉に詰まる場面もあった。互いの胸の内を存分に理解するには時間も足りなかったろうが、被害者側の疑問や消えぬ心痛にも加害者の末裔が心を寄せ、その声を謙虚に聞いたことは、和解に向けて大きな一歩を踏み出した証拠だ。互いの哀しみを共有できたことは意義深い。

最後に、加害者の遺族たちから被害者の遺族たちにパイワン族の衣装や粟酒《あわ》など土産品が贈呈され、座談会は終了した。


討論会で和解イベントをしめくくった一行は、昼食後に市立下地中学校を訪問した。この中学校は台湾の姉妹校と、生徒たち同士の交換ホームステイや、宮古島で行われる国際トライアスロン競技会の際に台湾選手の接待などを続け、台湾との友好交流を活発に続けている。台湾から宮古島に嫁いできた女性がＰＴＡに、学校行事の一環として国際交流を提唱。彼女が奮闘して市民レベルの交流に広げたという。

一行は、台湾からの賓客が来校するたびに植樹をする〝台湾の森〟と呼ばれる校内の一画も見学。さらに記念の石碑を贈ることを決めた。

学校訪問を終えた一行は、十五時十五分発の那覇行きの飛行機に搭乗。十九時五十五分に那覇空港から桃園空港経由で帰途についた。

屛東県牡丹郷の郷公所の前にたどり着いて解散式を行ったのは、出発のとき同様に深い群青色のしじまの中だった。時計は、六月十九日の午前二時十分をさしていた。久しぶりに山からの霊気を胸いっぱい吸い込んだ人々は、大役を果たして帰郷したことを実感した。

四泊五日に及ぶ和解の旅は今までにない試みであり、参加者にとっては大きな挑戦だった。百三十年の時空を超えて互いをいたわりあい、新しい関係を築こうと誓いあった貴重な一歩が、こうして印された。

島民たちの博愛精神

ところで、宮古島の平良港のそばに立つ「ドイツ皇帝博愛記念碑」をご存じだろうか？

観光案内所のある通りを港のほうへ向かって坂を下り、最初の十字路を過ぎた路地を左に入ったところに立っている。建立当時は、その場所から海を見渡せたそうだが、今では周囲に民家が集まり、潮風すらあまり感じられない。堂々たる記念碑も風化が進んで黒ずみ、碑文も判読が難しくなっている。

記念碑の脇にある説明看板にあるように、島の南部にあたる宮国沖で、一八七三（明治六）年七月十一日に座礁難破したドイツのスクーナー型帆船ロベルトソン号の乗組員を、嵐の中から救出した宮古島島民の勇気と博愛精神をたたえた顕彰碑なのだ。台湾で五十四名が犠牲になった事件の翌々年に起きた救出劇だった。

ロベルトソン号の難破は、宮古島の住民にとっては、数ある外国船難破事件のひとつにすぎなかった。その日は数日前からの台風がまだ収まらず、高波が強風をまいて岸辺に押し寄せていた。海岸の見回りにやってきた宮古島の役人が、海岸から一キロメートル以上も離れた珊瑚礁に乗り上げて傾いているロベルトソン号を発見する。しかし、強風が収まらず救助にとても行かれない。そこで、島の役人と村人たちは一晩中、海岸にかがり火を燃やし続けて乗組員たちを励ました。その間、村の在番所が緊急の救助センターとなって医師や警護の役人を集め、いつでも救助にあたれる態勢を整えた。

翌日、高波が収まる気配もない中、島民たちは小さな舟（サバニ）を出して沈みかかっている難破船から生き残りの八名（ドイツ人六名、中国人二名）を救助。宿泊所に指定された民家にひきとり、三十四日間にわたって手厚く介抱を続けた。人頭税に苦しめられ、自分たちの毎日の生活もままならぬというのに遭難者に食べ物を分け与え、重症者のために薬を探し回り、彼らの命を助けたのだ。それればかりではない。船が座礁したとき、高波によってロベルトソン号が中国福州から積み込んできた紅茶などの商品は、点々と海岸線にそって散乱してしまったが、その積み荷をできる限り回収し、出発まで大切に保管をしたのである。また、記録によれば、ロベルトソン号の船内で飼われていた羊や猫まで救出したとある。

約一カ月後、宮古島の役人は首里の琉球王府にドイツ人を祖国に帰還させるために、船を出すよう那覇詣でを繰り返して要請したが、待てど暮らせど返事は来なかった。というのも、琉球王府を支配下に置いていた薩摩藩は、宝永元（一七〇四）年以来、琉球に漂着した外国人の送還手続きを定めた条例を作り、琉球王府はそれに基づいて異国船の処理を行うよう求められ、非常に時間のかかる規則で縛られていた。

そこで彼らは驚くべき決断をする。港でたまたま預かっていた琉球王府の船を、許可なしに出港させて福州まで彼らを送り届けたのである。しかも、羅針盤や航海に十分な食料と薪と水を与えて……。

宮古島の役人たちは、何よりも人道的な援助を優先させた。琉球王府だけでなく、その監視役である薩摩藩の掟を飛び越えて、博愛精神をもとに離れ技をやってのけた。一日も早い帰還を願うドイツ人たちは、どれほど喜んだことだろうか。

八月十七日。いよいよ出港の日となった。港には宮古島の人々が大勢集まって八人を見送った。さらに、船が無事に珊瑚礁を抜けて安全な外海へ出られるように、ベテランの漁師たちが船を出して先導役まで務めた。ロベルトソン号の生存者たちは、島の人々の親切に、涙を流しながら帰国の途についたという。

島民の手厚いもてなしと船を手配してくれた決断に感激したロベルトソン号の船長は、無事に帰国を果たすとさっそく宮古島での体験をつづり、新聞に投稿した。それがドイツ皇帝ウィルヘルム一世の知るところとなり、皇帝は、一八七六（明治九）年三月に石材を載せた軍艦を宮古島に派遣。この地に石碑を建立して島民に賛辞を送ったのだった。

一九九六年には、遭難場所にほど近い上野村に、ロベルトソン号救助の様子からドイツの文化や歴史の紹介までを展示した「うえのドイツ文化村」がオープンした。二〇〇〇年の沖縄サミットのため来日したドイツのシュレーダー首相は、この記念館をわざわざ訪問している。

台湾からの一行もドイツ皇帝博愛記念碑か「ドイツ文化村」を見学すれば、宮古島の人々の心をさらに理解できたのではないだろうか。日程が詰まっていたとはいえ、少し残念な気がする。

第二章

事件の顚末

琉球民遭難殺害事件とは

二〇〇五年に行われた和解は、台湾東南部で起きた琉球民遭難殺害事件の被害者と加害者の末裔同士が直接対面して和解を試み、合わせて台湾出兵で被害に遭った原住民に対して日本側の研究者が謝罪をし、未来志向の友好と平和を誓いあったセレモニーだった。

感動的なこのニュースが、台湾と沖縄県以外であまり報道されなかったのは、事件そのものの認知度が低かったせいもある。

牡丹社事件は、明治維新によって再スタートをきったばかりの日本が、欧米列強や清国とどのように向きあったのか、どのように琉球王国を併合して沖縄県を誕生させたのか、明治の為政者たちはどんな国家を創り上げようとしていたのか、それらを知るうえで象徴的な出来事だ。それなのに学校の歴史の授業では時間をかけて取り上げない。

そこで第二章では、牡丹社事件とひとくくりにして呼ばれるふたつの出来事、つまり、「琉球民遭難殺害事件」と三年後の「台湾出兵＝征台の役」を、それぞれ説明してみたい。すると、事件に関わった人々の像が浮かんでくる。

琉球民遭難殺害事件が起きたのは、明治維新からわずか三年後の、一八七一（明治四）年十一月だった。この年の七月には、廃藩置県によって江戸時代からの藩はすべて廃止され、明治政府の断行する行政改革にともなって、江戸幕府の支配下にあった全国の藩主は、知事や県知事に変わった。

しかし、琉球は他の藩とは事情が違った。代々の琉球王は、中国の皇帝と冊封《さくほう》関係をもって朝貢をしてきた歴史があり、琉球王府は五百年も続く体制を維持していたからだ。そこで、明治政府は一計を案じた。清国と冊封関係にある琉球王を、日本の朝廷、つまり天皇との冊封関係に置き換えるというかたちをとって、明治天皇が琉球国王を新たに琉球藩王として冊封し、そのうえで琉球藩を設置したのだ。いちおう鹿児島県（もとの薩摩藩と大隅国）の管轄下に置くものの、一八七九（明治十二）年の琉球併合までは、明治政府からの内政干渉はそれほど行われなかった。

当時の琉球では、元号ひとつとっても中国と同じ暦を使って暮らしていたから、王府は、日本よりは中国への親和性のほうが高かっただろう。

琉球藩となった後も、王族や士族たちは独自のアイデンティティーを維持するべく、水面下で中国と交渉をして王府の存続を画策していた。一方、農民たちは三重の収奪（地元の役人、琉球王府、薩摩藩）にすっかり疲弊して、貧困にあえいでいた。そのため、新しい為政者にかすかな希望を託し、少しでも世直しをしてくれることを願っていた。

御一新のかけ声の下に始まった変革の中で、こうした琉球の特殊な国情がクローズアップされてきたのは、近代国家に生まれ変わろうとする日本が、それまでの中華文化中心の華夷の秩序から脱して、欧米流の万国公法（国際法）にのっとって国土や国境の整備に着手し始めたからだ。というのも、当時の日本は、欧米諸国の植民地にされてしまうか、それとも独立を維持して国民国家を建設していくかの、まさに岐路に立たされていた。

その舵取りをしたのが、参議でありのちに内務卿（内務省のトップ。実質、現在の総理大臣）になった大久保利通（一八三〇―一八七八）だ。彼は道半ばで暗殺されてしまったが、近代国家の骨組みを作ろうとした野心的な政治家だった。

大久保は、岩倉具視使節団の副使として外遊をした際に先進国の諸制度を学び、帰国後はまず国内をまとめあげることを主張した。そのため工業を興して、富国強兵政策をとり、官僚を組織。彼をリーダーとした政府は、西郷隆盛のもとに集まった士族の抵抗を抑えながら試行錯誤して内政改革に着手する。そのひとつが幕藩体制を終わらせる廃藩置県だった。

琉球民遭難殺害事件は、たまたまそんな時代の変わり目に起きたことで、明治政府に政治利用され、琉球王国を解体へと向かわせるアクセルになってしまった。

琉球民遭難殺害の悲劇は、一八七一年の十月十八日（琉球では同治十年）から始まる。

さて、この日も那覇港には、島々から琉球王府に織物や穀物などの年貢を納めにやってきた貢納船が忙しげに出入りしていた。八重山諸島と宮古島からやってきた四隻の貢納船の乗組員たちは、ようやくその任務を終えて帰路についたところだった。

彼らは予定通り那覇港を出たものの、べた凪《なぎ》のために思うような航海ができず、本島の西に位置する慶良間《けらま》島に停泊して、追い風が吹くのをしばらく待つことになった。十月二十九日の午後三時頃、ようやく風をとらえて船出をしたものの、いざ大海原へ出ると天候が急変し、猛烈な風に翻弄され、あっという間に船団はばらばらになり、沖へ沖へと運ばれてしまった。

　当時、貢納船として使われていたのは「馬艦船《マーラン》」と呼ばれる三本マストの中国式の大型ジャンク船だ。海上をまるで駿馬のように疾走するので、この名前が付いたと言われている。しかし、暴風のために荒れ狂う大海原が相手では、馬艦船も、一片の木の葉にすぎない。

　四隻の船団のうち、八重山船の一隻は台湾の西南部に漂着し、幸運なことに鳳山《ほうざん》県在住の李成忠《リーチェンチョン》という漢人らによって救助され、打狗《ターグー》（現在の高雄）から府城（現在の台南）へと移り、清国の役人に無事に保護された。もう一隻の八重山船は行方不明になったと記録にあるが、どうやらヴェトナム沖まで漂流してしまったらしい。

　宮古島からの一隻はそれでもかろうじて平良《ひらら》港へ帰りついた。遭難にあったもう一隻のほうは比較的大きな十二反帆（百二十石）の馬艦船で、一石を約百八十キロとして換算すると、二十一・六トンの積載量となる。平良の頭職を務める仲宗根玄安とその従者たちと、半年交替で首里に勤務し帰郷の途についた各地の役人と便乗者、船頭ら、計六十九人（そのうち宮古島出身者は四十九名）が乗船していた。

　嵐によってもてあそばれた船から積み荷も道具も捨て、三本の帆柱も全部切った後、彼らは風まかせに漂流。一週間後の十一月五日に、霧の中に島影を見つけた。だが、高いうねりのためになかなか陸へと近づけない。翌日の六日になって、ようやく切り立った山々が見下ろす広い湾に近づいた。漂着地は現在の屏東県満州郷八瑶《はちよう》湾であり、その当時は九棚湾《きゅうほうわん》と呼ばれていたが、もちろん彼らは知るよしもない。

気象庁が記録する過去のデータを調べてみたが、最古のデータは一八七三（明治六）年一月のもの。測候所が観測を始めたのは一八七二年からなので、一八七一年十一月の琉球地方の詳しい状況はわからなかった。宮古島の市誌『南島　第三輯』に記録されているところでは、北西の暴風が吹き荒れていたという。のちに私が話を聞いたヨットマンたちは「秋に時々沖縄を襲う〝台湾坊主〟と呼ばれている突発性の台風に巻き込まれたのではないか」という見方をしめした。

馬艦船に備え付けてあった小さな伝馬船を使って上陸を試みるが、強風で波は三角にとがり、小舟を上下に揺さぶる。いったいどうやって上陸したらよいのだ……気ばかりあせる中、先陣をきった若者三人が小舟を襲った高波にのまれて溺死してしまう。結局、無事に海岸へたどり着けたのは残りの六十六名だった。

約一週間ぶりの、揺れぬ大地だった。見知らぬ浜辺にはパンダナスやリュウゼツランなどの熱帯性植物が茂り、彼らは流れ着いたこの地が、ふるさとよりはるか南の、見知らぬ島であろうと想像した。

十一月七日、リーダーの仲宗根玄安は、安全を第一に考えて全員一緒に救助を求めて山に分け入ることを決めた。仲宗根玄安は、恰幅の良い温厚な人物だったようだ。彼の言葉に従い、六十五名は疲れた身体をひきずりながら、急な獣道を上っていく。しかし、ここがどの国のどの地方かわからない。「もしかすると、首狩り族が住む台湾に上陸したのでは……」と考えたかもしれない。宮古島から出港した漁師や商売人が、台湾に流されて原住民と遭遇し、命からがら逃げ戻った話や首を狩られた話が、いくつも伝えられていたからだ。とにかく、人家があることを願って、山の中を進んだ。十一月とはいえ、北回帰線よりも南に位置する台湾の東南部は気温が高い。道をふさぐ熱帯樹の枝や頑強なツルをはらいながら、足下に忍び寄る毒蛇や猛獣の攻撃にも用心しなくてはならない。六十六名は残る気力を振り絞り、互いに声を出しあいながら、救助を求めてひたすら歩いた。

その頃、宮古島の在番所の役人たちは、かろうじて到着した一隻から事情聴取をしている。役人らが八重山諸島や多良間島の港にもう一隻の宮古島船の行方を問い合わせるが、どちらにも来港していないことがわかり、留守を預かる家族の間に不安と焦燥感が募っていった。

この当時の航海は危険がつきもので、南方には首狩りをする部族がいることも広く知られていた。台湾や南方の島まで流されてしまったら、まず命はないとの諦観が誰の胸にも去来する。

ようやく事件の詳細が明らかになったのは、全員が行方不明になってから七カ月後のことだった。一八七二年になって那覇へ戻ってきた生存者十二名のうち、首里出身の島袋次良《しまぶくじらー》と仲本加那《なかもとかな》の二人の築登之《ちくどぅん》（琉球王府の位階名。最下位の役人）が、琉球藩の設置準備のために逗留していた薩摩藩出身の官僚、伊知地壮之丞《いちじそうのじょう》（一八二六―一八八七）の聞き取り調査に応じたのだ。そこで、乗組員五十四名が、漂着先の台湾で原住民によって殺害されたという衝撃の事実が明らかになる。

首里から派遣された役人が記す『宮古島在番記』には、税の徴収記録のほか、漂流船の報告事項が数多く記載されているが、この遭難事件については原住民に殺害されたことを知った在番所の役人が〝苦々しきことである〟と心情を記し、那覇市の北西部に位置する天久《あめく》岬で供養祭祀が行われることを記している。聞き取りをした伊知地壮之丞は、琉球民の殺害事件をさっそく鹿児島県参事の大山綱良（一八二五―一八七七）へ知らせ、大山は中央政府に報告した。

上陸後の運命

琉球民遭難殺害事件については、一八九五（明治二十八）年の領台後に南部へ調査に入った台湾総督府の役人らが、現地で聞き取りをした覚え書きや、南方文学で知られた作家中村地平（一九〇八―一九六三）が、一九三九（昭和十四）年に現地を取材して『長耳国漂流記』として発表した作品が残っている。これらはのちほど触れるとして、ここでは生存者の聞き取り報告をもとに作成された、明治政府公式の報告書に残る記述をもとにして、上陸後の琉球民の行動と殺害された経過の部分をたどってみよう。

なお、第四章で、当事者の原住民（パイワン族）の口伝をもとにした牡丹郷の語り部の話を記すので、日本側が記録している事件のいきさつとの、微妙な違いを比べていただきたい。原文に句読点はないが、読みやすさを考慮してつけ加えた。

六十六人陸ニ登リ人家ヲ求メテ徘徊ス。支那人両名ニ逢ヘリ人家ノ有無ヲ問フ。両人曰西方ニ行ハ、大耳ノ人アツテ頭ヲ斬ルヘシ。南方ニ行ヘシト教エ両人ノ案内ニテ南方ニ向ヒ行ク。両人、六十六人ノ携タル衣服類ハ己ガ持タル限ハ奪取リ餘ハ山中ニ投ゲ入標木ヲ立テ格護ス。同類多カラント思ヒ、畏縮シテ手向ヒセサリシト。

（『琉球国民台湾漂到遭害届ニ付大山鹿児島県参事問罪出師建言ノ儀』国立公文書館蔵。以下同）

六十六人は人家を求めてさまよった。すると二名の漢人と出会ったので、人家の有りかを尋ねた。彼らからそのまま西へ行くと、大きな耳をした人に首をとられるから南方へ行くよう言われて道案内をしてもらう。漢人は、琉球人の衣服や持ち物を奪い取り、残りは山中に隠したりした。これは盗賊の類いに違いないと疑念を抱き始めた六十六人は、恐ろしくなって手向かいもせず、彼らの後をついて山道をなお進んで行った。

日既ニ暮ントス。両人路傍ノ石穴ヲ指シテ曰ク、人家猶遠シ今夕ハ此洞中ニ一宿スヘシ。六十餘人宿スヘキ程ノ穴ニモ非レハ、皆能ハスト答フ。両人之ヲ強レトモ承諾セズ。両人曰我言ヲ用ヒサレハ何モカマハスト言テ激怒ス。皆思ヘラク、此両人ハ盗賊ノ類ニテ南方ニ行ヘシト教ヘシモ詐ナルヘシト。コレヨリ両人ニ別レ、西ニ転シテ行ク。夜モ已ニ深ヌレハ、此夜ハ路傍ノ小山ニ宿ス。

日がまさに暮れかけたころ、漢人は路肩の洞窟を指し、人家はまだ遠いのでここで野宿をするように言う。しかし、あまりに狭いため承知をしないと、なぜ言うことを聞かないのかと激怒した。その態度を見て、やはり盗賊に違いないと思った琉球民は彼らと別れ、西へ転じて歩き、夜も遅かったので、かたわらの小山で野宿をした。

七日南方ニ當リ山アリ人家アリケニ見受ケレハ、之ヲ目當ニシテ行ヌ、(七時分ニ至リ着行程三里位) 果シテ人家十五六軒アリ。茅屋ナリ。男女居住ス、耳大ク肩マテ垂ル者アリ程長並ノ人ナリ。暫アリテ小貝ニ飯ヲ盛リ六十六人ニ與フ、初更比唐芋ニ米ヲマセニ枡焚位ノ鍋ニテ焼キ、二鍋ヲ與フ。

すると、十一月七日に南方の山に人家らしいものが見えたので、それを目当てにして行った(三里ほど歩いて、朝の七時頃ようやく集落に到着した)。茅ぶきの人家は十五〜十六軒ほどあった。恐る恐る村へ入っていくと、大きな耳が肩まで垂れた原住民が住んでいた。原住民は、まず貝の椀に飯を持ってきて、次に芋と米を混ぜて二升ほど炊いた鍋をふたつ、六十六人に振る舞った。

（註：のちに、台湾を統治していた清国の閩浙《びんせつ》総督から、北京政府へ報告書簡が届くが、琉球人は牡丹社の生蕃集落へ誤って入ってしまったと書いてある。しかし実際には、牡丹社よりも九柵湾に近いクスクス社に迷い込んだことがわかっている。）

此家ニ投宿ノトコロ、夜半比一人左ノ手ニ薪ノ火ヲ握リ、右ニ刀ヲ携ヘ戸ヲ推開キ入来リ、二人ノ肌着ヲ剥取去ル。八日朝、男五六人各銕炮ヲ携ヘ宮古人ニ向ツテ曰ク、我等猟ニ行カントス、帰ルマテハ必ラス留滞スヘシトミナ口ヲ揃ヘ、コレヨリ転シテ他ニ行カント謝ス、餘ノ土人モ強テ之ヲ止ム、宮古人益疑惑ヲ生シ、二人ツツ散リ散リニニゲ出、又一ツニ合シ、里二三合行ケハ小川アリ、此所ニ休息ス男三四人女四人追来レリ、依テ川ヲ渉リ又逃ケ行、路傍ニ人家五六軒アリコノ内ノ一家ヲ窺ヘハ、一人ノ老翁七十三歳出迎ヘ琉球ナルヘシ首里カ那覇カト言フ。コノ詞ヲ手寄ニ思ヒ翁ノ家ニ憩フ。

しかし、指示された小屋で休息を取っていると、松明《たいまつ》と蕃刀を持った男が入ってきて、二人の肌着を奪って行った。（註：そのことが、さらに琉球の人々を疑心暗鬼に陥れたようだ）次の朝、すなわち、十一月八日。朝になると、三尺もある蕃刀や鉄砲を持って数人の男たちが小屋に入ってきた。そして、「これから自分たちは猟に出かけるが、帰るまで必ず村で待っているよう」にと告げる。しかし、恐ろしい蕃刀を見たとたん、このまま逗留したらきっと殺されるに違いないと恐怖に襲われた。そこで、二人ずつになっていっせいに逃げ出した。脇目もふらず、山を走り、数キロ行ったところでまた全員が合流し、小川を渡った。すると、川原にいたクスクス社の男三～四人と女四人が彼らの逃亡に気づき、追っかけてきた。途中、人家が数軒あったので、そのうちの一軒に飛び込んだところ、七十三歳になる老人が出迎えて「おまえたちは首里の者か、それとも那覇か？」と言う。この言葉に安堵して老人の家で一息ついた。

翁ノ子三十歳曰姓名ヲ記サハ府城ニ送ルヘシ、仲本等筆紙ヲ乞ヒ、姓名ヲ記サントス、先ニ追ヒ来リシ者トモ、追々ニ重ミ、三十餘人ニ及ヘリ各刀ヲ抜ク。庭中ニ立シ宮古人ノ簪衣服ヲ剥取リ、一二人ツツ引連レ門外ニ出、僅カニ二十二、三人残レリ、一人裸体ニテ門外ヨリ馳帰リ、皆殺サルルト云フ。仲本島袋等サテモト思ヒ立出テ伺ヘハ、刀ヲ以テ首ヲ刎ネ居タリ。

三十歳になる老人の息子が、姓名を記せば漢人のいる府城（註：現在の台南）へ送り届けてやると言った。仲本たちが名前を書こうとしていた矢先、追っ手が三十数人にもなり刀を抜き、庭に立たせた宮古人の簪や衣服を奪い取って一人、また二人と門外に連れ出して、二十二～二十三人が残った。すると、突然、裸にされた仲間の一人が、「みんな殺されている！」と走り込んできた。驚いた仲本と島袋が外の様子をうかがうと、仲間が次々に首をはねられていた。

このあと、報告書には生存者の話と断ったうえで、「生蕃は肉を食うという説もあり、また、脳は薬用にするという説もあるが、人を殺す理由は明らかでない」と聞き取りをした役人の注釈がついている。

漢人による救出劇

惨劇を目撃した仲本と島袋らはどうしたのか？　続きを読んでみよう。

> 依テ驚キ、四方ニ散離ス、仲本島袋外ニ七人ハ翁ノ家ニ潜居ス。此夜翁ノ家ニ宿ス。九日午前、翁ノ婿（文煜等届書ニ曰在土民楊友旺家始得保全）来リ曰ク、此地甚危シ、我家ニ行ント九人ヲ誘ヒ婿ノ家ニ至ル。両日過キ、宮古人三人翁ノ教ニヨリ婿ノ家ニ来ル、三人曰餘ノ人ハミナ山中ニオイテ殺サレタリト。此家ニ滞留スルコト四十余日。都合殺サル者五十四人ナリ。

パニックに陥った残りの人々はいっせいに四方八方に逃げた。中本と島袋ら七人は老人にかくまってもらってその夜を明かした。（註：この老人は淩老生と言い、ちょうど蕃界と漢人が住む境界のあたりで商売をする客家《ハッカ》系の交易人だった。）九日の午前、老人の婿（文煜は地元の楊友旺の家から得保全が来たと、届け書に記している）はここは危険なので自分の家にかくまうと言い、九人を連れて移動。二日後に、宮古人三名が翁の指示によって婿の家に来た。三人は、他の仲間はみな山中で殺されたと告げた。この家に滞在すること四十日余り、全体では五十四名が殺害されてしまった。

かろうじて命が助かった者は十二名だった。その救助の顚末は、第四章で紹介するように宮古島の『平良市史　第三巻』にも載っているが、明治政府がまとめた聞き書きとはやや違っている。

こうして総勢十二名の生存者は、客家人の地元有力者、楊友旺《ヤンヨウワン》らの庇護のもと、四十日以上手厚いもてなしを受けた。三度の食事では野菜や漬物、芋ご飯、豚や鶏肉のおかず、焼酎などを十分に与えられ、清潔な衣類も用意された。滞在中は筆談で意思疎通を図っていたようだ。

ようやく心身ともに回復した生存者たちは、淩老生《リンラオシャン》の婿らが同伴して清国台湾府のある府城、すなわち台南へ無事、到着した。そこで、台湾の南西海岸で座礁して救助された八重山船の乗組員四十五名と劇的な再会を果たす。

台湾南西部に漂着した八重山船は、幸運なことに地元民と清国の役人によって救助され、待機中に天然痘にかかって亡くなった一人をのぞいて、全員が無事に府城で帰還の日を待っていた。

対岸の福州へ渡る船を待つ間、清国の役人たちはなにくれとなく漂着民の面倒をみて、衣類、食べ物、金銭を支給している。そして、ついに翌年の正月十日に彼らは福州へ渡り、十六日に琉球館に到着した。

琉球館とは、中国側から提供を受けた王府の出先機関だ。その昔、琉球王府は、中国との交易のために事務所兼宿泊所を設けていた。琉球館には、交易担当の役人だけでなく、語学留学生から科挙試験を受けるエリートまでが滞在し、学問、行政、文化を中国から吸収していた。また、近海で遭難事件が起きた時は、琉球館が窓口となり、相手国との交渉、遭難者の帰還手続きなどを行った。

このように当時は、中国、朝鮮、日本、琉球、それぞれの漁船や商船が漂着すると、相互に保護しあい、人道的に母国への帰還を助ける紳士協定ができていた。例えば、琉球の場合、漂着した中国人、朝鮮人、琉球人らは、馬艦船に乗せてそれぞれの国へ帰還させる。その反対に、例えば中国沿岸に漂着した琉球人の場合は、福建省にある琉球館に送られ、那覇とを往来する進貢船に乗って帰国していた。日本人が漂流した場合は、上海や浙江省の港に預けられ、そこから長崎行きの貿易船に便乗して戻ってきた。

生存者たちは那覇行きの船を待ちながら琉球館にしばらく滞在し、一八七二（明治五）年六月二日に船出して、六月七日に那覇港へ帰り着いた。ふるさとを離れてからすでに約七カ月が経っていた。夫や息子たちが行方不明になって以来、船の安全を守る寺や厄災払いの御嶽《ウタキ》などに詣で、無事を祈っていた家族たちの驚きはいかばかりだったろう。奇跡的に故郷に戻ることができたとはいえ、島袋父子ら十二名は、長い間ＰＴＳＤ（心的外傷後ストレス障害）、沖縄流に言えば〝マブイ落とし〟の状態に悩まされただろうと想像する。

一方、五十四名の被害者の家族たちの嘆きと悲しみは、昭和十三年に発行された『宮古島郷土誌』（沖縄県宮古教育部会編）に記されている。それによれば、「島内の遺族の哀泣の声が数日間島中に響いた」とある。

以上が、日本側の記録や関連書に残る琉球民遭難殺害事件のあらましだ。

利用された悲劇

琉球民遭難殺害事件のおおまかな経過がわかったところで、一八七一（明治四）年頃の、日本国内の世相を振り返ってみよう。

太陰暦を使う江戸時代からの生活がまだ続く中、維新は決行したものの、人材を寄せ集めて作られた明治政府は今後の新しい国のかたちを模索していた。実際、制度の新設や相次ぐ内乱の収拾、海外との外交交渉など、山積みの課題に大わらわだった。社会には何やら得体の知れぬ高揚感があふれている。一方、幕末からの戦乱はいっこう収まる気配もなく、士族たちは地位も不安定なうえに生活の保障もなく、不満と不安は募るばかりだった。そんな世の中だったから、はるか遠い台湾で、琉球国の人々が遭遇した悲劇などに、いったい誰がどれだけの関心を持ったこと

木戸孝允

大久保利通

西郷従道

大隈重信

だろう？

ところが、生き残った十二名が七カ月ぶりに生還したことから事態は思わぬほうへ動き出した。廃藩置県の事務手続きのために琉球に派遣されていた鹿児島県（元の薩摩藩、大隅国）の官僚、伊地知壮之丞が、那覇に到着した生存者からことの顚末を聞きだして鹿児島県参事の大山綱良に報告書を送った。このことはすでに書いた。

報告書に過剰反応をした大山は、台湾の蕃民討伐のために兵艦を借りたいと、政府に陳情書をあげて出兵をたきつけた。おりしも、政府の中で征韓論を唱える西郷隆盛らが下野し、士族の不満を解消するためにも台湾出兵を、という声が陸軍の西郷従道や国防大臣に当たる山縣有朋《ありとも》や参議の大隈重信らの対外派兵論者を中心に大きくなり、大山綱良の陳情書に賛同する声が広がっていく。

しかし、清国が実効支配する台湾に攻め入ることは、国際法上大いに問題がある。また、内政を重視する参議の木戸孝允《たかよし》や井上馨《かおる》ら、政府の中にも反対論が根強く、両者が綱引きを演じることになった。

こうした明治政府の不穏な動きを察した琉球王府は、明代から中国の皇帝によって王を任命してもらい庇護を受ける、いわゆる「冊封関係」を持つ中国との関係がこじれることを恐れ、鹿児島県や東京へ特使を派遣して「ご成敗おとりやめ」を懇願するのだが、事態はなにひとつ変わらなかった。

沖縄人には、しかし、己れの信念を広げるのに城や町を焼き、剣を振りかざすといった狂信者はいなかった。彼らは口論を好まなかった。兵力動員や武器の準備調達にかける力などなく、戦の余裕などなかった。このような弱者としての立場から、彼らが好むと好まざるとにかかわらず学んでいったのが、優和順応の精神だった。

（ジョージ・H・カー『沖縄　島人の歴史』山口栄鉄訳）

これは、第二次大戦中のアメリカの外交官で、沖縄の歴史に精通していたジョージ・H・カーが、その著作の中で沖縄人の特性を述べているくだりだ。琉球王府は弱小国ゆえに代々の為政者は智慧を巡らし、いかに中華帝国や日本の薩摩藩、さらに欧米列強と優和、順応しながら国のかじとりをして、独自の文化を築き上げきたかを著者のカーは記した後に、この点が、大和＝日本の「力と武」の政治と違うところだったと指摘している。

明治政府と清朝政府との間で行われた琉球民遭難殺害事件の賠償交渉も、琉球王府は直接関与できなかった。代わりに交渉団に大きな影響を与えたのが、外交顧問として明治政府に雇われたシャルル・ルジャンドル（一八三〇—一八九九）だった。彼はフランス人だが、アメリカ女性と結婚して米国に帰化し、南北戦争に参戦した軍人だ。その後在厦門《アモイ》アメリカ大使館の領事となり、一八六七（同治六・慶応三）年に、台湾で起きたローバー号事件の和議を清国との間でまとめた。

この事件は、汕頭《スワトウ》を出港したアメリカ船籍のローバー号が、暴風雨のため台湾の恒春半島南部で座礁し、船長夫妻以下乗組員十二名が原住民によって殺害されたものだ。ルジャンドルは清国政府と交渉しつつ台湾に遠征隊を送って、欧米の船の航行の安全策を原住民の頭目たちと協議した。

彼は台湾情勢ばかりでなく、軍事全般や国際法にも精通していた。西洋列強がしのぎを削る国際社会にデビューしたばかりの明治政府には、ルジャンドルのような、したたかなネゴシエーター、アドバイサーが必要だった。

彼は大臣にあたる外務卿よりも高額の給料をもらいながら、外交や軍事面の指南を一八七二年から一八七五年まで務めた典型的なお雇い外国人だった。琉球民遭難殺害事件の交渉にも副島種臣《そえじまたねおみ》外務卿に同行して北京へ赴き、欧米各国の大使への根回しや台湾出兵の作戦づくりに深く関わった。そもそも、台湾へ出兵することを強くすすめたのはこの人物だと言われている。

日本側からの謝罪と償金の要求に対して、原住民が住む台湾の東側は「化外《けがい》の地」であると清朝政府は言い逃れをした。つまり、事件が起きた地域は、自分たちの統治とは関係のない、文化が及ばぬ場所と突き放したのだ。

十七世紀から世界地図に登場した台湾の地図を、何種類も展示している台南市郊外の「国立台湾歴史博物館」へ行ってみるといい。どの地図を見ても、台湾は東半分が空白、というか真っ白で、清国の統治が及んでいることを示す着色は西半分にとどまっている。だから、台湾の島全体がまるで細長い弓のような形に見えてしまうのだ。たとえば一八八〇年に清国で作られた地図に

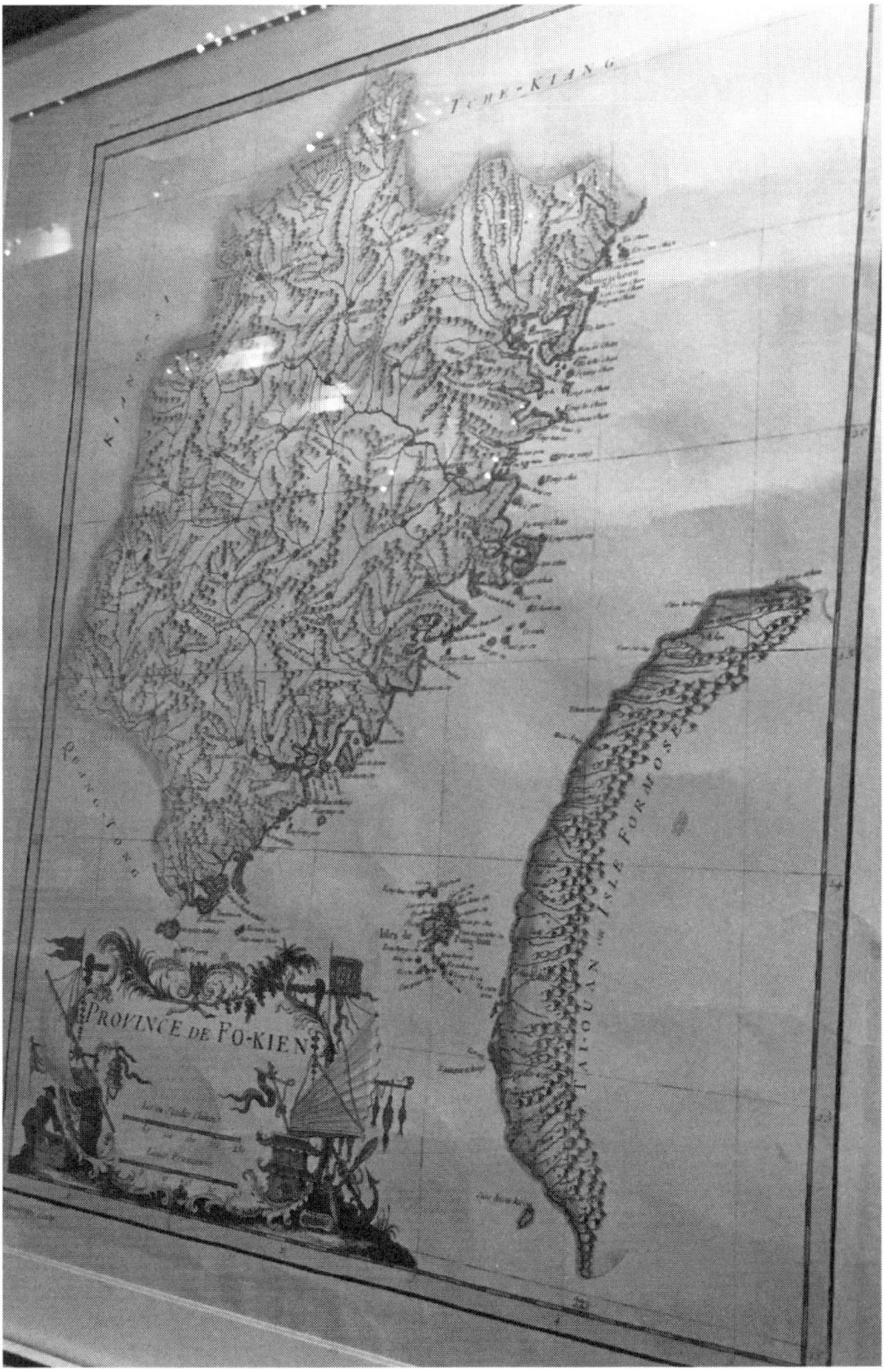

台南市郊外の歴史博物館に展示してあった東半分が欠けた台湾地図

よると、南北は台北から鳳山あたりまで。東西は西の海岸から中部の埔里《ほり》までが統治部分として色分けされ、島の東側は、宜蘭《ぎらん》県の蘇奥《すおう》のあたりまでがかろうじて地図に記載されているだけだ。中央山脈が走る山岳部と、現在の花蓮《かれん》県、台東県、屏東《へいとう》県は、ほぼ蕃界（蕃人、すなわち原住民の居住地域）と認識していたことがよくわかる。

清国にしてみれば東側は確かに「化外の地」だったのだが、外交交渉の場ではまったく不用意な発言と言うしかない。このひとことが、明治政府に台湾出兵のかっこうの口実を与えてしまうことになった。

外交交渉が有利に運ぶ中、初めは台湾出兵に消極的だった内務卿の大久保利通らも、内政の行き詰まりを海外出兵によって打破し、琉球が日本と清国の両方に属している現状を一気に解決したいという考えに傾いていった。

台湾出兵（征台の役）

琉球民遭難殺害事件から約三年後の一八七四（明治七）年二月、大隈重信と大久保利通はいわゆる「征台の役」の戦略プランを議会に提出。蕃族への懲罰を第一として、漢人との衝突を避ける限定的な戦争であるとした。同年四月に明治政府は、殺害された琉球民は日本国民であり、〝自国民の保護〟と〝蕃族へ懲罰〟するのは、日本国の使命だ、という閣議決定を下した。

たまたま、琉球民遭難殺害事件の翌年にあたる一八七二（明治五）年の十月に、現在の岡山県にあたる小田県の商人四名が、台風に遭って台湾の南部鳳山まで漂流し、原住民に物資を略奪されるという事件が起きたことも、懲罰という大義をますます正当化した。

しかし、この小田県民の漂流事件の真相は、清国側の記録を精査すると日本側が主張するような略奪事件ではなく、むしろ地元民、それも熟蕃（漢人化した原住民）による人命救助の美談だった、と指摘する研究者もいる。もしそうならば、国内各地でくすぶる士族の不満に危機感を抱いた明治政府が、比較的リスクの少ない台湾出兵を正当化するために、事実を曲げて小田県民の漂流事件まで政治利用したことになる。

台湾出兵の決定は、当時世界の潮流だった帝国主義への道を、ついに日本も選択したことにつながる。明治政府からその知らせを聞いた琉球王府の役人たちは、時代の潮目が読めず、うろたえるばかりだった。

日本の決断に対し、当然ながら清国は強く反発した。なぜなら、その前の年に、お互いの領土を侵さない約束を明記した「日清修好条規」を日本と締結していたからだ。清国は、台湾への出兵は条約違反だと厳重に抗議をしてきた。日本の動きに警戒心を抱いた米国やフランス、英国の大使は、途中から今回の決定は国際法に違反する行為だと態度を変え、日本政府に肩入れするルジャンドルの行動に不快感を示した。米国大使館は、ルジャンドルを職場放棄の罪で上海に召喚し、一切の協力を拒否した。西郷従道率いる日本軍とともに台湾遠征をするというルジャンドルの夢は、この時点で消え失せた。
しかし、閣議決定がなされた四月には、陸軍省の中に大蔵省と連携した蕃地事務局が設立され、長崎税関内には支局が設けられた。以後、蕃地事務局が中心になって台湾出兵がスムーズに進むよう、艦隊の派遣やロジスティクス部門を統括することになる。

このように記すと、台湾出兵はあわただしく決まったように見えるが、その準備はちゃくちゃくと進んでいた。

外務卿を務めていた副島種臣は、琉球民遭難殺害事件の翌年の一八七二年から一八七三年にかけて、さまざまの人材を清国や台湾に派遣していた。陸軍少佐の樺山資紀《すけのり》（一八三七—一九二二）をはじめ、清国に留学中だった官僚の水野遵《たかし》、福島九成《きゅうせい》、海軍軍人の児玉利国らだ。樺山資紀は台湾の各地を調査して、原住民が住む台湾の東側に清国の支配がおよんでいないことを確認した。

主戦派の西郷従道は、兄の西郷隆盛とは十五歳違いの弟で当時三十一歳。彼は、陸軍少将の谷干城《たてき》と海軍少将の赤松則良《のりよし》を参謀にして、鹿児島県、熊本県の歩兵隊を中心に、長崎に志願兵を集めた。若い頃から航海術などの知識があった赤松則良は、一八六〇（万延元）年、日米修好通商条約批准の使節団の一員として咸臨丸で渡米。帰国後オランダに渡って造船技術を学び、横須賀造船所所長になった。赤松は、初の国産軍艦「磐城《いわき》」を建造した人物として歴史に名前を残している。こうして職のない士族や血気盛んな若者が、長崎にどんどん集結。最終的に三千六百五十八名の兵士を台湾に送り込むことになったが、そのうち二百十七名が軍医、看護兵、助手などの医療関係者だった。ということは、傷病兵の看護もさることながら、台湾で猛威を振るう風土病や熱帯病を考えての医療班派遣だった。

第一陣には、先遣隊役の兵隊二百名のほか軍医二名も同乗した。途中、清国の厦門で薪や水を積んだ後、台湾へ向かった。五月二日には海軍所有の「日進」、「孟春」、「明光」、「三邦」の軍艦が、約二千名の兵隊を乗せて長崎港から出港した。

欧米各国から圧力をかけられた大久保利通が、西郷従道を説得するために長崎に登場したのは五月三日。第二陣が台湾南部へ出発した翌日だった。

一八七四年五月六日。台湾の西南部の、清軍の駐屯地だった枋寮《ぼうりょう》から三十キロメートルほど下った瑯嶠《ろうきょう》湾の、陽光にきらめく静かな入り江は一変した。日本軍の到着だ。それからの数日間、沖を往来する外国船を見慣れていた住民も驚くほど軍艦が次々にやってきて、兵隊たちが小舟を仕立てて、続々と上陸してきた。日本軍は近くの亀山という名の小高い丘に、あっという間に陣地を築いた。これもルジャンドルのアドバイス通りの上陸作戦だった。

内務卿の大久保利通や欧米各国大使の反対意見を振り切って、西郷従道自身も「高砂丸」に乗って現地入りするのだが、出港にあたり、西郷はこんなふうに大見得を切った。

「我れ自ら、蕃人の巣窟を破りて後止まん。清国もし異議あらば、すなわち政府は宜しく従道等は朝令を奉ぜさる脱艦、不逞の徒なりと答へよ」

要するに、自分が全責任を負うというのだ。

西郷の生まれ育った薩摩藩は、十七世紀から琉球を支配し、琉球の先にある台湾への野望を抱き続けてきた。そのことは、第十一代当主の島津斉彬《なりあきら》（一八〇九―一八五八）の言動に表れている。明治政府を支えたもう一方の長州閥の役人たちも、台湾には特別の関心を抱いていた。初の海外出兵を強行した裏には、版籍奉還で路頭に迷った士族たちの溜まりにたまった鬱憤《うっぷん》もあったけれど、要するに、薩長を中心とする連合政府が、彼らの長年の夢でもあった南方進出、台湾領有を見据えて軍事行動を起こしたのだ。

余談だが、上海に召喚されたルジャンドルには日本滞在中、元越前福井藩主の松平春嶽の庶子だった女性との間に一男二女がすでにいた。父親が去った後、長男（一八七四―一九四五）は、四歳で歌舞伎俳優十四代市村羽左衛門の養子となり、成長してから十五代目市村羽左衛門を襲名した。実業家と結婚した娘の愛子が産んだ女の子は、のちにオペラ歌手となった。日本の女性オペラ歌手の草分け的存在と言われた関屋敏子（一九〇四―一九四一）が、その人である。

原住民との戦い

近代的な兵器で武装した日本軍が戦う相手は、石と弓矢と旧式の火縄銃で武装しただけの、総勢五百名にも満たない原住民だ。勝負は戦う前からついていたようなものではないか。しかも、上陸早々に日本軍は、牡丹地区の十八の原住民コミュニティー（社）のうち、十六社に品物やお金を渡して次々と帰順を試みている。事件と直接関係のない原住民の頭目（リーダー）たちは、調停役の漢人の忠告を受け入れて日本軍との和議に応じた。最後まで抵抗を続けたのは、勇猛なことで知られていた牡丹社と、その同盟関係にあったクスクス社だけだった。

日本軍はまず、五月十八日に偵察をかねて数名の兵士を四重渓《しじゅうけい》付近に送り込んだ。ところが、草むらから様子をうかがっていた原住民に襲われ、死傷者を出すはめになる。そこで、作戦を練り直し、日本軍は五月二十二日に大軍を率いて牡丹社への関門である四重渓の石門峡へ、一気に攻め入った。

四重渓というのは、中央山脈に水源を持ち台湾海峡へと注ぐ全長三十キロメートルほどの水系のことだ。峻厳な山々の足下を蛇行しながら幾重にも流れることからその名前が付いたと言われている。日本軍が攻め入った場所は、現在の四重渓風景区の中にある、両側から切り立った険しい虱母山《スームー》と五重渓山がそびえている石門峡付近で、狭い沢を伝わって牡丹社を目指したのだった。五月とはいえ、台湾南部はすでにそうとうの暑さだ。そのうえ大雨が続き、湿気も多く、マラリア蚊がわく絶好の条件を備えていた。この日も連日の雨で水かさが増した急流は岩にあたり、さかまく水がしらを立てて、吠えていた。はちまきをして、長い脇差しと鉄砲をかついだ兵隊たちは大雨で動きが取りにくいうえに、足にはわらじだ。岩がごろごろする川原や水の中で、わらじはすぐに擦り切れ、新品と交換しても半日ももたなかった（と、従軍記者は書いている）。

日本軍は、屏風のように切り立つ岩壁に垂れ下がったツルを頼りに、雄叫びをあげながらよじのぼる。岩山の上に陣取ったパイワン族の戦士たちが、大きな岩を落としたり弓矢を引いたりして妨害する。兵隊たちはたちまち深い沢へと転げ落ち、あたりには絶叫がこだまする……。石門峡進軍の様子を家族に送った兵士は、道なき道や水かさが増した濁流を渡っての行軍も辛かったが、原住民の投石や鋭い弓矢の攻撃を受けてそうとう苦しめられた、と手紙に書いている。

だが、圧倒的な物量と人数で迫る日本軍に、抵抗軍はじりじりと追いつめられ、ついに牡丹社の頭目の阿碌古《アルク》親子が日本軍の最新式銃に撃たれて戦死した。アルクは戦闘の停止を申し入れようと、丸腰で日本軍のほうへ向かったところを撃たれたという説もあるが、その真偽はわからない。

一説によれば、アルク親子の首を狩り、銃身にぶら下げて陣地に持ち帰り気勢をあげた兵隊たちの行動に、総大将の西郷従道は不快感を示し、以後、そうした行為は厳禁と厳しく叱責したらしい。この話がほんとうかどうかはともかく、日本の兵隊が敵の首級を狩ったのは事実のようだ。石門の戦いをリポートしていた従軍記者の説明をもとに描かれた『東京日日新聞』掲載の錦絵には、原住民の首級をぶら下げた日本兵の姿が描かれている。

だとすれば、琉球民の首をはねた原住民たちを、〝野蛮な凶賊〟として成敗に来た自分たちが〝野蛮人〟とたいして変わらぬことになり、出兵の大義名分が揺らぐ。総大将が叱責したのも当然だろう。

石門の戦いから約一週間後の六月三日。さらに日本軍は約千三百名の兵士を動員して、竹社、石門、楓港と三方のルートに分かれて牡丹社とクスクス社に攻め入り、集落を焼き払った。大半の

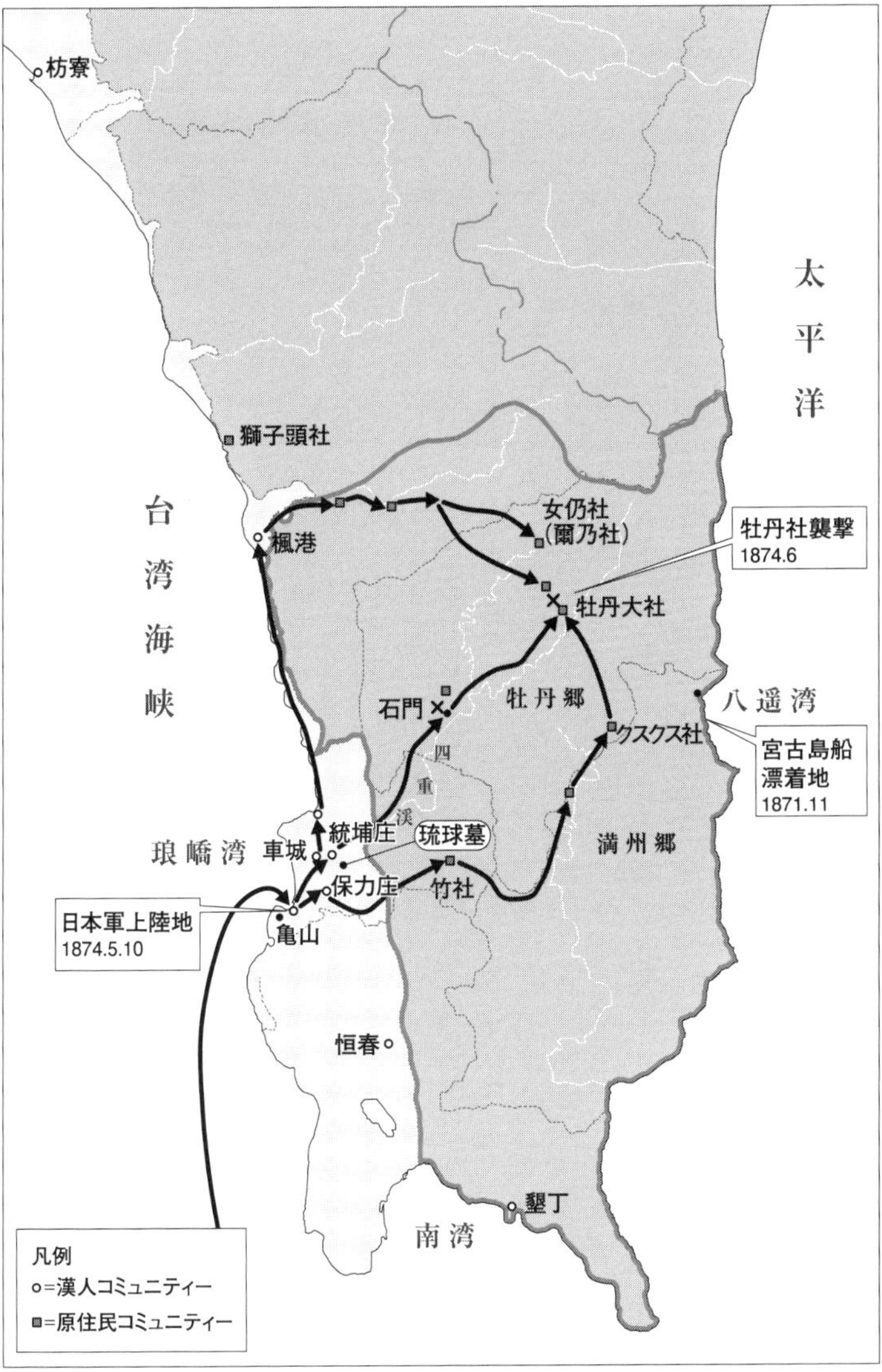

19世紀末の恒春半島と牡丹社事件の関係図（色の付いているところが原住民支配地域）

民國100 消失與重生

時報 A18

中華民國100年8月7日／星期日

昔，為擴張殖民地留伏筆

西鄉從道收養女　預示征台

牡丹社事件

因誤解而殺戮　台日百餘年恩怨糾葛起點

的消失與重生

用理解來化解　學生設計電玩遊戲認識歷史

たいわんしゅっぺい

牡丹社事件：百步蛇與太陽旗的戰爭

牡丹・台戰。

Taiwan Expedition of 1874

大學生訪察

台湾では節目の年ごとに地元紙が牡丹社事件の特集を組む（『中国時報』2011年8月7日付）

村人は、日本軍の襲撃情報を他の部族から事前に入手していたため、山奥へ逃げ去っていた。
この日をもっておおかたの戦闘は終了し、原住民側と日本軍の間で和議の話しあいが始まった。

西郷従道は、さっそく異国で非業の死を遂げた琉球民五十四名の遺骨の収拾を命じた。事件後、漂流民の救援にあたった漢人らの手によって、犠牲者たちは現場近くの川原に葬られていたが、西郷はその土まんじゅうから遺骨を掘り起こし、統埔（現在の屏東県車城にある村）に改めて埋葬、慰霊碑を建立した。そして、自ら、石碑に「大日本琉球藩民五十四名墓」と記した。

それから次に、原住民が祭祀品として保存していた犠牲者の頭骨を返還するよう牡丹社の長老や各集落の頭目へ通達を出して、四十四体分を回収した（残りの十体分は今もって不明）。

沖縄では、人が亡くなって三十三年を過ぎると、そのマブイは神になると言うが、犠牲者たちのマブイはすでにニライカナイ（海のかなた、もしくは海底にある浄土、神界）に到着できているのか、それとも、いまだに台湾の山中をさまよっているのか、とても気になる。

西郷が率いる軍隊は、戦闘終了後も駐屯を続け、現地の漢人や熟蕃や生蕃（漢化していない原住民）の勢力を調査するために細かい聞き取り調査をし、また、同時に南部、東部の土地測量や地質調査を行った。その記録は『風港営所雑記』としてしっかり残っているのだが、驚くべき調査分析力である。こうした作業が、その後の台湾領有にどれほど役に立ったのかを考えると、用意周到な日本の行動が透けて見えてくる。

一方、明治政府は清国と台湾出兵に関する賠償交渉や和議を北京で開始。明治政府が清国との交渉で最も重要視したのは、懸案だった琉球の両属問題を一気に解決することだった。

外交交渉は、英国公使の仲立ちによって成立、清国は被害者と日本政府に対して見舞金（撫恤《ぶじゅつ》銀）五十万両（そのうち十万両が被害者用）を支払ったのだが、これも琉球が日本の領土であることを間接的に認めてしまう結果となった。見舞金の額はつぎ込んだ戦費にとても追いつかなかったのだが、日本の外交的勝利は計り知れないほど大きかった。

一八七四年十月三十一日に清国との間で条約が成立し、十二月二十日までに撤兵することを明治政府は同意した。

こうして、清国に対する決戦は一時棚上げになったわけだが、六月に戦闘が終わってから撤兵するまでの半年間に、どれだけ多くの兵隊がマラリアなどの風土病にかかり、亡くなったことか。

長崎まで船で搬送された病人は、急遽「蕃地事務局支局病院」に変更した長崎府医学校（元の小島養生所）に収容されて手当てを受けたが、死者の数は増え続けた。日本側の記録によると、台湾出兵の戦死者は十二名、負傷者は十七名にすぎないのに、マラリアなどで亡くなった兵士の数は五百六十一名にものぼる。これほど多くの命を戦闘以外で失った責任は、いったい誰がとるべきだったのだろうか。

一八八七（明治二十）年に刊行された『明治七年征蕃医誌』によると、マラリアだけでなく、腸チフスの病状で亡くなった兵士が少なからずいたという。おそらく慣れない飲料水や現地の食べ物、

現在の石門古戦場跡。昔は山の間に急流が流れていた

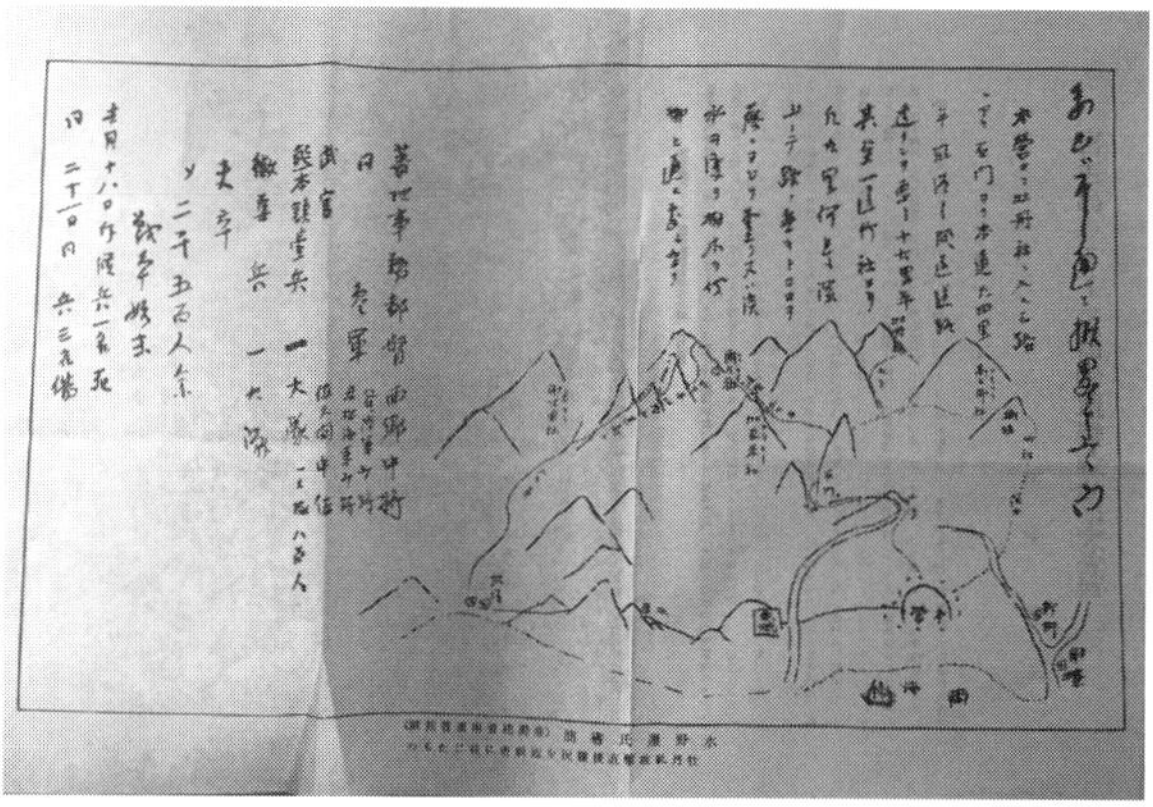

牡丹社攻略作戦に参加した水野遵が書き送った手紙（資料提供=又吉盛清）

戦闘後、和議に応じたパイワン族と西郷従道の写真を見せる陳耀昌さん

熱帯の気候にやられたのだろう。まだ日本では腸チフス病原菌の正体がわからなかったため、明治政府は、一八七四年七月にドイツ人医師をわざわざ台湾へ派遣した。この医師は、圧縮式の冷凍機を船に積み込み、病院船として使った「明光丸」の船内で氷を作り、西洋の最新科学技術をもって、三カ月間治療に当たったそうだ。

一方、日本軍との戦闘で犠牲になった原住民側の戦死者は、三十名ほどだったらしい。しかし、村を焼かれて山奥に逃げ込んだ人々には過酷な運命が待っていた。食糧不足や長雨のシーズンがたたり、多くの子供や年寄り、つまり弱者たちが犠牲になった。

明治政府は大きな政治的勝利を手にして台湾出兵を完了させると、翌一八七五（明治八）年三月に、琉球民が再び台湾で被害に遭わないようにと、那覇港に大型の蒸気船を常駐させ、鎮台（軍隊）を置くこと、被害者の家族たちの見舞いとして米（殺害された者の遺族には各三十石、生存者には各十石）を送ることを琉球王府に伝えた。この明治政府からの一方的な通達に対して、琉球王府は清国とのこれまでの関係を考慮し、謝絶、懇請、嘆願を繰り返す。それでも明治政府の使者は受諾を迫り、ついに琉球王は蒸気船の配置と見舞いの米だけは受け入れることにした。

続いて五月には太政官令として、清国への貢納と清国皇帝への慶賀使派遣、ならびに冊封の禁止が伝えられた。清国では同治帝に変わって新しく光緒帝が即位したところだったので、それを機に琉球王府に清国との関係を絶つよう命令したわけだ。さらに七月には、明治年号を使用すること、藩政改革を行うこと、教育や刑法の研修、福州にある琉球館の閉鎖、征台の役に感謝をする使節を上京させること、日本軍の駐留を認めることなど、次々に太政官令を通達した。

こうして琉球併合は周到に準備され、琉球王府はなすすべもなかった。

ところで、頭目のアルク親子への発砲命令を出した熊本鎮台参謀長佐久間左馬太《さまた》は、およそ近代日本で起きた戦争のすべてにかかわった筋金入りの軍人で、のちに第五代の台湾総督（在任期間一九〇六―一九一五）を務めた。彼は任期中、牡丹社事件の経験を生かして理蕃政策を実行し、原住民の慰撫にある程度成功したが、山の資源を収奪、原住民の文化を壊すなど負の部分が目立ち、怨《えん》嗟《さ》としこりを残した人物だ。

いや、佐久間だけではない、領台後の台湾に派遣された高官には台湾出兵に深く関わった元薩摩藩出身の人材が多い。代表的なのは初代総督に就任した海軍大将の樺山資紀であり、琉球民遭難殺害事件の際の清国との交渉、その後の台湾出兵にも参戦した官僚の水野遵。彼は、樺山とともに台湾へ渡って初代民政局長（在任期間一八九五―一八九七）を務めている。


以上のように、一八七一年に起きた琉球民遭難殺害事件と、それを政治利用して日本が初の海外出兵を行った一八七四年の征台の役（台湾出兵）との二つの事件をまとめて、一般的には「牡丹社事件」と呼んでいる。だが、最初にも申し上げたように、琉球民が殺害された事件は、本来、台湾出兵とは何の関係もない。琉球民遭難殺害事件は、数ある遭難事件のひとつとして記録されるべきものだった。

第一章に記した二〇〇五年六月の「愛と和平・和解の旅」は、琉球民遭難殺害事件の被害者である沖縄の末裔と、加害者のパイワン族の末裔が、沖縄県で直接対面して行われた和解の儀式だった。

第三章

末裔の葛藤

遺族からの異議申し立て

和解のイベントが行われた二〇〇五年から十年あまりが経った二〇一六年一月に、『宮古毎日新聞』の編集部長をしている平良幹雄《たいらみきお》さんと、当時宮古島の市議会議員を務めていた垣花健志《かきはなたけし》さんから、思いがけない話を聞いた。

それは、「台湾屏東県牡丹郷に開園した牡丹社事件紀念公園の説明板に、〝武器を持った66人の成人の男性が部落にやってきた〟という記述を見つけた沖縄本島在住の遺族から、二〇一二年に削除の要望が出され、市議会でも取り上げた。日台の学者たちに訂正の要望を出しているが、四年経った今もその後の経過がわからない。遺族の方は今も台湾側に訂正を求めている」という内容だった。

遺族の方が現地の説明文への疑問と史実に沿った訂正を要求したことは、『宮古毎日新聞』をはじめ『琉球新報』や『沖縄タイムス』などの地元紙でも大きく報道され、垣花さんが、史実にのっとって再調査をしてほしいと訴える投稿も掲載された。

これだけ地元のメディアが取り上げたのだから、当然、牡丹社事件を研究している県内、県外の学者や関係者の知るところになったろう。彼らを介して、台湾の研究者や紀念公園のある牡丹郷の役場にも伝わったはずだ。それなのに、問題を提起した遺族や市議会で質問をした宮古島市議に、その後の報告がないのはどういうことだろうか。

二〇一二年の三月から九月にかけて、宮古島の市議会で遺族の要望を取り上げ、一般質問を何度かしていた垣花健志さんは、私に議事録や新聞記事を送ってくれた。
その中から、市議会でのやりとりを紹介する。

垣花健志議員
台湾遭難事件（牡丹社事件）について、現地の掲示板に宮古の人が、武器を持っていたとの記述がある。専門家はそういう事実はないと話している。事実を精査しないと歴史が塗り替えられてしまう。現地調査をしてほしい。

川満弘志教育長
掲示板の調査、対応ははかどっていない。掲示板の記述については遺族が書き換え依頼をすることになっているが、まだ提案されていない。記述についてはもう少し研究水準を深める必要があるという専門家の意見もある。今は情報収集を図りながら研究の深まりを見守るべきではないかと考えている。

垣花健志氏の質問に対する市長の答弁は以下の通りだ。

下地敏彦市長
牡丹社事件についてでありますが、これまで市長部局ですね。この問題を十分検討していないんですね。今、市長がどう思うかと言われても、ちょっと判断する材料を持っておりません。いろいろと資料を取り寄せて、その後どうするというふうなものは考えてみたいと思います。

第一回の質問から約半年後、再び垣花さんはこの問題を取り上げて市長に見解を求めるのだが、答弁は以下のようなものだった。

下地敏彦市長
牡丹社事件について、市がもっと積極的にかかわるべきでないかというお話があります。一般論で言いますとね、歴史的な事実というものは正確でなければならんというふうなのは当然であります。しかし、ある特定の地域で書かれた説明板が事実でないというふうに思った場合に、誰がこれを正すかという問題ですよね。これまさにこの牡丹社事件というのは、明治政府が台湾に出兵する契機となった大きな事件であります。こんな大きな事件を、正確かどうかという判断を市のレベルでできるのかと。むしろ歴史的な事実としてどこでこれを検証するのかなという問題があると思うんですね。だから、早急に市が行って調べてやるという形にはなかなかならないだろうというふうに思います。
これは宮古島というより、もっと大きく言えば沖縄県全体、あるいは日本全体の問題ですから、これはちょっと研究させてください。いきなりすぐ市役所が出て行くというわけにはいかんと、そう思います。

垣花健志議員

（前略）市長、今の牡丹社事件の件ですが、事件全体のことを、私はそれをどうこうとしているわけじゃないんですよ。（牡丹社事件紀念公園内の）三番目の看板の件なんですね。これは歴史的にも、先ほど言いましたそれを研究した皆さんが、ほとんどの方が口をそろえて、いや、そういう事実はなかったというふうに言っているわけで、これは全体の事件のことをどうこうじゃないです。（中略）それに今言われてもということですが、これ三月中から言ってきているわけで、これもう半年以上たっているわけです。

では、いつ取り組むんですかという話になるとは思うんですが、僕は早急にでも取り組まないと、いろんな方々が観光で訪れる中で、このことが本当だというふうな形でとられるとやはりまずいということでありますので（中略）専門家を集めてそのお話をしていただくことがまず必要じゃないかなというふうに思っております。この問題放っておくと本当にゆがめられたものがそのまま載っていく可能性もあるし、ぜひ地元の方と話をする中できちんとした記事（原文ママ）をしていただくような努力をしていただきたいというお願いを申し上げて、私の一般質問を終わりたいと思います。ありがとうございました。

これを読む限り、当時の教育長も市長も、文言の削除を台湾側に申し入れることは宮古島市の行政範囲を超えており、しかも外交に関わる質問ととらえたために、なかなか対処の約束ができなかったことがわかる。そのせいか、垣花議員が再三質問したにもかかわらず、事態は動かなかった。

ちょうど翌月に、屏東県へ取材に出かける予定があった私は、説明板の記述を確認することと、文化行政のトップに遺族の憂慮の念を伝える役を引き受けましょうと、垣花さんに伝えた。そして、二〇一六年二月に屏東県へ行き、県政府文化処長に遺族の憂慮と要望を伝えた。「武器を持った」という問題の言葉は紀念公園の看板から削除されたこともわかった。そのうえで、私は文化処長に、遺族の意見を聞く機会を作っていただければ、直接その真意がわかるだろうとお願いしてきた。

こうした台湾での報告を兼ねて、二〇一六年四月に宮古島を訪れたのである。

島はすでに盛夏だった。宮古島空港に到着して建物から出たとたん、肌に熱風がまとわりついてきた。タクシーで平良港の近くの地元ホテルに向かい、まずチェックインを済ませる。釣り人や出張の会社員が客のほとんどだというその宿は、まだシーズンオフのせいか泊まり客は少なく、間延びした時間に包まれていた。経営者のご夫婦は、人のよさそうな笑顔を浮かべて親切に対応してくれる。島の南側のビーチを占領している大手資本の巨大なリゾートホテルに滞在するのとは違い、地元経営のこの宿に泊まると、はるばるやってきたという嬉しさがあふれてくる。

二階の部屋は、手製のカーテンが窓にかかるこじんまりとしたシングルルームで、窓際に立って耳を澄ますと、風がやわらかに舞っている音が感じられた。

荷物を整理して一息ついた頃、編集部長の平良さんから携帯電話に連絡が入った。

「例の遺族の方がちょうどこちらに来ておられるので、明日の夕方ご一緒にお目にかかりませんか？」

夕方の飛行機で那覇に戻る前に、宮古毎日新聞社に立ち寄ってくださるという。短い時間でもこのチャンスにお目にかかって、台湾側の対応や問題の箇所が削除されていたことを、直接話されたほうがよいと平良さんはそう言った。

なんという偶然だろうか。説明板の記述について異議を唱え、強く削除を求めていた遺族の方が宮古島に来ておられるとは。

それにしても腑に落ちない話だ。ご遺族の方が勇気ある指摘をしてから、だいぶ日が経っているというのに、問題の文言が訂正された事実が伝わっていないなんて。関係がそれだけぎくしゃくしているということだろうか？　私は二〇〇五年に行われた日台双方の和解劇の記事を、ホテルの部屋でもう一度じっくり読んでみたが、紙面には参加者の笑顔とともに未来志向の友好関係を誓う希望があふれている。

それなのに、十年経ったか経たないうちにほころびが見えてきたということか？　あのときの、墓前での熱い抱擁は何だったのだろう？　読み進むうちにため息が出てきた。和解イベント開催の日々からは、想像もつかぬ〝第二幕〟の展開と言えよう。

ある末裔との出会い

翌日は朝から島の東北部にある地下ダム見学をしたり、南部の上野村にある「うえのドイツ村」などを回ったりしたのだが、レンタカーショップで返却に手間取ってしまった。レンタカー業者に宮古毎日新聞社の前まで送ってもらい、社屋に駆け込んだのは約束の時間をとうに過ぎた頃だった。

編集部長の平良さんが、「さ、早く、早く」と私を誘導する。すると、垣花さんと一緒に五代目の末裔にあたるという男性がソファに座って待っておられた。急いで向かいの席に回って挨拶をした私と彼は、ほんの数十センチほどしか離れていない。そのせいか、真正面から私を見据える目力にたじろいでしまった。

白い半袖シャツの下から屈強な体格が浮かび上がっているとおり、その方は沖縄伝統空手の九段で、首里手の流れをくむ「小林流《しょうりんりゅう》」の師範だということだった。ちょうどこの日は空手の指導に宮古島を訪れたのだと、隣に座った垣花さんが紹介をしてくれた。薄く目をつぶり、背筋を伸ばして座るその居ずまいには、武道家の雰囲気が漂っている。

那覇へ戻る飛行機の時間が迫っているうえ、私が遅刻をしてきたので、硬い表情のまま、末裔の方は早口で初対面の私にいきなりこうたたみかけた。

「私たちの先祖は被害者なのに、台湾ではまるで加害者みたいに扱われているのです、おかしいと思われませんか?」

それが野原耕栄《のはらこうえい》さんだった。彼が問題の記述に気がついたのは、二〇一一年に、台湾で開かれた牡丹社事件百四十周年記念の国際シンポジウムに出席し、最終日に開園を控えた牡丹社事件紀念公園を見学に出かけたときのことだった。

〝武器を持った66人の成人男子が部落へやってきたということは、当時200人しかいなかった高士仏社《クスクス》にとっては、すでに部落への脅威でした。〟

園内に設置された事件の説明板に目をやるうち、この記述が彼の目に止まった。文章の下にはこん棒のようなものを持った頭職の仲宗根玄安のイラストまで添えてある。野原さんは、黙ってはいられなかった。そこで、帰りのバスの中でマイクを手に取り、参加者一同に尋ねた。

「説明板のひとつに記載されている、〝武器を持っていた〟という記述は本当ですか？　どういう資料を根拠にしているのでしょうか」

彼の疑問に対して台湾側から十分な根拠が示されなかったうえに、「持っていなかったという証拠もない」との説明を受けたため、思わず声を荒らげてしまったという。

「こんな書かれ方をしたら、先祖たちが原住民から正当防衛の末に殺されてもしかたないということになりませんか？」

野原さんはそのときの情景を思い出したのか、苦笑いしながら言った。

23.12.27

「武器持った66人」

牡丹社事件

台湾説明板に記述

宮古出身遺族、削除求める

「武器を持った66人の成人男子が部落にやってきた」と記されている説明板＝野原耕栄さん提供写真

【那覇支社】牡丹社事件（宮古島民遭難事件）を記した台湾説明板に「武器を持った66人の成人男子が部落にやってきた」と記述されていることが判明し、宮古島市出身の遺族が同文の削除か説明板の撤去を求めていることが26日までに分かった。愛と平和をテーマにした友好親善のための追悼式と同学術会議は一転して、歴史検証の論戦を引き起こす火種となりそうだ。

1871年に台湾南部の屏東県牡丹郷に漂着した宮古島民54人が原住民族のパイワン族に殺害された牡丹社事件から140年の節目に当たる今年、慰霊祭と国際学術会議（主催・台湾研究基金会）が11月24～27日の日程で現地、台湾で開かれた。

台湾側の主催で開かれた追悼式と学術会議に出席し、同説明板の記述を指摘した遺族は、宮古島の有力者だった野原茶武（ちゃむ）さんの子孫、野原耕栄さん（63）＝浦添市在住、上野出身。同学術会議で遺族を代表して論文を発表した[illegible]に同事件を記念する公園内で同説明文を確認した。

説明版には、「武器を持った66人」「部落への圧力と脅威だった」との記述があり、武器を手にした宮古住民の絵も描かれている。説明文は台湾の研究者らがまとめ、今年になって公園内に建てたという。

野原さんは「祖先は事件の被害者なのに、襲撃で命を落としたとも受け取られかねない。遺族としては見逃せない」と述べ、「不確実な記述は歴史事実をねじ曲げる要因にもなる」と憤り、早急に同記述の削除か説明板そのものを撤去するよう求めている。

同学術会議に出席した[illegible]沖縄大学大学院客員教授（沖縄・東アジア史）によると、「宮古島住民が武器を持っていたとの文献は存在しない。武器に[illegible]る道具を携帯していたかどうかも、まだ十分な研究や調査は行われていない」と説明し、どのような経緯で同説明文が記述されたのかを調査するため、来年2月にも台湾を再訪問するとしている。

◇◇ことば◇◇

牡丹社事件　琉球王国時代の1871年、宮古島民の乗った船が首里王府に年貢を納めた帰り、台風で台湾南部の八瑤湾に漂着。乗員69人のうち3人は水死し、残り66人は先住民族、パイワン族の集落である牡丹社に助けを求めたが54人は殺害された。生き残った12人が助けられ、中国の福建省を経由し那覇に帰った。同事件を大義名分にした[illegible]

「武器を持った66人」という説明板の文言は地元沖縄では大きく報道された（写真提供=宮古毎日新聞社）

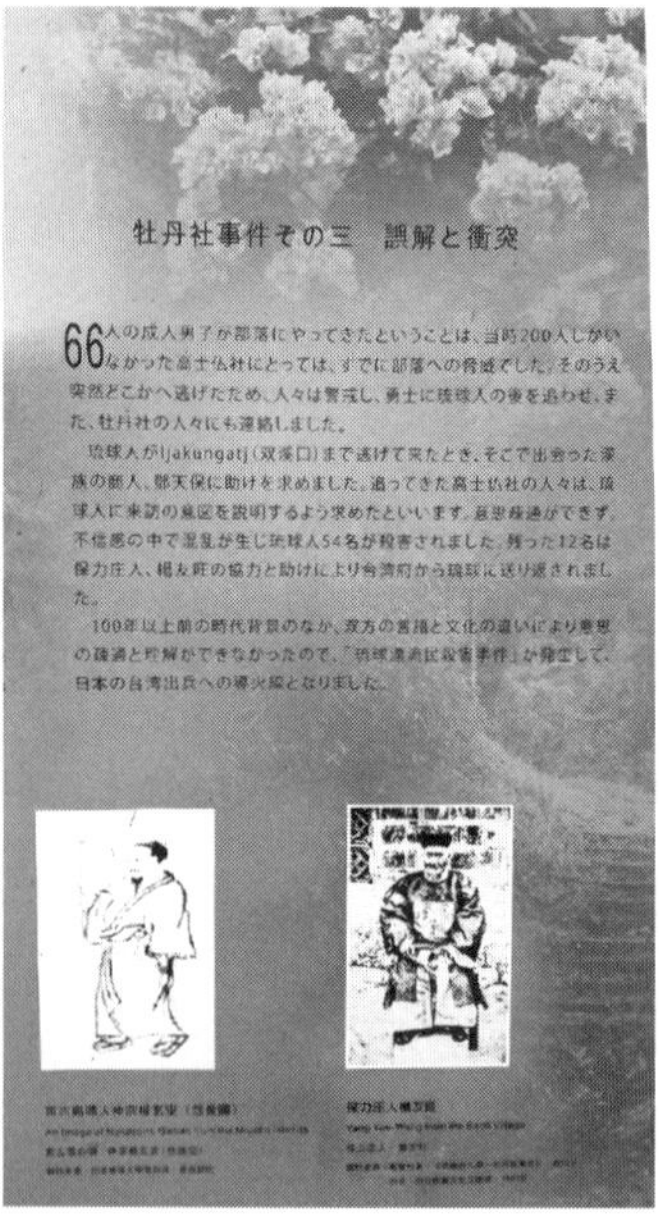

牡丹社紀念公園の説明板。問題になった文言は削除されたが、イラストはそのままだ（2019年1月現在）

「バスの中は、たちどころに友好的な雰囲気が消えましたよ、誰もが押し黙ってしまいました」

〝武器を持った66人の成人男子がやってきた〟という説明は確かに穏やかではない。ましてや漂着民が武器を携帯していたという史料は見つかっていないのだ。作家の中村地平が、一九三九（昭和十四）年に牡丹社へ入り、その取材体験をもとにして書いた『長耳国漂流記』には、村の警察官に頼んでクスクス社の頭目を呼んで、事情を聞いたという一節がある。

「それで琉球人たちは、手にはなにか持っていたのかね」
「部落についたとき、連中はみんな着のみ着のままで、なにも持っていなかったよ」
それからリマチャとプツアペジとのふたりはひきつづき、琉球人たちがわかい蕃人夫婦に案内されて部落にやってきたこと、途中で薩摩薯をたべたこと、夜は頭目の家の籐製の敷物の上に寝たことなど――すべて、前に書いたとおりのことを、くわしく、正確に僕の質問にたいして答えてくれた。そして、これらのことはすべて、どの文献にも書かれてはいず、また、おおくの史学者たちもほとんど知らない事実ばかりであった。

（中村地平『長耳国漂流記』）

ここにも、武器を持っていなかったことが記されている。

表記の仕方ひとつで被害者が加害者になりうるし、事件の印象も変わってしまう。武器を持っていなかったという史料が見つかっていない、としても、遺族の心情をもう少し考慮してほしかったと思うのは、私だけだろうか。

記述が史実に忠実でないならば、紀念公園の現在の説明板を撤去し、新しく説明板は作り直してほしい。台湾側に正式な謝罪も要求したい。このように考えた野原さんは、地元沖縄の新聞社に投稿したり、研究者に説明板設置の経過を尋ねたり、市議会議員や国会議員にまで相談をもちかけたという。しかし、研究者らの説明に納得がいかぬまま話し合いは中断し、そのままになっていた。

現地へ行ってきた私の立場としては、紀念公園の現状や地元の誠意をわかる限り、ていねいに説明しなくてはならない。

そこで、日本語だけでなく中国語、英語の表記もすでに訂正されていること、地元の研究者や語り部の方からも、漂着民が武器を携帯していたという表記は史実とは違うと指摘があり、訂正されてほっとしたとの意見が出ていることをまず話した。

野原さんからの異議を受けて日台の研究者が話しあった結果、削除訂正が実現したようだ。そのあたりの詳しい事情を、牡丹郷の郷長や役人たちに求めたのだが、すでに前任者時代のことだから詳細はわからない、と言われたことも話した。

私は野原さんに、日本の敗戦後は国共内戦に破れた国民党が台湾へ移り、長い間統治していたこと。そのためイデオロギーも対日観も違うふたつの政党が台湾にはあって、ここ二十年はせめぎあいの政権交代をしていること。歴史認識の違いはあらゆることに影を落とすこと。だから、どちらが主導したかで事件の解釈も微妙に変わるという政治風土があり、そのことを抜きにして紀念公園に建てられた説明板の記述や碑文などの件は語れないこと。また、百数十年前の事件が、日台の家族やコミュニティーの間でどのように伝わってきたかという社会的文化的な検証も考慮しないと、記述についての議論は難しいのではないかとも説明した。

するど彼は、硬い表情のまま、「削除されたのはよかったと思いますが……」と前置きしてこうも言った。

「文言は削除されたとしても、その下のイラストはどうなんですか？　武器のようなものを手にしたイラストが残っているなら、説明板は撤去してもらわないと納得できません」

野原さんは、言葉を続ける。

「どのような経過であの説明文が削除されたかもわかりませんし、初めに誰があの文言を決めたのかも全然わかりません」

「真実かどうかわからないことをまるで史実のように記述するのは歴史を捏造する行為ではありませんか？　現在公園に立っている説明板をすべて撤去して、新しいものと取り替えてほしい。私の要望に変わりはありません」

「はあ……」と私は生返事をしながら、武器だかこん棒だかに見えるものを手にした琉球人のイラストを思い浮かべる。実は彼が危惧しているとおり、イラストはそのままになっていたのだ。

なんだか頭が混乱してきた。二〇〇五年に双方の末裔が集まってわだかまりや怨念を水に流し、新しい関係を築き上げようと誓った感動のシーンと目の前の現実は、あまりにちぐはぐだ。

会話が途切れて沈黙が流れる瞬間を、フランス人は小粋に、「天使が通っていく」(c'est L'ange qui pass)と表現するけれど、私たちの間には、もっと深刻なヌエのような沈黙が降りてきていた。

野原さんの有無を言わさぬ強い口調には、長い間心に沈殿していた哀しみや鬱憤が、いきなりマドラーによってかき回され、表面にわーっと浮かび上がってきたような勢いがあった。たとえ五代前とはいえ、身内が異国で殺され、その遺骨さえ先祖代々の墓に祀ることができないのだから、無念さはいかばかりであろうか。氏の哀しみと怒りは、首を狩られたうえに、「生首を木につるしてさらされた」という言葉にも表れていた。

これはそう簡単に和解とはいくまい。

ちょうどそこへ、外国人のお弟子さんが迎えにやってきた。那覇へ戻る飛行機の時間が迫ってきたのだ。席を立つ野原さんに向かって、私はとっさにこう声をかけた。

「機会を見つけて、屏東県の文化処と直接意見交換をなさってはいかがでしょうか、お手伝いできることがあれば、いつでもご連絡ください」

とは言っても被害者遺族の胸の内を、私のような第三者がとうてい理解できるものではない。それはよくわかっているつもりだ。しかし、理解しようと努め、気持ちに寄り添おうと努力をする。これならできるということを、五代目末裔の野原さんはわかってくれるだろうか。

彼は私のほうへ振り向き、いかにも武道家らしく礼儀正しい一礼をして去っていった。せっかく記念すべき和解のセレモニーを済ませたのに、わだかまりを遺族に抱かせるような事態が起きているのは非常に残念である。ご遺族の心情を直接屏東県の関係者に聞いてもらい、なんとか互いの立場を理解しあえる場をつくることはできないものだろうか。

複雑にこんがらかってしまった細い糸やチェーンを元に戻そうとするとき、こんがらかって結び目になっているところを把握しないで、ただ、あちこち通してみても解決に至らない。それどころか、よけいにこんがらかってしまう。それと同様に、文化や歴史認識の違いから生まれる誤解やぎくしゃくした関係も、根本の原因はどこにあるかを見極めることが大切だ。そうしないと、互いの主張はよけいにからまり、溝が深くなってしまう。真の和解への道のりはそんなに平坦ではない。時間をかけて理解しあわないと難しいことを、つくづく感じた。

宮古島・事件の痕跡を求めて

翌日私は、事件の記念碑や痕跡を探して島の中を歩き回った。四月のまだ中旬だというのに、宮古島はすっかり盛夏だった。白やベビーブルーのペンキを塗った民家がぽつんぽつんと立つ裏道を歩いていると、白い壁から炎が出ているように見える。外壁を伝わり天に向かって燃え咲くブーゲンビリアは、台湾屏東県の県花でもある。牡丹郷を目指して、国道をはずれた一本道に入ると、町の手前数キロメートルにわたって道路の両側に植えられた紅色、ピンク、白、朱色の苞《ほう》（花に見えるが実は葉の一種）が美しいブーゲンビリアが迎えてくれる。宮古島も屏東県も、一年の半分は共通の色彩で輝いていることになる。

島の中を歩いていると大きな看板に出会った。一九八五年から毎年四月に行われているトライアスロンの大会予告だ。今年も競技会が間近に迫っているせいか、島中がヒートアップしている。なにしろ昨今の宮古島は、世界の鉄人たちが熱戦を繰り広げるトライアスロン競技会とデラックスなリゾート施設で、都会の若者の心をしっかりつかんでいる。へたに百数十年前の不幸な殺害事件のことをもちだそうものなら、しらけた顔をされてしまう。昔の血なまぐさい事件をわざわざもちだして、せっかくのイメージを壊したくない、そんな配慮がどこかで働いているのかもしれない。

年配のタクシー運転手さんにゆかりの地があるか聞いてみても、首をかしげられるだけだった。前代未聞の事件だったのだから、悲劇は島民に代々語り継がれているだろうと思っていた私は、肩すかしにあった気がした。

市立図書館が所蔵する事件関連の資料も決して多いとは言えず、琉球民遭難殺害事件の生存者の聞き書きや、宮古島独自に伝わっている記録もそれほど多くない。

「隣の駐車場が琉球王府時代の番所跡でしたけれど……」

観光案内所のスタッフは、こう教えてくれた。

在番所は、宮古島の行政を監視するために琉球王府から派遣された役人たちの詰め所だ。遭難した宮古島からの二隻も、出発前は在番所で担当役人が、那覇港へ運ぶ貢納品の最終確認をしたはずだ。

教えられた在番所跡は、高いビルに囲まれた空き地になっていて草が生い茂っていた。その手前の駐車場が満車のため案内板がすっかり隠れてしまっている。車と車の隙間に入って読んでみると、一九八二（昭和五十七）年の道路側溝工事の際に、十五〜十六世紀の住居跡が見つかり、保存措置がとられたそうだ。

在番所に使われる前は、十四世紀末頃に宮古島を統一した豪族の目黒盛豊見親《めぐろむいとぅゆみゃー》とその末裔たちの住居だったが、十七世紀から在番所となったと書いてあった。見取り図によると、現在の空き地には立派な門構えのみっつの屋敷が立っていて、琉球王府の役人は、人頭税に苦しめられて中世の農奴のような生活を強いられていた農民とは、別世界の生活をしていたことがうかがわれる。敷地の中には、王府から派遣された医師の家まであったとある。

在番所跡以外、事件と関係のありそうな場所が見つからなかったのでいったん宿に戻り、そこから平良《ひらら》港に歩いて行く。

なだらかな坂を下ったところに広がる港は、周囲に船会社のコンテナ倉庫や海事事務所のビル、船員たちが訪れる食堂などが集まっている。ちょうど帰港したところなのだろうか、小型船の乗組員たちが積み荷を降ろし、家族らしい女性が子供の手を引いて、船のそばで談笑していた。彼らの前に広がる海原は、脳の奥まで染まるほど明度の高いエメラルドブルーだ。丸く見える水平線まで、絹の布のような水面が続いている。海はどこまでも穏やかで、柔らかく甘い潮風が吹き抜けていく。

一八七一年に台湾南東部で殺害された五十四名だって、琉球王府へ年貢を納め終わったらこの港へ無事に帰ってくるはずだったのに。家族たちが出迎えにやってきたろうに……。

それが悪天候によって運命が狂い、二度とこの美しく穏やかなふるさとを見ることはできなくなってしまった。さざ波がちゃぷちゃぷと防波堤にあたる規則的な音を聞きながら、遭難した人々のマブイはどこへ行ったのだろうと、はるか沖を眺める。人間は自然の猛威の前ではまったく無力だと、わかっていても口惜しい。

首のない仏様

殺害された遭難者五十四名のうち、那覇出身者が五名、首里出身者が九名、中頭、島尻與那原、国頭、慶良間島の出身者が各一名、宮古島の出身者は四十一名にも上る。

島にとっては前例のない悲劇だったが、琉球王府は清国や薩摩藩をなるべく刺激しないよう、ことを荒立てぬようにと、あたかも被害者が遠く離れた宮古島だけに限定されているかのような名称「宮古島島民遭害事件」を用いていた。事件を公にしたくなかったのだ。そうした配慮が、真相究明の前に立ちはだかったのかもしれない。

島の市立図書館で資料を端から読んでも、生存者からの聞き書きはわずかしか残っていない。事件の悲劇性があまりに強く、当事者が心に大きな傷を負ってしまうと、なるべく思い出したくない、かさぶたをはがすようなことはしたくないと考えるようになる。遺族ばかりでなく、琉球王府の役人たちの長い沈黙は、三年後の台湾出兵やそれから五年後の琉球併合が、どれほど強い衝撃を与えたかを物語っているようでもある。時代背景を考えると、口伝や聞き書きの集積が少ないのも、わかるような気がする。

宮古島で事件の口伝や記録が少ない理由として考えられるのは〝首のない仏様〟への、恐れや体裁の悪さもあったと聞かせてくれたのは、長年、事件の末裔の方々のお世話や取材を続けてきた沖縄大学客員教授の又吉盛清さんだ。

先祖の非業な死に、なにかよからぬ因縁やたたりや、魔物の類いなど、理屈を超えた悪いイメージを重ねてしまっているというのだ。琉球王府から罰を受けて打ち首になったり、南海で首を狩られるという非業の死を遂げたマブイを、忌み恐れる風潮は昔からあった。だから、〝首のない仏様〟のような不幸な死者が出ると、親族は極力隠し通したのではないかというのである。

つまり、何の根拠もないオカルトストーリーが張りついて一人歩きしてしまった結果、よけい口が重くなったらしい。

「あの家には、首のない仏様が祀られている」という噂がたたぬよう、家族らが極力口をつぐんでいた結果、口伝が途絶えてしまったと、又吉さんは推理する。

こんな話も聞かせてくれた。

「ある末裔の方に聞き取りのお願いをしたときなんですが、まず私のほうから、ご先祖が上陸した後の台湾で何が起こったかを詳しく伝え、文化と言葉の行き違いで悲劇に見舞われたと説明したんです。すると、自分の先祖の死が、たたりや因縁とはまったく関係ないことがわかって、ようやく気持ちが軽くなったと、ほっとした表情を見せてくれました」

――すると、その末裔の方はご先祖の死が前世からのたたりだと、因縁めいて考えておられたんですね？

「そうなんです。長い間誤解をしてきてご先祖様に申し訳ないことをしたと、何度も話されました。いずれ自分が天国へ行ったとき、どのように申し開きをすればよいだろうかと、しみじみお話をなさいましたね」

また、与人《ゆんちゅ》（宮古と八重山の島役人）随行者だった前里蒲戸《まえざとかまど》の末裔にあたる方は、牡丹郷まで出かけたという。

「ご先祖の台湾での非業の死が、たたりや悪縁と関係ないことがわかり、その遺骨を捜したいと現場近くまで出かけたご遺族もおられます。しかし、捜し当てることができず、双渓口付近の石ころを持ち帰ってきたそうです」

口伝の少ない理由としてさらに考えられるのは、ある意味、台湾のパイワン族が持つタブー意識と似ているような気がする。実は、牡丹社やクスクス社のお年寄りたちも、琉球漂着民の殺害事件や日本軍との戦闘によって村を追われた悲劇の物語を、長い間口に出すことはほとんどなかった。それは、一八九五年から統治者として彼らの前に現れた日本人が怖かったこともあったろうが、よくない話をすると、悪い霊が村に凶事を運んでくるという言い伝えもあった。だから、たくさんの仲間が戦闘で死んだ石門や、琉球民の首を神に捧げて祭祀を行った大木の下を通ることは極力避けて、霊が村に悪い影響を及ぼさないよう、注意を払って生きてきた。

宮古島でも牡丹郷でも、同じような精神作用が働いていたのかもしれない。

事件からすでに途方もない歳月が経ち、宮古島に住む遺族のうち三代目、四代目にあたる方はすでに他界し、五代目にあたる方々も体調を崩しておられる方が少なくない。こうした末裔にあたる方々でさえ、遠い昔のことは「なんとなく親から聞いていた」とか「先祖がそういう目にあったことはうすうす知っていた」という程度なのだ。

そうした中、先祖が被害者なのか未だに確信できない人もいる。

「被害者の渡慶次松《とけしまつ》らしき人物が過去帳にあるのですが、今となっては詳しいことはわかりません。王府の与人を務めていたことは確かなのですが……」

先祖の遺品や戸籍を見せながら、こう話すのは本島在住の青山恵昭《けいしょう》さんだ。彼の父親は、敗戦後日本が去った後、一九四七年に台湾で起きた「二二八事件」〈外省人〈中国人〉の支配に抵抗した本省人〈台湾人〉を国民党政権が弾圧した事件〉に巻き込まれた日本人被害者の一人で、二〇一六年、外国人として初めて台湾政府から被害認定と損害賠償を受けた故青山恵先《えさき》さんだ。もし、渡慶次松が被害者の一人だとすると、青山さんの一族は数代にわたって台湾と奇縁とも言うべき関係を持ったことになる。

このように、琉球民遭難殺害事件に関しては、被害者の特定や遭難時の状況も不明な点が残っているし、遺骨のＤＮＡ鑑定など精査すべきことがいくつもある。

元市長の感慨

台湾の一行が沖縄の遺族を訪ね、和解のセレモニーをしてからかなりの年月が経ったが、さらなる和解へ近づくためには一歩、また一歩と、次の世代へバトンを渡す努力を続けなくてはならない。

あの感動的なイベントに宮古島の市長として参加し、その後も牡丹郷との友好を深めた伊志嶺亮さんと、総務部長として行事の進行や一行の世話を担当した宮川耕次さんを訪ねたときのことだ。

すでに市長を退職した伊志嶺さんは現在医師に戻り、仕事の傍ら趣味のヨットを操り航海を楽しんでいると聞く。その日、私が宿泊しているホテルに迎えに来てくださった伊志嶺さんは、日焼けした肌に、紅い花柄のかりゆしがよく似合う、いかにも海を愛するスポーツマンタイプの方だった。

案内をしてくださった港の脇にできた新しいリゾートホテルのレストランからは、西に傾いた太陽にきらめく金色の海原が見渡せた。テーブルについたところで、私は牡丹郷の図書館からいただいた和解の旅に関する活動報告書をお見せする。伊志嶺さんは懐かしそうにページをめくった。

「うん、そうだった、そうだった」

柔和な笑顔を浮かべながら、元総務部長の宮川さんとうなずきあう。

「伊志嶺さんがハグをしたパイワンの少女のこと、覚えていらっしゃるでしょう？　もう大学生になったんですよ。母親の陳さんがよろしくお伝えくださいと、言っておられました」

私はその写真をさして言う。

「もう、そんなに経つんだね」

伊志嶺さんはそう言ったまま、少女の写真から目を離さない。

「大分前のことですからね、細かいことまで覚えておりませんけれど、わざわざ台湾の皆さんが謝罪に訪れたことに、今もほんとうに感謝していますよ」

ようやく報告書をテーブルに置いて、感慨深げに言う。

実は個人的にも台湾に縁があるという伊志嶺さん。一九四二（昭和十七）年、父親の静雄氏が南港国民学校の訓導を務めていたため、小学校三年生から中学二年生までの五年間を台北郊外の南港で過ごした。

「台湾の思い出は、もうね、楽しいことばかりでした。日本人も台湾人の子供も区別なく遊んでいましたし、父は、公学校に通う台湾の教え子を連れてきては、我が家の風呂に入れていたものですよ」

そう話すうちに、伊志嶺さんは遠くを見る目に変わっている。大きな窓の外に広がる水平線には、沈んだばかりの太陽の残照を受けて鈍いあかね色のついた雲がいくつも並び、台湾へと連なっているように見える。

「私の家族は、終戦の翌年に台湾から宮古島へ引き揚げてきたんですよ。宮古島の人間にとって、台湾は疎開先でしたからよけいに親近感があるんだな」

そうだった。あの時代、沖縄の人々は九州、または台湾へ集団疎開をしていた。

一九四四（昭和十九）年二月に、大本営は沖縄の守備隊として第三十二軍を編成。正規軍八万に加え、中学生や防衛団も含め十一万の兵力で米軍の攻撃に備えたが、その一方で米軍の侵攻は避けられないと判断して、その年の七月から九州や台湾へ疎開を始めた。すでにどちらの航路にもたくさんの米軍艦船や爆撃機が行き交い、大変危険な状況下での疎開となったが、もはや反対するすべもなく決行された。宮古島から台湾への疎開は、一九四四年八月から開始され、約八千人が避難した。

「琉球民の遭難殺害事件はね、文化の違いから起こった悲劇なんです。今から思いますとね、沖縄と台湾は、どちらも支配された民族同士ですから立場が似ているんですよ。お互いに敵対することなくね、もっと仲良くやればよかったと思いますね。その点は残念ですね」

どちらも支配された民族……そのひとことに、沖縄ならではの史観や台湾へのシンパシーがあふれている。市長として臨んだ二〇〇五年の和解のイベントには、格別の思いがあったのではないだろうか。

和解イベントからすでに十年以上経つけれど、屏東県との交流は進んでいるのか、気になるところだ。

すると、イベントの運営にあたった宮川耕次さんが次のように言葉を添えた。

「二〇〇五年の台湾訪問団のタイミングは、実は、市役所にとって調整が大変な時期でした。平成の市町村大合併によって、平良《ひらら》市が宮古島市になる準備で大わらわの真っ最中だったんです。六月に訪問団が帰台した後は、すぐに返礼訪問などできる状態ではありませんでした」

宮川さんが話すように、二〇〇五年十月に、平良市は、宮古郡伊良部町・上野村・城辺《ぐすくべ》町・下地《しも じ》町の四市町村と合併して宮古島市になった。その準備作業に忙殺される中、台湾からの訪問団を迎えることになり平良市の市役所が一丸となって歓迎にあたった。彼らの熱意は牡丹郷が編集した報告書からも伝わってくる。

「その後、台湾から石像を寄贈されたりといくつかの動きはありました。今は、郷土史研究会が中心になって交流など行っているようですが、さあ、あれからどうなっているのかな」

現場を離れた伊志嶺さんは首をかしげる。

――台湾側が、石像を贈ったんですか？　いつ頃でしょう？

「石像の贈呈式が牡丹郷でありましてね。二〇〇七年の十二月に、屏東県へ出向きました」

その石像とは、「愛と和平の石像」と名付けたもので、二〇〇五年六月に行われた和解イベントの際、双方が、未来志向の友好関係を築くことを約束した証に制作されたものだ。琉球風の衣装と原住民の衣装に身を包んだ若者が仲良く並び、ふたりでパイワン族に伝わる連杯を使って粟酒を飲み干している。連杯とは、友情や義兄弟のちぎりにも使われる、パイワン族伝統の儀式用酒器だ。

つまり、台湾と日本がいつまでも兄弟のように仲良くつきあっていこうという決意を示す〝愛と和平〟を象徴する像なのである。私は、牡丹郷にある牡丹社事件紀念公園に行くたびに、散策路の下の広場に設置されたこの石像の前で足を留め、じっくりと眺めてくる。〝雨降って地固まる〟のことわざを、そのまま形にしたような石像は、次世代に和解を伝え、愛と平和の心を広めているように見える。そのレプリカが、宮古島に贈られていたとは知らなかった。

もったいない石像

ホテルへ戻って手元にある資料を調べ直したところ、確かに、「愛と和平の石像」のレプリカが、市内の下地中学校に設置されていることがわかった。宮古島と牡丹郷の友好の証として、これほど意味深い石像はほかにないはずだ。

その翌日に、台湾から送られた像をこの目で見ておきたいと思い、市議の垣花健志さんにお願いして市立下地中学校へ連れて行っていただいた。到着したのがちょうど給食の時間だったので、しばらく校庭で待っていると、突然お願いしたにもかかわらず、校長先生が出てきて像のあるところまで親切に案内をしてくれた。石像は、裏門近くの一角を占める「台湾の森」と称する木立の奥にひっそりと立っていた。

木々の陰で琉球風の衣装をまとった若者と、パイワン族の衣装を着た若者が、連結杯で仲良く粟酒を飲んでいる。

私は、思わず像に駆け寄った。牡丹郷にある紀念公園で、何度も見ている石像と全く同じものだ。石像に手を置くとひんやりとした感触が伝わってくる。牡丹郷に設置してある像は炎天下のためいつも人肌ほど温かいのだが、ここ〝台湾の森〟は、台湾からの来賓が記念に植えた大小の樹木が生い茂っている五十坪ほどのスペースだ。直射日光を木々がさえぎり、静かな緑陰から小鳥の声が時々聞こえてくる。

下地中学校は、ＰＴＡのメンバーに台湾人女性がいたおかげで、生徒同士の交換訪問やトライアスロン競技会に来島する台湾選手を応援したりと、学校を挙げて交流を図っていることは第一章で触れた。

ところが、石像を受け入れるにあたって尽力された方の名前があるものの、牡丹社事件の和解を象徴するという肝心の説明がどこにもない。よく見ると台座にあたる石に、〝台湾　屏東県　牡丹郷郷長林傑西與全體郷民　敬贈　２００７　12　06〟と彫ってある。しかし三年前に着任した

2007年12月に行われた「愛と和平の石像」贈呈式。右が伊志嶺市長、左は林牡丹郷長

下地中学校に設置された「愛と和平の石像」

校長先生も、どういういわれを持つ像なのか知らないという。

「ということは、生徒さんたちもこの石像のストーリーや、寄贈した屏東県牡丹郷と宮古島がどんな歴史を共有しているのか、何も教わっていないということですか？」

なんともったいない話だろうか。説明板を石像の横に立てて、台湾から贈呈された由来を生徒たちに知らしめたら、琉球民遭難殺害事件のことはもちろん、その結果、琉球王国がどうなったのか、どのようにして沖縄県が誕生したのかなど、近代史が手に取るようにわかるのに。これでは宝のもちぐされというものだ。

もし、宮古島市が中学校側とよく相談をして多くの人の目に触れる別の場所に移設してくれれば、台湾で起こった事件や、その後和解に向けて日台双方が努力した経緯などを知るかっこうの歴史観光スポットになる。地元に比べたら圧倒的に情報量の少ない他県からの観光客に、牡丹社事件の史実と和解の努力を知らせるためにも、校外へ移設できないものだろうか。

そうだ、台湾の観光客にも知らせたい。宮古島にとって台湾は、戦前は多くの島民の移民先として、終戦間際は疎開先として親しまれていた。最近では北部の基隆《きりゅう》市との間で行われるヨットレースが縁で宮古島市と基隆市は姉妹都市になっていて縁が深いのだから、宮古島を訪れる台湾人にも愛と和平の石像を見てもらいたい。週に二度の大型客船が来航するなら、観光客の目に付くところに設置して説明板でも建てれば、琉球民遭難殺害事件の真の和解に向けて、もっと理解が進み交流が盛んになるのではないだろうか。

と、このように、つい自分の意見をまくしたててしまった。気がつくと校長先生も垣花さんも気まずい顔をしている。よそ者が、あれこれ言い過ぎたようだ。

「ま、とにかく、教育委員会とも相談して。とりあえず説明板だけは作ってもらうようしませんか。その後のことはご意見も参考にしてまた考えるとして……」

垣花さんが校長先生にこう声をかけて、その場を収めてくださった。

事件現場の屏東県へ

宮古島で初めて末裔の野原耕栄さんとお目にかかってから一年以上経った二〇一七年の晩夏に、思いがけぬ電話をいただいた。

「屏東県を一緒に訪ねてくれませんか?」

野原さんが私と?……正直言ってこのような連絡が来るとは期待もしていなかった。お引き受けするにあたり、未来志向の話し合いをすることを条件にさせてもらった。せっかく台湾まで出向いて、文化行政の担当者や地元の関係者と意見交換をするなら、真の和解に少しでも近づく方向で話し合いをお願いしたいではないか。それならご協力してもよいと思った。

「ご心配なく。私もそう考えていますから」

電話の向こうで野原さんはすぐにそう答えた。

そこで、さっそく屏東県政府の文化政策のトップを当時務めていた呉錦發《ウーチンファ》文化処長へ、ご遺族が紀念公園の看板記述について相談をしたいこと、犠牲者五十四名が眠る統埔の「琉球墓」から遺骨を持ち帰り、先祖代々の墓に納骨したいという希望があることを、メールで伝えた。さらに、台湾語の通訳と現地の案内や車の手配をお願いするために、屏東市在住の知り合いにも声をかけた。

文化処長の呉錦發さんは、もともとは歴史に造詣が深い有名作家である。歴史講話のような番組をラジオなどで担当したり執筆活動をしたりしておられたが、二〇一五年の暮れから故郷の屏東県へ戻り、県政府の要職を引き受けた。以前から牡丹社事件に興味を抱いておられ、史実を探求する信念は揺らぐところがない。その風貌は古武士のようでもあり、何よりも確かな「聞く耳」を持っておられる。文化処の秘書を通じて、末裔の方同伴の来訪を歓迎するとの連絡をもらえたので、私たちの旅は十月に決まった。

こうして私は野原さんとともに牡丹社事件の現場となった屏東県へ出かけることになったのだ。

台湾の地図を広げればわかるように、屏東県は台湾本島の最南端に位置している。屏東県は台東県同様に、原住民人口の割合が高い。パイワン族だけでなく、文化がやや似ているルカイ族も住み、エスニックな雰囲気を味わえる。

県内には、台湾を縦断している中央山脈の南端が伸びて、台東県との境に屏風のようにそびえている。屏東市の郊外から南へと下るときは、大武山の山並みが、私たちをいつまでも見守ってくれる。三千メートル級の山々が連なる大武山系はパイワン族、ルカイ族のふるさとでもあり、牡丹郷もその山ふところに抱かれている。

北大武山の東に広がるのは屏東平原だ。この一帯は、もともと原住民のテリトリーだったが、閩《びん》南《なん》人に遅れて二百年以上前に、中国から開拓民として入植した客家《ハッカ》人が主に住みついた。日本統治時代の一九二三（大正十二）年、屏東市に本社を置いていた台湾製糖株式会社が、サトウキビやコメの収穫のために、屏東平原の上流の林辺渓《りんぺんけい》に地下ダムを造ったことがきっかけとなり、広く灌漑が行き渡るようになって農業が発展した。今では米、果物、野菜、ビンロウヤシなど、農産物が豊かに育っている。

客家人、閩南人、平埔《へいほ》族、原住民、それぞれの文化を大切にする屏東県は、実に魅力いっぱいの県なのに、日本人観光客にまだあまり知られていない。日本統治時代（一八九五―一九四五）の屏東市には、台湾一の生産高を誇った台湾製糖の本社と陸軍第八飛行連隊の駐屯地があったため、多くの内地人（日本人）が住んでいた。当時を知る湾生《わんせい》（台湾で生まれ、戦後日本に引き揚げた日本人）たちに様子を聞くと、高雄よりずっとにぎやかで、目抜き通りにはセイコー社の時計を扱う専門店やモダンなカフェが並び、内地の都会に負けずにぎやかな街だったという。

高鉄（いわゆる台湾の新幹線）の、南の終点である左営駅から乗り換えて屏東へ向かうことが多い私は、三両編成の在来線に乗ると、ああ、いよいよ屏東に行くのだ、というときめきがふくらんでくる。高雄市と屏東県の境を流れる川をわたると、車窓の風景はのどかな田畑とビンロウヤシの林になり、時間の流れ方がいっそうスロウになってくる。それは私に、幼かった頃東京から房総半島へ出かけた旅行を思い出させる。当時乗車したディーゼル列車が隅田川を渡って千葉県に入ると、急に景色も大気も何もかもが変わり、時間の流れがゆっくりになる。電車の振動に身を任せながら、私はこれから始まる夏休みの嬉しさで胸が高鳴った。その懐かしい甘酸っぱい気分が、左営駅から屏東駅までの乗車時間によみがえってくるのだ。

各駅停車ののんびりとした振動に身を任せて約四十分。列車は、二〇一五年に改装したとてつもなく大きな屏東駅に到着する。こんな巨大な駅に造り替えたということは、高鉄延長を見越してのことに違いないが、入居テナントの数がまだ少なくて、駅はがらんとしていた。高層ビル群も少ない屏東市は、代々の県長が、教育と環境保護に熱心なせいか、〝幸福屏東〟のスローガン通り、穏やかなスロウライフが楽しめる。人の良さ、親切心は際立っていて、台北や台中、高雄といった、いわゆる大都会とは違い、昔ながらの台湾が温存されているように感じる。しかし最近は、屏東県の発展につながるイベントを次々に成功させている。南がバシー海峡、東が太平洋、西は台湾海峡と、三方を海に囲まれているため、海洋性のおおらかで、ものおじしない気質があるのかもしれない。公共交通網が整備されたら、内外からの観光客は飛躍的に増えると思う。

なお、南部の恒春市は、日本の台湾出兵後に清朝が築いた石づくりの城壁が今も残る歴史の街であり、最南端の墾丁《ケンティン》はトロピカルな雰囲気にあふれる人気の観光地で、アジアンリゾートの一翼を担っている。

二〇〇五年に行われた琉球民遭難殺害事件の和解イベントを知ってから、この事件に新たな興味が生まれたことは、序章ですでに述べた。その二年後の二〇〇七年に、屏東県政府から招聘を

原住民の集落は、みごとな壁絵が目に付く

働き者の女性を表した石像

蕃刀を携えた男性の石像

受けて一般家庭にホームステイをしながら一カ月ほど滞在をしたとき、県内の主だった観光地を県政府が案内してくれた。その中に牡丹社事件の主戦場となった石門古戦場や牡丹郷に立つ紀念碑、そして恒春の城壁なども含まれていた。それまではアウトラインくらいの知識しかなかったのだが、県政府の案内役の説明を聞くうちに、古い映像が、最新のデジタル技術によってよみがえるように、リアリティーあふれる事件に見えてきた。担当者は、日本からやってくる観光客はこの事件のことをほとんど知らないし、興味を持っていないようだと残念そうに語ったことが忘れられない。

いきなりのハプニング

台湾へ向けて出発した二〇一七年十月二十四日。その日は朝から澄んだ秋空が広がっていた。私は成田空港から、野原さんは那覇空港からそれぞれ台湾へ向かい、桃園国際空港で待ち合わせすることになっていた。野原さんの搭乗する飛行機のほうが四時間も早く到着してしまうので、待ち時間が長く申し訳ないと思いながら成田空港へ向かっていると、突然携帯電話が鳴った。野原さんからだった。

「実は、予定の飛行機に乗れなくて……」

「えっ、どうなさったのですか？」

新しくしたばかりのパスポートの代わりに、間違えて古いほうを空港に持ってきてしまった、とハプニングを告げる電話だった。さあ、困った。牡丹社郷での予定は明日の早朝から手配済みだ。

「ピーチ・エアでしたね？　那覇からの最終便でかまいませんので、桃園空港へいらしてください、いらっしゃるまでお待ちしてますから」

これしか解決策はない。

「わかりました、なんとか今日中の飛行機に乗るようします」

宮古島でお目にかかった野原さんの第一印象からは考えられないハプニングが起こったことで、私は逆にほっとした。携帯電話をしまって車窓の景色を眺めるうちに、今回の旅はうまくいきそうな気がした。台湾の桃園空港で彼の到着を待つ間の数時間、さあ、何をして過ごそうかと考えをめぐらすうちに、成田空港へ到着した。

実は今回、SNSのありがたさを身にしみて感じた。このハプニングをSNSを使ってつぶやいたところ、たちどころに日本と台湾の友人たちから、時間をつぶすアイデアが送られてきた。その中に「一緒に時間つぶしに付き合います」という台北在住の友人からのメッセージがあった。「久しぶりにお目にかかりたいし、ちょうど時間が空いているので桃園空港まで車で行きます」と、涙が出るほど嬉しい連絡をしてきてくれたのだ。なんとラッキーな私。おかげで、ピーチ・エアの到着までの時間がコーヒーショップであっという間に過ぎていった。ほんとうに便利な世の中になったものである。

台湾時間の午後六時。野原さんは恐縮しながら桃園国際空港の到着ゲートに現れた。小ぶりのキャリーケースひとつという身軽な格好だ。空手の指導で世界のあちこちを飛び回っておられるだけあり、旅慣れている（ように見えた）。

「そんなことありません、今まで一人で屏東県まで行く気にはならなかったんですから」と、意外なことを言う。

空港で時間つぶしにつきあってくれた友人に高鉄の桃園駅まで送ってもらい、終点の左営駅まで乗車。車内で野原さんから沖縄伝統空手についていろいろ教えてもらった。もともとは「手《ティー》」と呼び、琉球時代に「唐手《トゥティー》」となったものが、一九二二（大正十一）年に沖縄から日本本土へ伝授されて発展する中で、「唐手」が「空手」という漢字に変わったことを私は初めて知った。

琉球王府の武道として確立した唐手は、試合に勝つためのに行うものではなく、生涯にわたる自己鍛錬の手段であり、琉球の歴史と文化が結晶したものだと彼は言う。この話を聞いて、二〇一二年に柔道の父である嘉納治五郎の、唯一生存する愛弟子にあたる九十九歳の女性柔道家福田敬子師範（一九一三―二〇一三）を取材したときのことを思い出した。移住先のサンフランシスコに自分の道場を持つ彼女は、身体と心を常にベストの状態で活用し、社会のために協調融和して生きる「精力善用、自他共栄」こそが、柔道の根本精神であると教えてくれた。それは「手《ティー》」の心に近いものがあった。福田師範が、昨今の柔道が競技化してしまい勝負ばかりにこだわることを嘆いた点も、野原さんが危惧する現代空手の問題点と似ていた。近いうちに機会を作って、浦添市にある道場をぜひ見学させてくださいと、私はお願いをしたのだった。

高鉄の左営駅から在来線に乗り換えて屏東駅に降り立ったころは、すっかり空が濃い藍色に変わっていた。日没時間を過ぎたというのに大気はまだ熱をはらんでいて、ホテルからそう遠くない小さな食堂までの道のりも、歩くと汗が吹き出してきた。ほおずき色の裸電球と蛍光灯が混じった光の中で、地元名物の鴨肉やニガウリと塩卵の炒め物などの小皿料理を注文して、冷えた台湾ビールとともに味わった。

「野原さん、ちょっと伺っていいですか？」

ほろ酔いの勢いで、私はずっと疑問に思っていたことを口にした。それは、四代も前の高祖父（曾祖父の父）の身に起きた事件を、あなたの家族はどのようにして伝えてきたのかということだ。

「小さい頃からご先祖の遭難事件について聞いていたのですか？　おじいさまとかおばあさまが話してくださったんでしょうか？」

「いや、先祖の身に起きた事件を初めて知ったのは中学生の頃でした。家族から教わったわけではありませんね」

意外だった。

「じゃあ、どなたが話してくれたんですか？」

すると彼は箸を動かしながら説明を始めた。私はここでノートを取り出す。それによると、彼の一族は宮古島上野村の旧家で、もともとは首里の士族の出だったという。標高百九メートルながら宮古島最高峰の野原岳《のばるだけ》は、「実家の姓から名前が付いたらしい」と事もなげに言う。

「先祖が首里から宮古島へ移ってきたのは、理由があったんでしょう、そのことについては詳しく知りませんが、かなり古くから村の年貢の管理から地域の祭祀や社会活動をまとめる役を、我が家がずっと担ってきました。父親の野原薫は、宮古島上野村の初代助役を務めた後、二代目の村長になりました。そういうこともあって、年中行事のたびに、島の古老が実家に集まってきたのです」

野原さんによれば、いろいろな人が集まっては島の昔話をしていたため、台湾での遭難殺害事件も「ごく自然に知った」そうだ。

「最初にその事件を聞いたときは、どんな印象を持たれたんでしょうか?」

「別に何も。もう大昔のことですし。戦中は家族や親戚が台湾に疎開していましたので台湾に悪い印象はありませんし。その話を聞いて憎しみを抱いた、ということはないですよ」

先祖の身に起こった事件も島の歴史の一部ととらえ、少年は動揺することもなかった。

「父親が健在だった頃は、県政府やほかの遺族との間に立って連絡係を引き受けていましたし、慰霊祭などの行事は父親が協力をしていました。一九八〇年に波の上の護国寺で行われた遭害者の墓の開眼式では、西銘知事と親しかった父がいろいろ世話をしていました。だから、ごく自然に事件と接していましたよ。説明板の誤った表記を見つけるまで、自分の中ではこだわりも不満も、何もなかったんですから」

ざっくばらんに、淡々と話をしてくださる様子からは、説明板撤去を要求する心情が見てとれない。何がそこまで彼の心をざわつかせているのだろうか。彼の心の奥に沈んでいる怒りはどこからきているのか。さらに濃くなってきた南国の闇をまさぐっても、その答えは依然つかめない。

恒春半島を南下する

文化処長の面談だけでなく、遭難殺害事件の現場や記念碑や紀念公園などを訪ねたいという意向を野原さんから聞いていたので、地元の知り合いに車の手配をお願いした。というのも、屏東市からさらに南へ下った恒春半島の、奥深い山ふところに位置する牡丹郷の付近には、在来線の駅も直行バスの停留所もなくアクセスがまことに悪い。もし、公共交通を利用する場合は屏東市から恒春半島の手前の枋寮《ぼうりょう》まで在来線で行き、そこからバスを乗り継がなければならない。時間の節約を考えると、タクシーを貸し切っていくか、知り合いにお願いして車を提供してもらうのが合理的な方法だ。

翌朝、タクシーの手配を受け持ってくれた屏東市在住の李中元《リーチョンユェン》さんとホテルで待ち合わせた。李さんは、遠足の朝の小学生のような朗らかな声で言う。

「今日は天気がいいですよ、空がねえ、ほら、真っ青でしょう。先週はぐずついた天気だったんですが、ほんとうによかった！　まず琉球墓にお参りにいきましょう！」

乗り込んだ車内にも光が躍っている。恒春半島へのドライブにぴったりの晴天で、朝の八時だというのにもう太陽が高く上がり、周囲のすべてをきらきらさせていた。

李さんは、退職後、〝世のため人のため〟をモットーに第二の人生を送る台湾のシニア世代の典型で、毎日、教会や老人会のボランティアや日本人留学生らのお世話に駆け回っている。戦前の日本語教育を受けた、いわゆる多桑《トオサン》世代よりも下なのに日本語が堪能なのは、トオサン世代の両親のもと、小さい頃から家庭でも日本語を使って育ち、就職先も日系企業だったせいである。牡丹社事件については独学で勉強し、日本人にもっと知ってもらいたいからと、ボランティアで案内を続けている。

「台湾にとっても日本にとっても大事な事件ですからね。でも残念ですね。ほとんどの日本の方はこの事件をご存じありません」

「李さん、そうなの、ほんとうに残念だと思うの」

車の窓をあけて心地よい風にあたりながら屏東市内を抜け、一路恒春半島へ。まず、被害に遭った五十四名を祀る琉球墓をめざして、国道一号線を南下する。一時間も走ると、マンゴーの産地として知られる枋山《ぼうざん》郷に到着した。ビンロウヤシの葉でおおった屋根の休憩所が、がぜんリゾート気分を盛り上げている。車から降りて休憩所へ入ると、目の前は青緑色の穏やかな台湾海峡だ。

♪うーみーはひろいな、おおきいなー　つーきーはのぼるーし、ひがしずーむー

「あれ、李さんたら！　お上手ですね」

「小さい頃ねえ、おかあさんから教わった日本の童謡ですよ、今でも海を見ると歌いたくなりますよ」

と李さんが笑う。かたわらの野原さんも楽しそうだ。

「あのときはこの海峡に大きなねえ、見たこともない軍艦が次々に現れたのですから、そりゃあ、

恒春半島に沿って広がる台湾海峡。海水浴客でにぎわう枋山郷付近

地元ではびっくりだったでしょう」

　李さんは台湾海峡をさして言う。でも、緑がかった海原は、そんな昔のことなどすっかり忘れているみたいですよ。

「社寮を過ぎたら楓港《ふうこう》を通ります。この港から生存者十二名が台南へ船で送還されました。牡丹社事件が起こったときは日本の先遣隊が駐屯しておりました。そうそう、昔から楓港の名物は焼き鳥なんです」

「焼き鳥は、何を使うのですか？」と野原さんが聞く。

「昔はね、たくさん渡り鳥がやってきたので、それをつかまえて焼き鳥にしていましたけれど、今はね、ウズラの種類を養殖して渡り鳥の代用にしています。召し上がってみますか？」

　李さんの日本語による沿道ガイドはすべらかに続く。最南端のガランピ岬へと延びる二十六号線に入ると、道路の右側は台湾海峡、左側は獅子の頭や亀の形をした岩山が、私たちを楽しませてくれる。琉球の人々が埋葬されている墓は、楓港からさらに半時間ほど行った、車城《しゃじょう》郷の統埔《とうほ》という田舎町にある。彼の名調子のおかげで、屏東市から車で約二時間かかる琉球墓への道のりもあっという間だった。

「看板がもうすぐ見えてきます」。李さんが、すっと前方を指さした。

　私が初めて統埔の琉球墓を訪れたのはもう十年以上前のことだった。場所がわからずに、車を止めては人に尋ね、尋ねてはまた車を徐行させてようやくたどり着いた。車外に出ると、耕耘機が掘り起こす、畑の生臭い土の匂いを感じた。暑さでかげろうのように揺れる一本道が山の中に吸いこまれていった。それが来るたびに景色が変わっていき、「琉球藩民墓」と書いた大きな看板が道路脇に設けられた。二〇一一年に屏東県の文化史跡に登録されたときに、三百メートルほどの参道と、周囲が公園として整備され、入り口には鳥居も立った。

タマネギとマンゴーの畑を見やりながら参道を歩いた。車を降りてからずっと、野原さんは言葉少なになっていた。もし私のひいおじいさんが犠牲者の一人だったら……やはり多弁ではいられないだろうと考えた。整備された参道をしばらく歩くと、鳥居とその奥の背の高い石碑が、逆光で黒いシルエットとなって、田畑の中に現れる。そう、こんな遠いところに、日本人が忘れているような場所に、琉球人五十四名の墓がある。亀甲墓は、照り付ける日差しの中、静謐《せいひつ》そのものだった。墓所の雑草が伸び始めているものの、手の入っている様子がうかがえた。

中国福建省から伝わったとされる亀甲墓は、台湾でも琉球でも裕福な層に普及していた。風葬や土葬をした後に洗骨して遺骨を取り出し、大きな甕《かめ》に入れて再度埋葬する、清明節に墓庭で先祖の供養をする、という習慣があるため内部の空間と墓庭が広くとれる亀甲墓は、理にかなったデザインだった。

墓の入り口から屋根へと向かって広がるたおやかな曲線を、女性の腹部とみなす沖縄の人々は、亀甲墓に遺骨を安置すると、死者が母の胎内に再び回帰すると信じている。殺害された五十四名の方々は母に抱かれるような安らぎに包まれ、この地で眠っていると思いたい。

休憩所や牡丹社事件の看板も墓の手前に立ち、史跡らしくなっている。先回お参りに来たときは、墓の前に『月桂冠』の小瓶が置かれていた。このメーカーの清酒は、台湾のコンビニストアならどこでも買えるものだから、付近の住民がお供えしてくれたのかもしれない。周囲が公園のように整備され、観光客もときどき訪れるようになっているので、被害者たちのマブイは寂しい思いをせずに済んでいるのではないだろうか。

異国で眠る琉球人

殺害された人々の遺骨がここに落ち着くまでは、紆余曲折があったと聞いている。琉球民の救出に当たった地元の漢人の鄧天保や楊友旺や林阿九らが生存者を保護した後、双渓口の河原に散らばる首のない遺骸を集め、急ごしらえながら付近の山すそ（現在の宙光山の南側あたり）に数基の墓を造って埋葬した。その後、楊友旺の指示で林家が提供した統埔の空き地に移し替え、亀甲墓を設け遺骨を五個の大きな水甕に収めて埋葬した。

その統埔の墓を改修し墓碑を建てたのは西郷従道である。彼は、牡丹社攻略のための部隊とともに双渓口付近を進軍していたときに、偶然、琉球人の墓跡を見つけたようだ。従軍した『ニューヨーク・ヘラルド』の記者の報告によれば、「今、まさに牡丹社に入らんとするに際し、この地にこの墓を見、感慨まさに無量である。この墓を拝した従軍の将士は、彼らを台湾に至らしめた原因を想起し、強い感慨を覚えたに違いない」とある。

蕃社の頭目たちが投降すると、西郷はさっそく、三年前の遭難殺害事件の被害者の頭骨の返還を命じ、駐屯地に届けさせた。届いた頭骨は丁重に扱って「高砂丸」に載せ、十月十六日に長崎にある蕃地事務局へ届けた。知らせを受けた内務省は、ちょうど長崎と鹿児島間に開通したばかりの郵便船「天祥丸」を使い、十一月二十日に鹿児島で琉球側の役人に四十四名分の頭骨を引き渡した。こうして犠牲者たちは、悲劇に遭ってから約四年後の、一八七五年二月にふるさとの琉球へ帰ることができた。

ただし、現在のような法医学の観点から身元調査ができるわけもなく、果たして正確に犠牲者の頭骨なのかどうかという精査は、なされぬまま歳月が経っている。残りの十名分は行方知れずのままだ。

西郷従道は、草原の真ん中にあった統埔の墓の修繕を、蕃地事務局の大隈重信を通じて太政大臣の三条実美《さねとみ》に上申した。亀甲型の墓の前に墓碑を建てるために、対岸の福建省厦門から取り寄せた御影石は一八七四年の十一月十六日に台湾に到着した。そこへ、西郷自ら〝大日本琉球藩民五十四名之墓〟の文字を揮毫し、裏側には、「我琉球藩民」が「兇徒」によって殺され、「天皇震怒」したので出兵したなど、台湾出兵の顚末を記した。

西郷は墓碑の表に揮毫した「大日本」の三文字に、琉球藩が日本の領土であること（実際には、まだ日本に帰属していなかった）を表し、台湾出兵の正当性、という政治色の強いメッセージをこめた。

なお、明治政府は一八七四年七月に、台湾で命を落とした遭難者の遺族による現地への墓参と慰霊祭を行うよう琉球藩へ通達を出しているが、清国との長年の関係を考慮した琉球側は、この通達に従わなかった。

西郷はさらに、明治政府から年間二十円の供養・管理料を送るという約束をとりつけて、生存者の救援にあたった林阿九らに永代供養を頼んだ。大正時代も半ばになると政府からの送金は約束の半額となり、その後は途絶えてしまったようだが、それでも林家の人々は日本統治時代をとおして、律儀に供養と管理を続けたのだった。

先人たちの尽力

西郷従道が統埔の墓を手入れしてからかなりの歳月が経った一九二五（大正十四）年、台湾総督府の鉄道部技師をしていた沖縄県出身の照屋宏（一八七五―一九三九）のもとに、見知らぬ同郷の老人から手紙が舞い込んだ。送り主の名は島袋亀《しまぶくかめ》。琉球民遭難殺害事件の生存者の一人であった。

首里出身の島袋亀は、父親の次良とともに奇跡的に難をまぬがれ、親子ともども命が助かった希有な運命の持ち主だ。事件当時は二十一歳だったが、彼がどういう身分で宮古島船に乗り合わせていたかは、わかっていない。その若者が、事件から五十四年目に七十五歳となったとき、照屋に投函した手紙だった。

照屋は当時、台湾の沖縄県人会の会長も務めていたし、社会的地位の高い総督府の高級官僚だったので、島袋老人は、自分に残されたわずかな時間を自覚し、すがる思いで胸の内を訴えたのだ

琉球墓の前で、墓を造った救援者の名前をじっと見る野原耕栄さん

西郷従道による墓碑が亀甲墓の前に立つ。台座には被害に遭った54名の名前が見える

ろう。突然、見知らぬ人物から届いた手紙には、事件の経過はもちろん、自分たちの命を助けて四十余日にわたって手厚い保護をしてくれた保力庄の楊友旺父子や鄧天保や凌老生や林阿九らへの大恩、異国で命を奪われた仲間たちへの哀悼の気持ちが切々と綴られていた。島袋老人は、自分たち十二名の命の恩人の親族を探し出し、今日まで胸に抱いてきた万感の思いを伝えてほしいと懇願していた。

島袋老人のこの手紙は、激しく照屋の心を動かした。

そこで、恒春郡の郡守に連絡を取って、救援にあたった人々の子孫の消息を調べるよう要請、自らも台湾で発行している新聞に寄稿をして広く協力を呼びかけた。そればかりではない、宮古島をはじめ本島や石垣島に住む被害者の縁故者にもあたって、一人一人の名前をこつこつと調べ上げた。そのおかげで、五十四名の名前、出身地、当時の役職などがわかった。

照屋はまた、在台湾の県人会に声をかけて寄付を募り、墓の修復を決意。寄付が集まるとポケットマネーから不足分を追加して、管轄の高雄州庁へ修復許可願いを出す。ついに、一九二七（昭和二）年十二月に、統埔の琉球墓大改修と供養祭が照屋の尽力で実施された。このとき、台湾産の石材を使って墓の台座を新たに造り、表には被害者一人一人の名前を刻んだ。今、私たちが琉球墓を訪れて、五十四名の名前を確認できるのは、ひとえに島袋亀の救助者への恩を忘れぬ謙虚な心と、照屋宏ら在台湾の沖縄県人会の尽力のたまものである。

照屋宏の報告書によれば、島袋老人から救出の際に世話になった恩人たちに渡してほしいと託された十円は、墓の改修と供養祭を執り行ったときに、招待した凌老生、楊友旺、鄧天保、林阿九らの遺族に報恩のしるしとして手渡したという。すると、彼らは島袋老人の厚意に胸がつまり、「終始感激の気持ちで言葉も出ず、嗚咽する姿も見受けられた」とある。

ただ照屋らが慰霊祭を行った時代は、まだ原住民を「凶賊」だとか野蛮な「生蕃」との捉え方が残っていて、被害者と加害者の末裔同士が和解をすることなど、とても考えられなかった。

それでは、悲劇に見舞われた人々の名前を記そう。親子を一緒にしたり出身地を揃えたりしたので、墓に刻まれているとおりの順番ではないことを初めにお断りしておく。

よく見ると、松とか亀とか似たような名前が多い。当時の琉球でも、ようやく姓名を持てるようになったらしく、一人一人の個人を表すような名前にはなっていない。名前がわからない士族は「仁屋」という総称になっているし、平民は、「某」という字をあてている。

名前の下に書いた役職は当時のもので、「頭職」は郡長、「与人」は市町村長、「目差」は助役、「筆者」は書記、「筑親雲上」は下級役人にあたり、すべて公務員だ。「従内」と「供」はどちらも役人の部下で付き人にあたるが、出身が士族ならば「従内」、平民であれば「供」と区別していたという又吉盛清さんの解説にしたがった。生存者の謝花《しゃばな》次良《じらー》が「船頭」と記されているが、それ以外の船頭役は不明だし、身分や役職のわからない乗組員が何人もいる。

遭難被害者の氏名（役職）　（現在の）出身地

○犠牲者　五十四名

1	仲宗根玄安（頭職）	宮古島平良市（以下同）
2	棚原玄永（国仲与人）	〃
3	棚原玄教（筆者・玄永の長男）	〃
4	高江洲仁屋（元砂川目差）	〃
5	保栄茂玄寛（砂川与人）	〃
6	保栄茂云慶（筆者・玄寛の次男）	〃
7	高江州良與（比嘉与人）	〃
8	高江州仁屋（良與の次男）	〃
9	奥平仁屋（前里目差）	〃
10	平良恵盛（筆者）	〃
11	津嘉山恵恒（筆者）	〃
12	添石仁屋（筆者）	〃
13	稲福仁屋（筆者）	〃
14	崇原仁屋（筆者）	〃
15	安谷屋良政（筆者）	〃

16 山内仁屋（筆者）　〃
17 山内仁屋（筆者）　〃
18 志多伯仁屋（筆者）　〃
19 池村仁屋（馬方筆）　〃
20 親泊仁屋（従内・頭の随人）　〃
21 狩俣仁屋（従内）　〃
22 狩俣仁屋（従内）　〃
23 松川金（供・頭の随人）　〃
24 前川屋真（供）　〃
25 浜川金（供）　〃
26 前泊金（供）　〃
27 普天間金（供）　宮古島伊良部町（以下同）
28 佐久本恵座（供）　〃
29 池間金（供）　〃
30 仲地屋真（供）　〃
31 長濱蒲（供）　宮古島平良市（以下同）
32 内間加阿良（供）　〃
33 内間屋真（供）　〃

34 高江州仁屋（従内・目差随人）　〃
35 奥平仁屋（従内）　〃
36 松川仁屋（従内）　〃
37 野原茶武（供）　宮古島上野村（以下同）
38 島尻津侶（供）　〃
39 砂川仁屋（従内）　〃
40 川満金（供）　宮古島下地町
41 佐久川松（供）　宮古島下地町
42 前里蒲戸（供）　宮古島城部町
43 川満亀（供）　〃
44 新城朝憲　便乗者（以下同）　沖縄本島那覇市（以下同）
45 宮城元隆　〃
46 田場亀　〃
47 新垣某　〃
48 仲松某　〃
49 伊波寛行　〃
50 松田亀　〃
51 新垣仁王　〃

52　仲村渠亀　〃

43　伊集亀　沖縄本島西原町

54　仲宗根松　沖縄本島今帰仁村

○生存者　十二名

1　島袋次良　沖縄本島那覇市（以下同）

2　島袋亀　〃

3　謝花次良（船頭）　〃

4　仲本加那　〃

5　渡慶次松　〃

6　謝花次良　沖縄本島与那原市

7　高江洲松　座間味村

8　下地仁屋　宮古島平良市（以下同）

9　平良仁屋　〃

10　武富仁屋　〃

11　浦崎金　宮古島下地町

12　友利寛令　宮古島平良市

○溺死者　三名
1　崇元仁屋
2　祥雲寺内証聞
3　新垣筑親雲上

宮古島の『平良市史　第三巻』に、墓の修復に関する報告書が載っている。それによると、寄付の総額（収入）は、五百十五円九十六銭。そのうち、支出は次のように報告されている。

士林産の石材　　百三十四円八十六銭
現場の工事費と石工の人件費　　二百五十円
祭典費　　五十円
寄付金趣意書や報告書の郵送料　　六円八十銭
寄付金趣意書や報告書の印刷費　　七十四円三十銭

その後一九三三（昭和八）年に、台湾総督府は琉球墓を『史跡名勝天然記念物保存法』にもとづき、第一級古跡に指定した。

台湾の墓守

さて、第二次大戦の敗戦により、日本人がまるで潮が引くように台湾から引き揚げた後、琉球墓はどうなってしまったのだろうか？

台湾には中国大陸から敗走してきた国民党軍とその関係者が渡ってきて、蔣介石率いる国民党が政権を執った。台湾が「中華民国」になると、日本軍国主義のシンボルだと言って神社や記念碑の取り壊し、桜の伐採などを次々に行ったから、琉球墓の管理も当然、戦前のようなわけにはいかなくなった。

又吉盛清さんは、初めて当地を訪れた一九七八年のことを、著作の中で以下のように綴っておられる。

> 村人に案内されて、屏東県車城郷統埔村に建つ五四人が眠る「琉球人墓」苑をやっとのことで探し当て、その前に立った時、いい知れぬ感情をどうすることも出来なかった。墓地の石塀は崩れ落ち、雑草は延び放題になって樹木は生い茂っていた。そうして墓碑も墓石もつる草におおわれて、足の踏み場もない程に荒れ果てていたのである。
>
> （又吉盛清『大日本帝国植民地下の琉球沖縄と台湾』）

草におおわれ、荒れ果てた墓の様子をまのあたりにした又吉さんは、帰国後ただちに平良市市

照屋宏らが改修した琉球墓。昭和初年頃か？（写真提供=又吉盛清）

墓の入り口脇に立つ案内地図。かなり風化している

長や在沖宮古郷友連合会会長、沖縄大学教授らを訪ねて現状報告し、あわせて連絡協議会を作り、遺族や関係者を探し出し、翌年、当時の平良市長盛島明秀さんを団長として墓参団を結成した。

一九七九（昭和五十四）年、遭難殺害事件が起きてから百八年後に、遺族十名は異国に眠る先祖の墓に詣で手を合わせることができた。台湾側からは琉球人の救助と墓の建立に尽力した楊友旺や鄧天保や林阿九の子孫たちが参列。ここで遺族たちは初めて事件の関係者と対面したのだった。

その後、沖縄県や宮古島市が事業費を捻出し、遺族から寄付金を募って、まず那覇の護国寺内の遭害碑の移転を決行、一九八〇年に執り行った開眼式と慰霊祭には、生存者の救援に力を尽くした台湾の恩人たちの子孫を招いた。次に、台湾側の協力を得ながら、統埔の琉球墓の改修にも着手した。又吉さんの著書『大日本帝国植民地下の琉球沖縄と台湾』にその経緯が詳しく綴られているように、林阿九の末裔らが、献身的に墓の修復工事に協力をしてくれたという。

一九八二（昭和五十七）年の四月二十九日には、沖縄からの墓参団が参列する中、改修慰霊祭が執り行われた。その際、石碑から「大日本」の文字がセメントを流し込んで消された。政権を担当していた国民党から、かつての侵略者である日本を想起するという理由で、削除要求があったのだという。私が初めて訪ねたのは十数年前だったから、まだ「大日本」の三文字は消した跡が明らかにわかったが、二〇一一年に、屏東県の県指定遺跡に決まったとき、「大日本」の三文字は元に戻った。

野原耕栄さんの先祖の野原茶武《のはらちゃむ》は、与人随行（村長の従者）の一人として貢納船に乗り込み、被害に遭った。野原さんは、線香をそなえた亀甲墓の前にぬかずいて動こうとしない。その後ろ姿に高く上りきった太陽が容赦なく照りつけている。

墓の入り口には、レンガで造った銘板があり、生存者の救出と墓の設営にあたった客家人の名前が刻まれている。

琉球藩民坟墓

楊友旺

経理人　林阿九乃子林樋獅承祀

埋葬人　林阿九　統帯統埔衆人等

張眉婆

私たちは琉球墓に真っ赤なハイビスカスの花を手向けた。琉球墓の前にたたずむと、百数十年前の出来事がにわかに現実味をおびて迫り、胸苦しさやいたたまれなさに包まれる。現場をこうして訪れることで、過去が現在につながっていると実感する。

それから改めて、一九二七年の大改修の際に設置された被害者の名前を彫った台座を眺めた。改修からすでに九十年以上経っているため、風雨や土ぼこりのために劣化し、一人一人の名前はひどく読みにくくなっている。

「ご先祖の名前が間違っているので、ここもほんとうは直したいんですよ」

野原さんはそう言って、名前がずらっと書いてある中の一部をさした。

「隣の人と、名前が入れ替わってしまっているんです」

「あ、ほんとうだ、茶武さんが正しいのですよね？」

隣に書いてある犠牲者の名前の「津侶」となってしまっている。この名前の入れ違いは、おそらく照屋宏が調査したときか、墓の台座を彫り込んだ作業のときに起こったのだろう。

墓を囲む石塀には一九八二年に行われた改修墓前祭の記念板も取りつけられ、慰霊祭に参列した遺族の名が数名彫られている。

「これが私の叔父です、すでに亡くなりましたけれどね。遺族は年々減っています」

五十四家族にわたる末裔たちの世代交代が起きるたびに、過去は遠くへ飛び去っていく。

野原さんが振り向いて、ぽつりと言った。

「なぜ、殺さねばならなかったんでしょうね」

そしてまぶしげに空を見上げている。

彼は先祖の身に何が起こったのか、ほんとうのことが知りたいのだ。しかし真相がわからないだけに、いつまでも上がりの来ない双六《すごろく》をしているような、やるせなさに襲われるのだろう。

私たちの様子を遠慮がちに眺めていた李さんが近づいてきて、墓碑のうしろの亀甲墓に手を合わせ、頭を垂れた。

「琉球の人たちは、何ひとつ悪いことしていないのに命を落としてしまいました。ふるさとにも帰れず、今もここに眠ったままでしょう。お参りしてあげないと気の毒ですよ」

台湾の人々は今も昔も優しい。

遭難殺害事件自体は非常に不幸な出来事だった。とはいえ台湾と沖縄の人々は、大正時代から琉球墓を拠点にして交流を続け、互いを気遣ってきた。両者の心には、通底和音のように響きあう哀しみゆえの親愛の情がある。

アコウの大木を探して

私たちを乗せた車は、四重渓《しじゅうけい》風景区にある温泉街を通り抜ける。南部の名だたる観光地だけあって、この一画は商店やホテルが立ち並び、今までののどかな恒春半島とは別の世界だ。ここから上流へ四キロメートルほど行くと、台湾出兵時の戦場跡の石門になり、そこからさらに一本道をドライブしていくと、牡丹郷へと続く。

牡丹社の人々が、クスクス社の男たちに殺害された琉球人の首を狩って持ち帰り、大木につるして儀式を行ったとされるアコウ（雀榕樹。クワ科の常緑樹。巨木になる）の大木は今もあるのだろうか？　以前、バジロクさんから、道路を広げて新しい施設を造った際に切り倒された、と聞いたことがあるがほんとうだろうか？　野原さんもそのことを知りたがっていたので、牡丹郷に着いたら郷公所（町役場）でまず聞いてみることにした。

牡丹郷は、のどかなコミュニティーである。家々の軒下で犬が昼寝をしている。

中心に位置する郷公所におじゃまして、アコウの大木について質問をしたところ、やはりその木は切り倒されたことがわかった。

「その木は、そもそもどこに立っていたんでしょう？　いつごろ切り倒されたんですか？」

野原さんが矢継ぎ早に質問する。しかし、当時の詳しいことを説明できるスタッフが不在なので、図書館へ行って尋ねてほしいと言われた。

そこで、私たちは郷公所から目と鼻の先にある図書館を訪れた。

こじんまりとしているものの、原住民の歴史や文化に関する書籍が絵本から専門書までずらりとそろい、さすがに牡丹郷だけある。

「この付近にあったアコウの木のことと牡丹社事件について、ご存じの方がおられると役場から聞いてきました」

こう伝えてしばらく閲覧室で待っていると、奥の事務室から小麦色の肌に彫りの深い目鼻立ちと漆黒の髪が美しい女性が出てきた。それが図書館館長の王美連《ワンメイリェン》さんだった。彼女はアコウの大木のことを覚えていたし、驚いたことに、あの二〇〇五年に行われた和解の旅の参加者の一人だった。

「ほんとうですか！　こちらは沖縄県からいらした末裔の方です」

私が野原さんを紹介すると、

「真的（ほんとうですか）！　これも何かの御縁ですね」

そう言いながら、彼女は図書館の入り口に立って前方を指さした。

「私が子供のころ、あそこに見える衛生局の脇にアコウの木がありました。あの建物は、その木を切って道路を広げた後に造られたんです。そうです、衛生局の脇を入ったところに繋っていました。かなりの大木でしたね」

美連さんは両手を丸く広げて、幹の太さを表した。

「小さい子供たちは、木の下では遊ばないよう、大人たちからいつも注意されていましたけれど、その理由を大人たちは教えてくれないんですよ。だから、何となく薄気味悪くて……木の周囲は避けて通っていました」

「美連さんが牡丹社事件のことを知ったのはいつ頃でしたか？」

野原さんが質問する。彼女は小首をかしげ、ちょっと考える。

「中学生の頃ですね、歴史の授業で習いました。台湾で牡丹社事件と言えば日本軍と原住民との石門の戦いのことが中心です。授業で教わった日に、家に帰ってから祖父母に質問したんですよ。でも、話したがらなかった。そういう哀しいことは思い出したくないと言うんですよ。ですから授業で習ったこと以外はわかりませんでした」

牡丹社事件を口に出すことは、「長い間タブーだったみたい」と語る美連さん。

「ああ、宮古島と似ています」と私。

「お年寄りたちが話したがらないのは、不幸な事件が何か悪い気を運んでくるかのように思っていたんでしょう。哀しみがあまりに強いと、口が重くなってしまうんです」と美連さん。

「じゃあ、琉球民が殺害されるまでの経過や、その首を牡丹社の人々が大木につるしたことは、かなりあとから知ったのですね？」と野原さん。

「ええ。琉球民の事件は大学生になってからじゃなかったかしら。いつのまにか知ったという感じですけれど」

美連さんは大学卒業後、しばらくしてから郷里の牡丹郷に戻り、仕事や地域社会の交流を通して牡丹社事件のことを学んだ。図書館館長という立場上、さらに情報を集め自分たちの部族の歴史を勉強している。そして彼女は二〇〇五年の和解の旅に、小学生の娘を同伴して参加した。

「沖縄への旅は……私にとって大きな挑戦でした」

大きな挑戦。彼女はその言葉を、深い思いをこめて吐き出した。

「もう少し詳しくお聞かせください、挑戦とは、どんなお気持ちだったんでしょう？」

「あのときの私の気持ちは……牡丹郷の役所がまとめた報告書に感想文を載せていますから、それを読んでくださいな」

と、彼女は質問を切りあげようとした。

牡丹社のパイワン族として生まれ育った美連さんにとっては、百数十年前の台湾出兵によって、先祖たちは被害者の立場にもなった。一方、村の中のアコウの大木で、先祖たちが琉球人の首級をつるした話もうすうす聞かされている。そうした歴史を自分の目で確かめ、沖縄で被害者の遺族と直接会って感じたことは、突然訪ねてきた日本人にそう簡単に明かせるものではない。ましてや、被害者側の琉球人の末裔が目の前にいるとなればなおさらである。私は、美連さんの柔らかな拒絶にあって、はっとした。そう、この質問は失礼にあたったに違いない。

以下は美連さんが旅行後に寄稿した一文の抜粋だ。

（前略）私は学生時代、単に歴史の授業を通して牡丹社事件を知っただけでしたので、ただ、教科書の記述を特別の感慨もなく淡々と受け止めていました。しかし、自分が文化事業に関わるようになり、また自分の出自を意識してからは、一種の使命感を覚えるようになり、「風港営所雑記」を見たり、牡丹社事件百三十年目の国際学術研究会に参加したり、また「牡丹社事件」の記録を見たり、沖縄への「愛と和平の旅」に参加したり、いろいろな活動を通して、歴史と向かい合いました。

「愛と和平の旅」の旅程でもっとも重要な双方の遺族が対面した六月十八日に、私は「これほど難しい旅があったでしょうか、私たちの心情と彼らの心情がここに凝結して、百三十一年の時空が交差しました。私たちの次世代が、互いに理解しあうことを希望します」と同行の記者に語りました。

（『牡丹社事件　愛與和平　世紀大和解　沖縄訪問団成果報告書』）

美連さんに偶然出会えたことは、双方のマブイの導きのように思え、彼女の対応に心からお礼を言った。

その後、教えられたとおり図書館のはす向かいに立つ衛生局の路地を入ってみると、わずかに切り株の痕跡が残っていた。その先は切り通しのような行き止まりだ。生い茂った草の隙間から双渓口の河原が見えた。牡丹社の男たちは犠牲者の首級を持って河原沿いを歩いてからこの切り通しを登り、集落の入り口にあった大木を利用して祭礼をしたものと思われる。

切り株の跡が残るだけの路地の両脇には、こじんまりとした民家が立っている。庭先には大人の作業着や子供のTシャツなどが干してあった。午睡の時間なのか物音ひとつしない。白銀色の陽差しの中で切り株をしばらく眺めていた。古木の精霊はとっくに姿を消してしまったらしく、首級を祀ったことが想像できない。周囲はそれほど日常的な時間によって支配されていた。

紀念公園の文言

二〇一一年は、一八七一年に起きた琉球民遭難殺害事件から百四十年目にあたる節目の年だった。

そこで、台湾では国際シンポジウムが開かれ、日本からも研究者や関係者が参加したのだが、野原耕栄さんも遺族として招聘《しょうへい》を受けた。シンポジウムの後に、二〇一四年に開園予定の牡丹社事件紀念公園を参加者全員で訪れた。

現在、牡丹郷の観光の目玉となっているこの公園は、付近の景勝地を散策しながら事件について学び、双方の和解の意義を考えてもらおうという、いわば、観光と歴史を合体させた意欲的な施設だ。

すでに記したように、このとき、野原さんは、園内の一画に立てる予定の説明板に、「武器を持った成人男子66人が部落にやってきました」という記述を見つけ、その場で抗議したのである。

それ以来の訪問となった彼は、「武器を持った」という言葉がすでに削除されていることを、自分の目で確かめたいとやってきた。

入り口から階段を昇って園内を少し歩くと、なだらかな斜面に、縦二メートル横三メートルほどの説明板が八枚、散策路に沿って並んでいる。総面積が十二ヘクタールもある敷地には熱帯の植物が植えられ、緑の中を歩くよう工夫された気持ちのよいコースだ。問題の説明板は「牡丹社事件之三　誤解與衝突」（牡丹社事件その三　誤解と衝突）というタイトルが付いている。

「ここですね」

野原さんは、すぐに歩み寄って一文字ずつ確認するように目を通している。私と李さんも中国語と日本語と英語のそれぞれの記述を再度確かめた。

冒頭にあった「武器を持った」という文章は削除されているけれど、〝66人の成人男子が部落にやってきたということは、当時200人しかいなかった高士仏《クスクス》社にとっては、すでに部落の脅威でした。そのうえ、突然どこかに逃げたため、人々は警戒し、勇士に琉球人の後を追わせ、また、牡丹社の人々にも連絡をしました〟という説明文や、その下の、琉球人がこん棒のようなものを手にした古い図版をあわせて眺めると、「武器を持った」というひとことを削除しても、野原さんが主張しているとおり、クスクス社の人々が正当防衛の末に行動に出たと読めなくもない。琉球の漂着民が武器を持ってやってきたという解釈は、被害者の遺族にとっては心の痛む表現であろう。

消耗した体で急な山道を登り、毒蛇や猛獣などの危険から身を守りながらクスクス社にたどり着いた漂着民たちが、仮に、海岸で流木を拾って携帯していたとしても誰が責められようか。こん棒だとしても、それは護身用であり、疲労困憊の体を支える杖代わりで、とても武器と呼べるものとは思えない。もし彼らが、船にわずかに残っていた金属製の道具を持ってきたとしても、それを武器と断定するには無理がある。

突然現れた六十六名の窮状から、漂着民であることをうすうす察したクスクス社の村人は、さっそく水や食糧を与えている。彼らが武器を持ってやってきた侵入者で、村人から「すでに部落の脅威」とみられたなら、その場で命をおびやかされていたはずだ。

琉球墓に参拝したときと同じように、野原さんは説明板の前に立ち尽くしている。しばらく経って、ようやく離れた野原さんが、ふと声を出す。

「漂流した人たちが被害に遭った事件の説明を、明治政府が行った台湾出兵と切り離してもらえないんでしょうか」

散策路に立つ説明板に見入る野原さん

中国語の表記。「誤解と衝突」という見出しで琉球民の殺害事件を説明している

牡丹社事件紀念公園の見取り図。敷地はかなり広い

「えっ？」

思わず私は聞き返した。

野原さんの考えは、つまりこうだ。

先祖たちは、明治政府によって台湾出兵に利用されただけなのに、先祖たちの悲劇まで日本の侵略という文脈で解説されている紀念公園の説明板には違和感がある。

「我々の先祖は、一方的に原住民に殺されたんですから、被害者なわけです。そのご先祖までが、原住民を傷つけ、村を焼き払った日本軍と同じに、加害者のように扱われてしまっている。本来ならばこのふたつは別々の事件ですから、分けてほしいのです」

台湾では、牡丹社事件と言えば日本軍が台湾に侵略し、石門の戦いで原住民と戦闘を交えたことをさす。戦後の台湾を長く支配した国民党政権は、明治政府が行った台湾出兵を、かっこうの反日歴史教材としてとらえ、宣伝、教育を施してきた。

加害者は日本人。

彼の主張は、ヤマトと琉球を区別してほしいということにほかならない。宮古島で短い時間ながら初めて面談をしたとき、野原さんのやり場のない怒りや不信感は、例の「武器を持った66人」という表記だけでなく、資料を提供した台湾や日本の関係者たちにも向けられていることがわかったけれど、それだけでなく、何かもっと、とらえようのない大きなものに向かっているのではないかと感じられた。しかし、それが何かは、はっきりとわからなかった。

今、事件が起きた牡丹郷で彼が問題視しているのは、台湾出兵の口実として先祖たちの悲劇を利用した明治政府そのものにほかならない。自国民の保護（実はまだ琉球が日本の領土ではないにもかかわらず）、原住民の懲罰、という大義をかかげて台湾に攻め入り、原住民社会や清国に打撃を与えた後、こんどは琉球併合を強行した明治政府。その「ヤマト」にこそ、彼の怒り、不信感が向けられているように私には思えてきた。

そうしたやり場のない感情が、先祖の悲劇とオーバーラップしている（のではないか）。そうでなければ、どうして説明板の文言が彼の心に突き刺さったままになってしまっているのだろうか。

「明日、文化処へ行きますから率直に意見交換をなさってはいかがでしょうか」

私はこう返答するのが精一杯だった。

クスクス社を歩く

牡丹郷から屏東市へ戻る前に、まだ少し時間があったので、クスクス社を訪ねることにした。現在の集落は、琉球の漂着民六十六名が迷い込んだ場所とも日本統治時代の定住地とも違う。戦後の国民党時代になって移転してきた集落である。

私にとっては三度目の訪問だが、野原さんは初めてだという。牡丹社事件紀念公園の前の一九九号線を北東に進み、牡丹ダムのあたりで、高士仏山方向へ右折し、山道を登っていくとクスクス社の標識が出てくる。パイワン族の伝統的な暮らしぶりを描いた絵が側壁を飾る、うねうねと続く細い道路を注意深く運転していくと、山に囲まれたひっそりした集落の入り口に着く。牡丹郷の名前の由来となった野牡丹の花とクスクス社の歴史を記した看板が立っている。

「野牡丹が花をつけるころ八月頃は、このあたり一面、淡い紅色に染まります、山の緑によく映える花の紅です。それはきれいな景色ですよ」

李さんがいつもの明朗な声で説明してくれる。小ぶりの苗があちこちに植わっているのは、村をあげて、花いっぱい運動をしているらしい。これらの苗がやがて満開になった光景を思い浮かべながら、近くにある小学校に立ち寄った。すでに下校時間になっていたため、子供たちの姿はなくがらんとした校庭に、西へ傾きかけた黄金色の光が満ち満ちていた。校庭には、生け垣のように野牡丹が植えられ、入り口の脇には祖霊石が三つ。パイワン族が、神の使いとあがめる毒蛇の百歩蛇《ひゃっぽだ》と頭目らの絵と、〝パイワン族の結束のために学び、クスクス社の勇士として前進しよう〟という意味の言葉が彫り込んである。

宿直の先生が一人居残っていた。突然訪れた私たちに最初は驚いた様子だったが、こちらの訪問趣旨を話すと、快く、教室の中や講堂などを見せてくれた。小学校では、課外授業にもパイワン族固有の歴史や文化やことばを習う時間が設けられ、校舎の中は、教室からトイレまで、いたるところにパイワン語の単語やあいさつの言葉などが貼ってあった。二階に上がる階段には、中国語、パイワン語、英語のトリリンガル表記がステップごとに書いてあり、子供たちは、毎日階段を上り下りするたびに、大切な言葉を覚える仕掛けになっていた。

幇助	pusalatje	help
包容	pazekatje	forgive
勤労	cuug	diligent
愛	kiljivak	love
感謝	masalu	thank you
流璃玉	qata	lazurite
陶壺	djelung	pottery
勇士之刀	tjakit	traditional knife
排湾族	paiwan	paiyuan tribe
原住民	kacalisiyan	aborigine
野牡丹花	qaculju	peony
高士	kuskus	kuskus

「部族に伝わる伝統の踊りや音楽も、子供たちに伝えています」

宿直の先生の言葉通り、パイワン族の昔話や音楽や踊りなど、次世代に伝えるべきプログラムがふんだんに用意され、子供たちにアイデンティティー教育がしっかり行われていることがよくわかった。

クスクス社の子供たちは、先祖が琉球の人々をなぜ殺害してしまったのか、どのように外敵と

校内の階段には、中国語、パイワン語、英語で大切な単語を表記。
上り下りのたびに覚えられる

パイワン族の精神を表した祖霊石が学校の入り口を飾る

果敢に戦ったかを、牡丹社事件を通じて学習するのだろう。さらに理解を深め、真の友好に向けての努力を、大人たちからバトンタッチしてくれることを心から祈る。

学校からすぐそばの小高い丘へ登った。そのてっぺんには日本統治時代の一九三九（昭和十四）年に建てられた祠《ほこら》があったが、一九四六年の台風で倒壊し、長い間基礎石だけが残っていた。その丘に、今、真っ白な鳥居がそびえ、日本人が寄贈したという小さな神社がある。

「神様は天照皇大神とは限りませんよ、ここには日本との戦いで亡くなったパイワン族の祖霊が祀ってあるんですよ」

と李中元さん。最近このあたりを「野牡丹神社公園」と名付け、一帯を歴史を学ぶ観光地として、村役場が宣伝をしている。丘の上からは琉球人が漂着した八瑤湾の、雄大な銀色の弧の一部が樹々の間から見えた。

何度目かの取材のとき、私は彼らが上陸した八瑤湾を訪れたことがある。想像以上に長い弧を描いている海岸で、白い波がしらを見せる太平洋が岸に押し寄せる、荒涼とした風景が広がっていた。ドドーン、シャーッ、ドドーン、シャーッ。波がくずれて沖へ引くたびに、単調な音が山に反響する。

八瑤湾の海岸には山から川が流れ込み、その河口は砂丘のように盛り上がった地形になっていた。海岸から吹き付ける容赦のない風にさからうように、砂丘の表面には海藻に似た草がへばりついて、ところどころ、白っぽい岩肌がのぞいていた。砂丘は垂直に聳える山に遮断され、どうやって山道を探し当てればよいか、途方に暮れるような浜辺なのだ。

この海岸の風景は、百四十数年前に宮古島船の乗組員が波と格闘しながら上陸してきたところとそう変わっていないはずだ。

李さんが野原さんを誘う。

風が吹きすさぶ丘の上で、二人はしばらく彫像のようにたたずんでいた。台湾人と日本人。それぞれの胸の中で、百四十余年という膨大な時間が、高速回転して巻き戻されている。

価値ある面談

二〇一七年十月二十五日。午前九時。屏東県政府文化処へおもむいた。

文化処長の呉錦發さんと末裔との会談は二時間近くに及んだ。

まず初めに、野原さんは、

「琉球民の殺害事件については、史実にもとづいたことを書いていただきたいと思い、こちらへ伺いました」

と処長にあいさつをした。それから、彼が用意してきたふたつの事件を別々に解説した文案を、呉処長に説明した。それぞれの書き出しには、「琉球民遭難殺害事件　被害者・琉球民五十四名加害者・パイワン族（高士仏社　牡丹社）」「征台の役　加害者・日本陸軍　被害者・パイワン族」と明記してあった。

野原さんは、昨日私に語ったように、琉球人が被害者である遭難殺害事件と、明治政府が加害者である征台の役とをひとくくりにしないで、ふたつの事件を分けて説明板を立てるよう、要望を出した。そして、紀念公園の説明板は多くの観光客の目に入る大事なものなので、内容を検討してほしいと、念を押した。

呉処長はその文案を受け取り、次のように応えた。

「私は自分の立場上、歴史がどれだけ大事なものかわかっているつもりです。この事件に関してもまだまだ精査が必要だと思っています。台湾でこの事件は、ずっと中国人の視点からしか教えてこなかった。しかし、台湾人の歴史の一部ととらえ、台湾人から見た牡丹社事件を、もっと知らしめなくてはいけないと思っています。そのために研究者の論争が盛り上がるのは大いに結構ですが、中国はこの事件に直接関係ありません。台湾と日本の間で起きたことですから。当事者の琉球民や原住民の視点をきちんと入れて、資料を集める努力、双方の歴史的見解をすり合わせる努力が必要でしょう」

例の「武器を持った」という表現に対しては、呉処長も首をかしげた。

「常識的に考えて、漂流して疲労困憊《こんぱい》している彼らが武器を持ってくるわけがない。第一、戦うだけの体力が彼らにあったとは思えません。この記述がおかしいということは、私たちも理解しています」

資料を集め検討を重ねたうえで、正式な資料館を造りたいと、処長はつけ足した。

「現在、牡丹社事件だけでなく、県内の史跡の説明板なども見直す作業をしている最中です。お預かりしたこの文案も、学者からの意見書と同等に討議材料にすることにいたしましょう」

呉処長は約束してくれた。

「〝愛と平和のメッセージ〟を共有するには、双方が納得できる史実を確認し、（説明板に）記述することが必要条件」という、野原さんの要望は十分伝わったように思われた。

もうひとつの要望だった先祖の遺骨の返還に関しては、ご遺族の気持ちはもっともだとしながらも、五十四名の被害者遺族全員からの正式な申請がないと難しいとの説明がなされた。

「琉球墓」はすでに屏東県の古跡に指定されているため、墓を掘り返して中から遺骨を取り出すとなると、古跡を管理する中央政府文化部の審議会にはからなければならないし、学者の意見も聞かなくてはならない。

「ちょっとやっかいなのは」と呉処長は説明を続ける。

「私たち台湾人には、墓を掘り返すと死者の安らぎを乱すことになり、それにともなって、世の中に悪いことが起きるという伝統的な考え方がまだまだ強いことです。そのため、墓に手を付けることは抵抗感が大きい」

したがって、墓を大規模改修するとか、学術研究のために発掘調査をする、という動きがあるまでは、しばらく見守ってほしい、という説明を野原さんも受け入れた。

ただ、墓に埋葬されている遺骨については、近い将来、ＤＮＡ鑑定を駆使して学術的な調査をしたほうがよいと、呉処長も思っている。

「文献から見れば、遺骨が納まっていることに間違いありませんが、殺害後に、漢人の鄧天保や楊友旺らが川原に散乱する遺体を集めて、その近くに仮の墓地を造って合葬、供養しましたね。それから約三年後に、征台の役のためにやってきた日本軍が、河原の墓を掘り起こし、新たに遺骨を収集して琉球墓ができました。何度か遺骨を動かしているので、正確に被害者五十四名の遺骨が収まっているのか、精査するにこしたことはありません」

いずれにせよ、科学的な鑑定ができれば研究は一層進むだろうし、何よりも遺族の気持ちが安らぐだろう。

会談後、ほっとしたような笑みを浮かべて握手を交わした野原さんに向かい、処長はこう言葉をかけた。

「私の仕事には、台湾と沖縄の文化交流をさらに盛んにすることや日本との和解という大切な役目が含まれているんです。さまざま圧力はありますが、これからもやり続けなくてはいけないと思っています」

直接こうして意見を交換し話しあったことで、野原さんは少しだけ気持ちがほぐれたようだった。ここまで来て良かった。無駄ではなかった。話しあえば、それぞれの立場を理解することにつながるのだから。

なお、私たちの訪問時に文化処長を務めていた呉錦發さんは、二〇一八年からは執筆活動に専念するため文化処長を辞し、ラジオやテレビで台湾の歴史や文化の講座を持ち活躍しておられる。

二〇一八年の十一月に文化処を訪問した私は、野原さんが提出した説明文案が新しい処長のもとでも共有されていることを確認した。ついでに聞いたところによれば、台湾出兵から一四五年目にあたる二〇一九年から琉球民遭難殺害事件の百五十年目にあたる二〇二一年、さらには台湾出兵百五十年にあたる二〇二四年までの間、遺跡の修復や復元、創作劇の上演や日本との文化交流、学術シンポジウムなど、牡丹社事件をテーマにさまざまの計画が立てられている。二〇一九年には国際シンポジウムも開かれた。二〇二〇年は新型コロナウイルスの影響で中断されたが、ふたつの事件の節目を迎えたこの時期に、沖縄、台湾（原住民と客家人）、日本、それぞれの研究者や関係者が一同に集まって、それぞれの研究成果や意見を出しあい、正すものは正し、理解しあうことを願う。

第四章

パイワン族の口伝

「葛藤」という名の牡丹社

「昔、昔、サツマイモ型をした島の、最も南に位置する緑深い山奥に、のどかで平和な原住民の村がありました。彼らはツルやカズラと格闘しながら山奥の土地を開墾し、粟の畑を耕し、森で狩猟をし、川の魚を捕って、先祖伝来の生活を大切にしていました。彼らの村や周辺一帯には、うす紅色の野ボタンが咲き乱れます。若者たちは、その花が咲くと髪に飾ったり、恋のメッセージを託すのです。うす紅色のボタンは若者たちの心そのままに、山すそを染めます」

民話の世界なら、台湾東部の一帯で自然と共生している牡丹郷の人々を、こんなふうに紹介するかもしれない。

「原住民」とは、もともと台湾に住んでいた人々であるから、台湾では彼らを「先住民」（先にやってきた人々）とは呼ばない。一九九四年の憲法改正時に、自らの名称を「原住民」とする請願をして、それが認められた経緯がある。

原住民は、漢人が持ち込んだ仏教や道教とは別の精霊信仰を持ち、先祖の霊を大切に扱う。パイワン族は、その昔、頭目や貴族の家で死者が出ると、室内の特別な祭礼空間、または前庭に埋葬していた。この習慣は、日本統治時代になると衛生の観点から禁止令が出てすたれてしまったが、常に祖霊を身近に感じて生きる信仰心の篤い人々だ。

彼らは階級社会に生き、貴族、巫女、勇士、平民の身分制度がはっきりしていて統制がとれている。長女が頭目を継ぐことも珍しくない。装飾もしかりで、例えば鷹の羽根は頭目用、白百合の花を飾ったり衣服に刺繍できるのは、頭目の娘だけと言われている。また、百歩蛇のデザインは貴族以上にしか認められていない。

部族の〝三種の神器〟とも言える文化的アイコンは、陶壺、瑠璃の珠、青銅刀である。パイワン族の住むコミュニティーへ行けば、必ずこれらのアイコンがデザインされた壁画や工芸品を目にすることができる。

渓流から運んできた石板と深山の木材で造る伝統的な家屋の石板屋は、イコモスの委員ら世界の専門家が認める希少価値があり、台湾政府が世界文化遺産の候補にしているほどだ。

私は、大正時代に屏東県内で活躍した、戦前の台湾製糖株式会社の水利技師、鳥居信平《のぶへい》（一八八三―一九四六）の造った地下ダム二峰圳《にほうしゅう》取材のため、パイワン族の集落を何度も訪ねたが、頭目の家には先祖たちが狩りで射止めた猪、鹿など頭部のはく製と角が架けてあり、中には雪ヒョウの敷き皮を見せてくれる家族もいた。彼らが作る刺繍やトンボ玉で飾った精緻な衣装は、その手仕事の見事さにほれぼれとする。パイワン族は勇敢な狩人でありながら、繊細な芸術家でもある。

今でこそ内外の人々が、こうした台湾原住民の歴史や文化に関心を持ち、芸術性の高さを賞賛しているが、琉球民遭難殺害事件が起こった十九世紀末は、原住民が住む一帯を「化外の地」とし、彼らを蛮人として一方的におとしめていた。

日本が一八六八年に明治維新を断行して近代国家として船出した頃、台湾はどんな状況にあったのだろうか？　牡丹社事件をさらに理解するためには、多少でも知っておく必要がある。

十七世紀から清国は台湾を版図に組み込み、行政機関を置くには置いたが、あくまで軍事上の理由からであって、積極的な統治は行わなかった。その一方、中国本土で内戦が起こるたびに、多くの人々が台湾へ密航し、漢人の人口はしだいに増えていった。十九世紀に入ると西岸を中心に開拓が進んで農業や貿易も盛んになり、打狗《ターグー》（現在の高雄）、台南、彰化、淡水、台北などが街の様相を整えてきた。だが、清朝政府は原住民対策にはほとんど手をつけなかった。彼らの居住地となっている台湾の東側半分は、化外の地として放置していた。

開拓民による開墾が進むにつれて、原住民はだんだんに中央山脈寄りの山深い土地へ移動していった。楽園を脅かす最初の脅威は、オランダ時代（一六二四―一六六二）に中国大陸からやってきた移民たちだった。続く鄭氏政権時代（一六六二―一六八三）、清代（一六八三―一八九五）にも、対岸の中国福建省から閩南《びんなん》の開拓移民が渡来し、島の西側の平原を開墾していった。同じ中国からの移民でも、広東省などからやってきた客家人たちは遅れて入植したために、比較的山麓に近い開墾地を拠点にしていた。

台湾人作家戴國煇《ダイグゥオフェイ》の著作『台湾』には、一八九三年当時の漢人人口がすでに二百五十五万、耕地面積は七十五万町歩に達していたと記されている。漢人は生活条件の良い海岸沿いに住み、西側の平原で自分たちと交わり漢人化していった原住民を「熟蕃」と呼び、漢人化がいっこうに進まぬ原住民を「生蕃」と呼んで区別していた。牡丹社事件のもう一方の当事者であるパイワン族も、生蕃と呼ばれていた。

十九世紀も末になると、台湾をとりまく世界情勢は激変。アヘン戦争（一八四〇―一八四二）の結果、大英帝国に敗れた清朝は国力が衰退し、欧米列強が虎視眈々と東アジアを狙うこととなる。

そんな中で起こったのが、一八五三年のアメリカ極東艦隊の日本浦賀港への寄港、一八五八年、欧米の圧力によって決定した台湾南部の安平《アンピン》と北西部の淡水《たんすい》の開港、一八六三年の打狗と鶏籠《チーロン》（基隆）の開港、一八六七年に恒春半島南部で座礁したローバー号事件、一八六九年の英国軍艦による安平港への砲撃、一八七一～一八七四年にかけての牡丹社事件だった。

翌一八七五年には清国軍と獅頭社《シートウ》の原住民との間で獅頭社戦役が起こり、一八八四年には清仏戦争が勃発、台湾は波乱のうちに二十世紀を迎えることになる。

当時の牡丹社は、集落が北から、ニナイ（女仍）社、チュウ（牡丹中）社、シンバウジャン（新保将）社のみっつに分かれていたという。このうち、一八七四年の台湾出兵で日本軍に最後まで抵抗したのは、一番規模の大きかったシンバウジャン社の住民たちだった。

「牡丹社」という名前は、一帯に群生する野牡丹（パイワン語ではアツェル）にちなんで、統治者としてやってきた日本人があとから付けたものだ。初夏になると淡い紅色の花がいっせいに開くことがよっぽど印象に残ったのだろう。このほかにも「桜社」、「霧社」など、その土地の自然から受けた第一印象を、日本人は好んでコミュニティーの名前に付けた。

牡丹社のもともとの名前であるSinvaudjan（シンバウジャン、中国語表記は新保將）は、パイワン語で植物の「葛藤」を意味する言葉だった。パイワン族出身の歴史研究家、高加馨《ガオジャアシオン》さんの論文『Sinvaudjanから見た牡丹社事件　上』を読んで、私は名前のいわれを知った。それはこうだ。

遠い昔、兄と弟がいた。弟は、良い耕作地を見つけたが、ツルやツタが生い茂る草ぼうぼうの土地だ。そこで毎日、除草作業を続けていた。ある日、兄が弟に夜明けからどこへ出かけているのかを聞くと、新しい耕地のツルやツタを抜いていると答えた。その土地にはまだ名前がなかったために、兄弟は「葛藤」を意味するシンバウジャンと名付けた。それが後に集落の名前になった。

「葛藤」という言葉はなかなか興味深い。カズラやツタの意味から変化して、からみあい、心の中で相反する感情が対立したり、物事がもつれあって複雑になるさまを表現するようになったのだ。それが牡丹社の旧名とは奇妙な符合に思えて仕方ない。なぜなら、牡丹社の人々を含む台湾の原住民たちは、文化の衝突によって被った悲憤を胸に抱いて、次々に押し寄せる外来政権のもと、まさに葛藤しながら生きてきたのだ。

一八七一年に、漂着した琉球民が迷い込んだクスクスの集落は、高士仏山の東側にあたり、竹社渓の源流に近く、シンバウジャンから南へ数キロメートル下ったところにあったらしい。「クスクス」の意味は、「研ぎ澄まされた、鋭い」というパイワン語だそうだが、「除草」の意味も含まれている。彼らも焼き畑農耕や狩猟で生計を立てていたので、新しい耕作地を求めて森を定期的に移動。以前の場所から新しい開墾地に移って間もない頃に、琉球民が村へ迷い込み、彼らが思ってもみなかった事件に関わってしまう。

語り部バジロクさん

「私には、パイワン族と客家人、両方の血が流れております、蔡英文《さいえいぶん》総統と同じですよぉ」

初対面のとき、流ちょうな日本語で自己紹介してくれたマバリウ・バジロク（中国語名は華阿財）さんは、十人兄弟の七番目として一九三八（昭和十三）年にクスクス社で生まれた。牡丹社事件の語り部として、敬虔なクリスチャンとしてパイワン族の若い世代を指導し自分たちの歴史を教え、また、台湾と日本双方の研究者にも長年協力をして調査を行ってきた。

現在でも日本語に不自由しない原住民のお年寄りは、いたるところにおられる。戦後、台湾が中華民国となってから公用語は中国普通語に取って代わったが、お年寄りを中心に日本語は生活の中で生き残っている。

一般的に流暢に日本語を話す台湾のお年寄りは、日本が敗戦した一九四五年に、少なくとも国民学校の高学年以上に在籍していたか、それより年齢が低くても家族ぐるみ日本語を常用していた「模範的な国語家庭」に育った人々だ。そうでなければ、戦後の長い歳月、日本語の能力を維持することは難しい。
バジロクさんは日本の敗戦時に七歳だったけれど、幼いときから日本語を使う社会の中で育ったため、問題なく私たちとコミュニケーションが取れるし、日本語の資料を読み込むことができる。パイワン族と客家人双方の末裔である彼は、日本人にとっても台湾の牡丹社事件の研究者にとっても頼もしい存在なのだ。

家系図を書いてもらったところ、母方の先祖は琉球人を救出し、統埔の琉球墓のために土地を寄付した客家人の林阿九に行き着く。父方の先祖をさかのぼると、琉球民遭難殺害事件当時のクスクス社の頭目になり、五代目にあたる。

母方の先祖にあたる林阿九は、楊友旺らとともに十二名の琉球人を救出したほか、牡丹社事件の前後には日本軍と各集落の頭目の間に入り、戦闘の回避を説得したり戦後の和議の調停にもひと役かうほど、日本軍の信頼を得ていた人物だった。林阿九には四人の子供がいたが、琉球墓の入り口の、レンガ製の銘板に経理人として名前が記されている林楓卿《リンフォンチィン》は長男にあたり、バジロクさんの祖父の伯父になる人物だ。バジロクさんの曾祖母にあたる林知母《リンチームー》は、その妹にあたる。

曾祖母の林知母は、林家に牛飼い見習いとしてやってきた幼なじみのパイワン族の少年カルルと、一八七六年になって結婚。その娘でバジロクさんの祖母にあたるルグシは、パイワン族の若者プラルヤンを婿に迎えた。彼らの長男林秀仔《リンシウツ》は、やがてパイワン族の女性シモイをめとる。それがバジロクさんの両親だ。このように、その昔、大陸から単身でやってきた客家人の男性た

石門の合戦場所を示すマバリウ・バジロクさん

亀山にある日本軍上陸記念碑の
前で説明をする

ちは、原住民の女性と通婚しながら一族を築いてきた。

バジロクさんはいつも赤や黄色、オレンジ、緑色を配したパイワン族の伝統柄の上着を着ているのだが、それが、つやのある赤銅色の肌と堂々たる体格によく似合っている。彼の第一印象はなんといっても大きな声と大きな目、そして役者のように豊かな表情である。つけ加えると、バジロクさんの妻もタカラガイのような目を持ったパイワン族美人である。

「語り部にはもってこいの方ですね」

バジロクさんの友人で教会の信者仲間である李中元さんにこう言うと、彼は大きくうなずく。

「そうでしょう、あの方はねえ、日本人にパイワン族から聞き取った話を聞かせたり、史跡を案内したり、日本との相互理解にも大変努力しておられますよ、ほんとうに頭が下がります」

県政府や牡丹郷の関係者たちも教えを請うほどのバジロクさんは、国家の最高行政機関である行政院に属する原住民委員会の委員を務めていた。その経歴からもわかるように、原住民の地位向上や文化の復興に貢献、若い頃から親族や村の長老を訪ね、琉球民遭難殺害事件についても聞き取りを続けてきたのである。

一九九八年に退職後、バジロクさんは部族の歴史の一部として本格的に調べることを決意、中国、台湾、日本の資料集めにも奔走した。丹念に集めたお年寄りの記憶のかけらを、手元の資料とつきあわせる作業を四十年以上も行い、その成果をコミュニティーカレッジで一年間にわたって教えもした。

彼はまた、二〇〇四年の牡丹社事件百三十年記念の国際シンポジウムや、二〇〇五年六月に沖縄県で行われた和解イベントを、中央研究院民族学研究所の黄智慧《フゥァンヂーフゥィ》さんや台北教育大学の楊孟哲《ヤンモンジョア》さんらとともに、日本の学者や行政の関係者に声をかけて実現に尽力をした。二〇〇五年の和解の旅には加害者側の末裔として参加。沖縄の遺族たちに先祖の罪を謝罪して、恒久的な平和と友好を呼びかけた立役者の一人だ。

バジロクさんは私にこう言った。

「パイワン族は、加害者であると同時に、日本の台湾出兵の被害者でもあります。この複雑な感情に、長い間とても苦しめられました」

琉球の末裔たちと立場は逆だが、葛藤する心や沈殿している哀しみの量はどこかで通じ合う。私は思わずこう声をかける。

「バジロクさんは、先祖の歴史を背負い今日までを生きてこられたのですね」

クリスチャンらしく、誠実に過去と向きあうバジロクさんを苦しめるのは、あのとき何が起こったのか？　何が原因で先祖たちは凶暴な感情に駆り立てられたのか？　という真相がなかなか明らかにならないことだ。

なぜ悲劇は避けられなかったのか？　という疑問を、原住民の視点から検証するために口伝を集め、資料を読んで当時の先祖たちの習慣や掟を学んだが、確たる答えは捜し当てられなかったという。

「なぜかといえばですね、原住民は文字を持ちませんから、自分たちの過去の記録が残っていないんです」

バジロクさんはここで大きなため息をつく。そこで、こう質問する。

「文字の代わりに、先祖の体験を唄にしたり踊りにして、部族の間に伝えようとはしなかったのですか？」

「そうですねえ、しばらくは残っておったようだが、採集はできませんでした。それでも、先代から伝え聞いた物語を知るお年寄りがまだおられたので、聞き取りを少しずつ続けました。すると、本や論文には書かれていないことが、おお、いろいろ、出てきましたよ。牡丹社事件は、偉い先生たちがたくさん研究して論文も出しておられますが、原住民からの証言はとても少ないです。私は原住民の子孫として、非常に残念と思います」

彼は、原住民自身が自分たちの歴史を後世に伝えられなかったことを、残念だと何度も繰り返した。

台湾を領有した一八九五年以降、日本が教育に力を入れたおかげで原住民の社会でも共通語としての日本語が定着したが、その日本語を使って記録を残せなかったのか？という見方もあるだろう。しかし、日本の理蕃政策のもと警察官に管理されていたパイワン族の人々に、そんな余裕があっただろうか。四十〜五十年前に戦った相手が自分たちの新しい支配者となった社会では、とても日本語で記録を残すのは難しかったと想像する。そして敗戦後日本が去った後にきた中国人もまた、原住民の口伝や記録には無関心だった。

「ですからね、大切な目撃談や証言がほとんど残されておりません。自分たちの歴史を持てなかったことは、とても辛いです」

だが、バジロクさんの話からもわかるように、事件を原住民の視点から見つめ直そう、という機運が十年ほど前から盛んになっていることは注目すべきことだ。長い間、清国からは「化外の民」とみなされ、日本からも野蛮な加害者と決めつけられてきた原住民は、事件の当事者であるにもかかわらず自分たちの口伝を公にする機会がほとんどなかったのだから。

「あの殺害事件は、台湾にとって忘れられない歴史ですから、あのとき何が起こったのか？　私はもっと知りたいです。そのためには、原住民からの検証、琉球の皆さんのご意見も入れて、お互いに率直な意見交換をしあうことが必要と思います」

バジロクさんは、ひとこと、ひとことを自分自身に言い聞かせるように語る。

原住民から見たあの事件

台湾東南部に上陸後、琉球民六十六名の身の上に何が起こったのか？

それは、生還した生存者のうちの二名から聞き取りをした日本側の公的な記録に記されてはいるけれど、本書の第二章で紹介した鹿児島県の役人がまとめた文書には、当然のことながら原住民の視点が欠けている。

迷い込んだ集落の村人がどんなふうに大勢の漂着民を迎えたのか？　水を提供したことにはどんな意味があったのか？　何が原因でクスクス社の人々の感情を昂ぶらせてしまったのか？

これらは日本側の記録だけではまったくわからない。漂着した琉球民と村に闖入された原住民。双方の立場で考えないと、この悲劇を検証することは不可能だ。

自身がクスクス社の出身であり語り部のバジロクさんは、原住民側からそれらの疑問を補い、パイワン族の口伝を披露してくれる。


そこで、第二章と内容的に重なるところは多々あるが、以下に、バジロクさんの語りを紹介する。彼の日本語には独特の抑揚があり、まるで岸に寄せ返す波のリズムのように、心地よく響く。だから、なるべく彼の語り口をいかして記してみたい。

途中で語りの補足説明や私の質問をはさんでいるのは、なるべく現場や状況を想像していただきたいからだ。なお、バジロクさんは、一貫して琉球民を「琉球の皆さん」と呼ぶ。


「今から百五十年ほど前の一八七一年十一月六日の午後でした。琉球の皆さんを乗せた宮古島船が、東南部の九棚湾、今の八瑶湾。そこに流れこむ河口近くに漂着しました。台風の影響で、おお、波はとても高いですよぉ、八瑶湾はふだんでも波が高いことで知られていますが、台風のときは三階建てのビルぐらいの大きな波が押し寄せてきます。流木もたくさん流れてくる。そのた

パイワン族の三種の神器のひとつ、壺を飾るクスクス社の歓迎ゲート

小高い丘に立つクスクス神社の鳥居。木々の切れ間から八瑶湾が望める

クスクス社の、伝統的な
生活を描いた壁絵

め、琉球の皆さんはとても苦労しました。小舟に乗り換えて上陸するときに三名が高波にさらわれてしまった。上陸できた皆さんは六十六名でした。
私がまだ子供だった頃は、宮古島船の残骸が河口付近に捨てられておりました。はーい、よく覚えております。あれはいつだったでしょうねえ、民国四十二（一九五三）年頃でしたかなあ、港湾局がやってきて、船の残骸を全部片づけてしまったですよ」

「一週間近く、荒れる海を漂流してようやく陸にあがったわけですから、皆さんふらふらよ。それでも険しい山道を懸命に登って行ったんです。その道は、昔からパイワン族が海岸にカニや小魚を採りに来るとき利用していた細い道でございます。私も歩けるところは実際に歩いてみましたよ。山道は木やつるが生い茂って、一メートル進むのも大変だ。おお、毒蛇もいるし怖いことがいっぱいよぉ、そんな危険な山道を、飲まず食わずで、琉球の皆さんは用心しながら進んで行ったんです。

途中で、二名の漢人の行商人に出会ったので人家が近くにあるかとたずねると、西の方角へ行くと、耳の大きな部族がいて首を狩られる危険があるので、南のほうへ行くようにと教えられました。無人島だと思っていた島でやっと人に会えました、皆さんほっとしたでしょうねえ。
ところが、親切だと思った行商人たちは、皆さんの衣類や持ち物を奪い取ったり暴力を振るったりし始めました。夜になると、小さな洞窟をさして、全員そこに入れ、なんて無理を言う。そこで、この行商人は盗賊ではないか、と、彼らの言葉が信じられなくなった皆さんは、自力で西の方向へ行くことに決めたのです。たぶん、西へずーっと行けば、漢人に合えるとわかっていたんでしょう、西の方角には漢人が住んでいる楓港や車城などがありますからね。

それからまたいっぱい歩いて、ようやく人が住んでいるところへたどり着きました、それがクスクス社の端のほうの集落だった。牡丹社ですか？　いやいや、八瑶湾からはとても遠いです。牡丹社には一日では到着できません。皆さんが迷い込んだのはクスクス社です」

「クスクスは漢字なら、高いという字と武士の士と仏様の仏と書きますけれど、これはパイワン語の発音にあとから似たような発音の漢字を当てたものです。現在のクスクス社は琉球の皆さんが迷い込んだ場所とは全然違います。牡丹ダムの東寄りの山の中にある静かな集落で、百数十人が暮らしております。クスクス社の近くにある小高い丘に登ってごらんなさい。宮古島船が流れ着いた八瑶湾がよく見えますから」

このように、上陸してからクスクス社へたどり着くまでの経過は日本側の記録とほぼ同じ内容だ。しかし、バジロクさんの語りは、公文書とは違って私たちを想像の翼に乗せて百五十年ほど前の現場へ導いてくれる。私はいつのまにか、メモを取ることも忘れて聞き入った。それは以前、岩手県の遠野で昔の民話を語ってくれた古老さながらに、心を捉えて放さぬ語り口だった。

――ねえ、バジロクさん。ようやく集落にたどりついた琉球人を、クスクス社の人々はどういうふうに迎えたのですか？

招かれざる客人

「六十六名の皆さんは、クスクス社の中にある十五軒ほどの家が固まっている場所に入っていったんです。この頃のクスクス社の人口は、全部で二百七十人くらいです。ご先祖たちは別の場所から新しく開墾した土地に移ってきたばかりでした。あちこちに小さな集落がありました。そのひとつにたどり着いたわけなんです。村人からすればね、今まで見たことない人たちでしょう。それもかなり大勢だ。いったい何をしに来たのだろう？　とまず遠巻きに様子をうかがいます。おかしいねえ、何しにやってきたんだろう？　当然警戒しております。

でもすぐに、なにかの事情があって困っている人たちだ、とわかりました。よく観察をすると疲労困憊している。そこで思い切って話しかけたが言葉が互いにわかりません。当然荷物検査もします。琉球の皆さんが武器を持ってやってきた、というのは間違いですよ。学者がそう言っても、私たちは反対、反対。認めません」

「琉球の皆さんは、腹が減った、水や食べ物が欲しいと手真似で訴えたはずです。村人はそれを理解したので、まず水をあげたんです。原住民のマナーでは、自分たちの飲み水をあげることは、もう友好関係を結んだということなんです。次に女たちは急いで芋入りのおかゆを炊いてね、全員に振る舞っております。このとろっとして甘いおかゆは、皮をむいた山の芋と貴重な米が材料です。客人を接待する特別のごちそうなんです」

――そんな大盤振る舞いをしたのだから、琉球民は、敵ではないと認識されていたことになりますね。

「はい、そうです。言葉の通じない、それも見たこともない大勢の外国人がぞろぞろと村に入ってきたことにクスクス社の住人は大変驚いたでしょうが、少なくても両者の間に敵対関係はなかったように思われます」

――つまり、彼らは助けが必要な人たちだと、村人は判断したわけですね？

「はい、そうです。恒春半島に住んでいる原住民はパイワン族だけでないですよ、どの部族もみな、自分たちの生活がぎりぎりでも友達になったら食べ物を分け与えるんです。食事の後は寝るための小屋も提供しているでしょう」

――たまにはこうしたよそ者が村にやってくることがあったのでしょうか？

「それはめったにありません。部族ごとに領地が決まっていて、自分たちの狩り場だとか耕地に外部から侵入者があれば、問答無用で制裁します。そういう時代だったんです。今の私たちからみたら野蛮に映るでしょうがそうやって先祖たちは部族間の秩序を守ってきました。
よそ者が大勢やってくる理由はみっつしかありません。ひとつは、自分の村の若者が、相手の村に住む娘さんと結婚したいときです。みんなで相談にやってきます。ふたつめは合同で狩りをするときです。狩りをして獲物を分けるところまで協力してやります。みっつめは戦争やいさかいのとき。このみっつの理由だけです」

――それ以外の理由で、または理由もなしによそ者が自分たちの領地に無断で入ってきたとなれば、当然制裁を受けるわけなのですね？

「昔はそうやって、自分たちの村を互いに守ったんですよ」

――ねえ、バジロクさん、いったいいつから状況が変わってきたのでしょう？　寝る場所まで提供してくれたのですから、敵意は持っていなかったように思うのですが。

「その夜までは、事件が起こるような予兆はありませんでした。ただ、琉球の皆さんが休んでいるところに、数人がしのびこんで衣服をはいで持っていってしまうという悪さをしました。そのため、琉球の皆さんには恐怖が湧き上がりました。
翌朝、一番鳥が鳴くころ、こんどは数人の男たちが長い大きな槍や蕃刀をさげて小屋にやってきました。そりゃあ、怖いですよ。鋭くて長い刃物を見たとたん、琉球の皆さんは、きっと漢人から言われた首狩り族のことを思い出して、こんどこそ自分たちは殺されると、恐怖に襲われたでしょう。

その村のリーダーとおぼしき年長の男がしゃべりだしたのですが、琉球の皆さんには何を言っているのかさっぱりわかりません。私の調査では、〝我々が招待もしていないのに、あなたたちは突然手ぶらでやってきた。この村にはそんなにたくさんの酒も肉もない。だから、自分たちはこれから山へ狩りに出かける、戻るまで、村でおとなしく待っていてほしい〟と伝えたらしいです。しかし、琉球の皆さんにはもちろん通じない。原住民は文字を使わないから筆談もできません。蕃刀を見ればもう怖いという気持ちが先にたってしまいますから、自分たちの首をはねる相談を始めたに違いないと、考えたんでしょう」

――そうですね。言葉が通じなければ自分たちの常識でものごとを判断するしかないですものね、だから自衛本能で逃げ出した。

「そのとおりです。恐怖にとらわれた琉球の皆さんは、村人の隙を見て逃げ出そうと相談して、少人数のグループに分かれて村を飛び出します。漢人から首狩り族がいると脅かされてたでしょう、無理もありませんね。怖いという気持ちからは誤解が生まれます。クスクスの人たちは、山から戻ってきたら獲物を料理していっしょに酒でも飲もう、と思っていたかもしれません」

――じゃあ、もしコミュニケーションが取れたら、悲劇は起きなかったということですか。

「そうかもしれません」

恐怖と誤解の連鎖

「大切な客人が逃げ出したことに気がついた女たちが〝戻ってこーい〟と叫んだのですが、琉球の皆さんは必死で逃げました。そこで女たちは、狩りをしている男たちに知らせに行きました。すると男たちは同盟関係にある牡丹社にも連絡しました。水や芋がゆを与えたのに黙って行ってしまったことが、怪しげな行動に映ったのです。

どこかで控えている外国（敵）の軍隊を呼びに行ったのだろうか？とクスクスの人たちは不審に思ったかもしれません。地元の原住民には、一度でも見知らぬ村の水を飲んだら友人としてつきあう、という作法があります。でも、琉球の皆さんはそんなこと知りません。そこで、やっぱり怪しいということになってしまったのです。これが、クスクス社側の誤解の始まりです」

ここまで話すとバジロクさんは、再び大きなため息をついた。言葉が通じないためにコミュニケーションがとれず、恐怖がさらなる誤解を生み、それが誤解の連鎖を生んでいく悪循環。そのもどかしさ、いたたまれなさがバジロクさんの話しぶりからも伝わってくる。

「言葉が通じなかったことから生まれた双方の誤解。誤解と誤解で、これはもう大誤解です」

クスクス社の住民からすれば、自分たちの領地に無断で入ってきたうえに、マナー違反を犯した。しかし、琉球の人たちは言葉も通じない異質の文化圏に迷い込んでしまったために、恐怖にとらわれて逃走した。そこからバジロクさんの言うとおり、恐怖と誤解の連鎖が加速していく。

「琉球の皆さんは山の中を必死で逃げて、クスクス社から西へ数キロメートルの、ふたつの流れが合流する双渓口という河原近くにある人家へ走っていきました。この付近には、鄧《とう》、凌《りょう》、尢《おう》、郭《かく》、鄭《てい》の五家族が住んでおりました。逃げこんだ家がたまたま土地の有力者の家でした。主人の凌老《りょうろう》生《せい》が〝あなたがたは首里か、那覇か？〟と中国語で尋ねたそうですよ。ようやく話が通じる相手が見つかって、琉球の皆さんはどれほど安心したでしょう」

――彼ら漢人は何者だったんでしょうか？

「原住民と交易をする商人たちです」

――それで、山と里の中間に住み着いていたのですね。

「はい、隣人で交易所を開いている鄧天保という商人も駆けつけて、どのように皆さんをかくまうか相談を始めた。すると、そこへクスクス社の男たちがやってきて、彼らを引き渡せと言い出しました。

鄧天保は、奥さんがパイワンの人だったから少し山の言葉がわかりました。そこで、彼らを見逃してくれと交渉を始めたのです。ちょうど十一月は落山風《ルーサンフォン》（恒春半島に吹き渡る季節風）が吹いて寒い時期です。原住民は樽酒がたくさん欲しい。しかし、交渉はなかなかまとまりません」

――で、どうなりました？

「そのうち、クスクス社の男たちは琉球の皆さんの髪や衣服をつかんで、一人ずつ外へ連れ出して尋問を始めた。〝なぜ逃げ出した？〟〝お前たちの目的は何だ？〟と聞きますが、恐いし言葉がわからないので誰も答えられません。次々に外へ引き出しては同じ質問をする。それでも答えがありません。何度も繰り返すうちに、クスクス社の男たちはだんだんイライラして怒りが大きくなっていきます。琉球の皆さんに言葉が通じないことや、自分たちを怖がっていることまで頭がまわらないんです。そのうち血気盛んな者が一人を蕃刀で切り殺してしまった。すると、もういっぺんに殺害が始まったのです。逃げる皆さんを追いかけてつかまえると、〝なぜ逃げた？〟〝おまえたちは何者なんだ？〟と叫びながら、蕃刀で襲いました。双渓口の河原はあっという間に凄惨な光景になってしまいました」

――すると、一種の集団ヒステリー状態に陥ったクスクス社の男たちが、衝動的に殺害を始めてしまったんでしょうか？

「それに近い状態が起きたのかもしれません。クスクス社と同盟関係にあった牡丹社の男たちがやってきたときには、すでに五十四人が殺されてしまっていたのです。牡丹社は殺害には加わりませんでしたが、逃げた人たちの捜索を手伝いました。村へ引き上げるときには、被害者の首を狩り、村へ持って帰ったのです」

――ねえ、バジロクさん、クスクス社の男たちは殺害後になぜ首を狩らなかったのですか？首狩りだけ牡丹社がしたのはなぜですか？

「それは、クスクス社が新しい居留地に引っ越して間がなかったから、まだ首級を祀る台も用意できてなかったんだと思います。そこで同盟関係にある牡丹社に譲ったのでしょうが、これも推論でしかありません」

――結局、五十四名の方々が命を絶たれたわけですね。

「はい、全員を殺さなければあとから外国の援軍がやってくると思ったのかもしれません。しかし何人かは凌老生の家に隠れたり、山へ逃れたり川に飛び込んで泳いで逃げました。現場となった双渓口から二キロメートルほど離れた保力庄の有力者、楊友旺に助けられた者も何人かいました。楊友旺は、牛車一台分の樽酒と反物六反を交換条件にして命を助けましたが、〝もしこの外国人たちの援軍がやってきても、自分が必ず止める。お前たちの村へ攻め込むことはない〟と、クスクス社や牡丹社の男たちに話し、納得してもらったんです。楊友旺は村の実力者だったので、こんな交渉ができたわけです。命が助かった十二名の皆さんは楊友旺の保護のもと、約四十日間にわたって静養をし、無事に府城へ送り届けられました」

バジロクさんは、ここまで語り終えると眼鏡を外してハンカチで顔を拭った。彼にとってはとても語りにくい殺害の様子までをこのように率直に話せるのは、もしかすると日本語のせいかもしれない。母語と違って外国語は、自分が属している文化や社会的な制約を意識しなくていいという利点がある。だから、自分の意見や胸の内をストレートに伝えることができる場合もある。

出草（首狩り）という儀式

事件が起きた当時の日本では、当然、台湾原住民の風習に対して無知、無理解だったから、「肉ヲ喰フト言フ説モアリ、マタ脳ヲトリ薬用ニスルト言フ説モアリ、ソノ人ヲ殺スノワケ分明ナラスト」と聞き取り記録に付記され、台湾原住民は未開人で恐ろしい、というイメージの固定化がはかられた。

十九世紀の末、台湾に住む原住民の間にはまだ出草（首狩り）の風習が残っていた。明代や清代に、中国から台湾にわたってきた開拓民や、台湾に漂流した外国船の漁民や船乗りたちは、少なからず出草の犠牲になってきた。外国人にしてみれば恐怖以外の何物でもないが、原住民は彼らなりの理由をもって出草をした。
どんなときに行われたのかといえば、まず宗教的な儀礼が考えられる。神秘的な力を持つと信じられていた首級を祀って祖先からの領地を守ったり、疫病を追い払うために祖霊の怒りをしずめた。そのほか、通過儀礼として、成人する男子が勇気の証として出草をした。また、狩猟場所をめぐっての抗争の戦利品にすることもあった。出草は原住民の文化だった。
だが、後に統治者となった日本も清朝同様に、出草は反文明的な野蛮行為であると固く禁止した。清朝時代の嘉義県の通事（原住民との通訳と交易をする人）の呉鳳《ウーフォン》が、ツォウ族の犠牲になったという故事まで引っ張り出し、以下のような義人伝説に仕立てて小学校の修身の教科書に載せたりもした。第六章で登場いただく末裔の一人も、呉鳳のエピソードを覚えていた。彼が習った内容は、およそ次のようなものだ。

ツォウ族の出草に住民たちが恐れおののき、不安な生活をしいられている現状をなんとかしたいと思った呉鳳は、あるときツォウ族に、紅い帽子をかぶった男が通ったら出草をするよう指示を出す。ツォウ族の勇士が言われたとおりにしたところ、帽子をかぶった男は日頃から信頼関係にある呉鳳だった。彼は自分の命を犠牲にして、出草をやめさせたのだった。

ある漢人が出草の犠牲になり、近隣住民によって廟が建てられた、というほどの話を、自己犠牲の精神を貴ぶ修身のお手本話に仕立てた台湾総督府。それを推進した当時の総督こそ、あの台湾出兵の指揮官の一人、佐久間左馬太であった。

日本は、原住民の〝文明化〟に努力を傾けたにもかかわらず、一九三〇（昭和五）年、中部の霧《む》社《しゃ》で「霧社事件」が起きた。過酷な管理策をとる日本人警官、その背後にいる台湾総督府に対して蜂起したセデック族は、結果日本人百三十四名を出草の犠牲にした。次々に伝統文化を取り上げられたことによって誇りを傷つけられ、原住民は、アイデンティティーの悲壮な発露として出草を行使したのかもしれない。

バジロクさんの話に戻ろう。

「牡丹社の男たちは村へ戻ると、大きなアコウの木に、犠牲者の首を半時間ほど下げて神様にお祈りをしました。それは、天の神々に頭部を預けるという儀式なのです。あの世で、頭と体が間違いなく再び合体できますように守ってください、とお祈りします。たとえ敵の首級でもきちんと供養をしないと、霊が天災や疫病など悪いことを村に運んでくると、パイワン族は信じていますから出草後はていねいに祀ります。それが終わると、首級を村に持ち帰って、村人全員でお祀りをして頭顱架《トオルーチャー》（首を奉納する台）に置く。頭骨は聖なる力を持っていますので、疫病が流行らぬよう、天災が来ないよう、村を守ってもらうのです」

バジロクさんによると、招魂式を済ませた五十四の首級は、ニナイ社、中社、牡丹社にそれぞれ分けられ、部落のトオルーチャーに丁重に祀られたという。

台湾の原住民族委員会が発行した『牡丹社事件』という歴史記録書には、首級を祀る際の祈祷の言葉が載っていた。

祈求創造的万物的神（万物、創造の神に祈ります）
要接受没有頭的身体如有頭的身体（頭のない身体を頭のある身体のようにお迎えください）
譲我們帯回頭顱架上（祭祀台の上に、首級を戻しますので）

請保護他們的家人（彼らの家族をお守りください）
也保護我們的（私たちの家族をお守りくださるのと同様に）
使不受飢荒、疾病的侵擾（疫病の侵入や飢饉などが襲いませんように）

——パイワン族の伝統文化では、敵の首とはいえ、それは俗界と天界の媒体役をになうお守りと考えるのですね？

「はい、そのとおりです。日本の方々にはとうてい理解ができないと思いますが、昔の原住民は、首級には聖なる力が宿っていると信じておりました。悪霊から村を守ってもらうのです」

——すると、昔の日本の刑罰のように、見せしめのために木につるしたのとは違うんですね。

「はい、文化が違えば感じ方も違います。だから難しいのです」

日本でも、死者の霊が悪い祟りや不幸をもたらさないように、不吉なものをあえて祀って神格化することで、怨霊の怒りを鎮めるという信仰がある。牡丹社の人々がアコウの木を使って儀式を行ったのも似たような考え方に思われた。

バジロクさんの説明を聞いて、パイワン族が行った儀式の意味をようやく理解できたけれど、違和感を乗り越えるためには互いの文化を理解し、尊重する気持ちが必要だ。

殺害動機の「なぜ？」

クスクス社の男たちが、なぜ琉球の人々を殺害してしまったのかという理由については未だにほんとうのところはわかっていない。琉球人が遭遇した悲劇は、現代人のモラルや常識にあてはめても「なぜ？」という問いに対する答えがなかなか見つからない。だから、こんがらかった糸のように、なかなかほどけぬもどかしさがある。わかっているのは、原住民が最終的に殺害に至ってしまったということだけなのだ。

バジロクさんが長年の聞き取りから推量しているのは、文化の齟齬《そご》説である。琉球民と原住民との間に大きく横たわっていた文化と言葉の違い。互いの文化を理解できなかったことから恐れと疑念が生まれ、悲劇へとまっしぐらにものごとが動き出したという説である。

つまり、原住民社会独特の作法を知らない琉球人が、首狩り族に対する恐怖に駆られて無断で逃げ出したことが、クスクス社の人々にとって重大なマナー違反にうつり、パイワン族側に疑念と誤解が生まれる。それに琉球人側の恐怖心がシンクロして、さらに大きな行き違いが生まれた。

だが、いかなる異文化衝突があっても、無抵抗の人々を問答無用で殺害したことは罪深い。文化の違いからコミュニケーションが成立しなかったとはいえ、それが殺害の正当性にはつながらないことは言うまでもない。

「原因がどうあれ、人を殺すのは絶対によくない、その点はうちの先祖が間違っていたのです」

とバジロクさんは率直に認めている。

殺害の理由として人質交換失敗説もある。琉球人と品物を交換しようとしたクスクス社の人々が、漢人商人との交渉がうまくまとまらなかったために、琉球人を殺してしまったのではないか、というのだ。牡丹社事件の被害者たちの名前を明らかにした照屋宏（本書一一九ページ参照）が、一九二五年琉球墓の改修工事にあたって作った報告書にもそのような説を載せている。

宮古島の通史を初めて書いた、郷土史研究家の慶世村恒任《きよむらこうにん》（一八二二―一九二九）は、一九二七年に出版した『宮古史伝』の中で、同郷の者たちが災難に遭った経過を以下のように説明している。

（註：高士仏社と牡丹社の蕃人たちは）協議の結果、蕃産物交換業者に引渡し酒と交換せんことを決し、一行六十六名は両社バン人百余名に拉せられて、四重渓の上流の双渓口（高士仏より約二里）に在る交換業者凌老生方に到着した。

かくてバン人等は極めて得意気に昂然として凌老生に謂いて曰く、「我等は平地人をかく多数に救護してきたから酒二樽と交換しよう」と要求した。しかるに折悪しく凌老生方にかく多量の酒の持合わせがなかったため、彼等バン人の要求を容るることが出来なかったので、遂にバン人等は激昂し、しからば馘首して我が意を充たさんとバン刀を揮り翳《かざ》して立向かい、ここに忽《たちま》ち殺伐の修羅場と化した。


（慶世村恒任『新版　宮古史伝』）


さらに、山にかろうじて逃げた他の者は、付近の漢人商人の凱天保（凱は他書では鄧、劉という記載あり）が「追跡したバン人を慰撫し、布を贈って漸く納得して帰らしめ三人を救助した」と、漢人の機転によって命拾いしたことを記している。慶世村恒任の著作は、二〇〇二年に復刻版が出ているので、興味のある方はご覧いただきたい。

また、『平良史』の記述でも、殺害に至った経過を人質交換の商談失敗と記している。以下に要約すると……

琉球の人々は途中でクスクス社の人々に追いつかれ、双渓口（クスクス社より三里ほど山を下ったところ）付近にあった産物交換業者の凌老生《リンラオシェン》宅へ連れて行かれた。そこで、六十六名と酒二樽との交換交渉が始まった。漂着した外国人を漢人に引き渡せば、原住民にとっての必需品（酒、布、家畜、塩など）が手に入る。彼らにとってはまたとない交易のチャンスだったようだ。しかし、あいにく凌老生の家には、そんな大量の酒のストックがなかった。談判をするうちに話がこじれたのか、クスクス社の人々はしだいに激昂して、ついに殺害を始めた。

家の外で殺戮が始まったことを知った数名は、凌老生が意味ありげに目配せしたのを察し、床下に隠れて難を逃れた。また何人かは凌の家から飛び出して、同じ産物交換業者の鄧天保《デンティエンバアオ》の家に救助を求めて飛び込んだ。すると、鄧天保は追っ手の原住民たちをうまくなだめ、反物六反や牛や豚を渡すことで三名を救助。さらに、山や森を捜索して琉球人を見つけだした。と同時に、鄧天保はこの事件を保力庄の村長を務めていた有力者の楊友旺に知らせる。楊家に駆けつけてきた通訳の林阿九《リンアチョウ》と鄧天保は生存者九名の安全を確保すると、こんどは楊友旺の甥たちと殺害現場に急行、クスクス社と同盟関係にある牡丹社の人々が拘束していた二名と、竹社に連れて行かれた一名を、豚、牛、布を与える約束をして救助し、自分たちの村に連れ帰った、とある。

このように、人質交換失敗説はかなり以前から言われていたようだが、牡丹社事件をパイワン族や琉球民の視点から解明しようと研究を続ける琉球大学法文学部の大浜郁子教授も「人もの交換不成立説」をとっている。クスクス社の人々と交易商の客家人の間で、琉球民を解放するための交渉がこじれた結果、悲劇につながってしまったという説だ。

狩猟と渓流での漁、粟やタロイモの栽培で自給自足生活をしていた原住民は、時々、漢人の交易商と物々交換をして生活の必需品である塩、布地、牛や豚などの家畜、酒、武器などを手に入れていた。山から交易所へ持って行くのは鹿革やイノシシの肉、薬草、伝統工芸品などだった。中でも布地と酒と家畜は必需品だったから、この事件でも樽入りの酒や多くの布地が、琉球民の命を救った。原住民社会に貨幣経済が浸透するのは、地域にもよろうが大正時代に入ってからである。以前、私は別の取材で戦前から一九五〇年頃まで原住民相手の商売をしていた閩南系の行商人から話を聞いたことがあったが、交換品はこれにマッチやハサミ、薬品、砂糖が加わったくらいで、交換品の内容は事件が起きた頃とさほど変わりなかった。

商談不成立説はわかりやすいが、これは漢人の観点からの推理とも思える。交渉がうまくいかなかったからといって、ただちにこれほどの大量殺戮をするだろうか？　という疑問も生じる。そんな単純な結末をつけたら、自分たちにとって不利になることくらいクスクス社の人々だってわかっているだろうし、交渉が一度で成立しないことは過去にも経験していただろう。彼らを激昂させたのは、取り引きがうまくまとまらなかったからだけだろうか？　ほかにもうかがい知れぬ原因があったのかもしれない。つまり、殺害に至るまでにはバジロクさんが話すように異文化による誤解が大きく作用したのではないか。背景に潜む複雑な心理状態や民族ごとの社会制度を解くには、さらなる調査や新しい資料の発掘を待たねばならない。

ただ、ひとつ明らかなのは、明治政府が喧伝したように、台湾の原住民が野蛮で狂暴だったことだけが理由ではないことだ。

台湾出兵と石門の戦い

恒春半島には台湾出兵（征台の役）の記念碑があちこちに立っている。

一八七四年に、日本軍が上陸した瑯嶠《ろうきょう》湾（現在の射寮港）と駐屯地を築いた亀山は、どちらも琉球墓のある車城から車で三十分もかからない。ゆるいカーブをえがく国道二十六号線を海のほうへ進むと、さらに海沿いへ通じる細い道が出てくる。そこをしばらくまっすぐに行くと射寮港が、その南側に海抜七十七メートルのなだらかに隆起した亀山が見えてくる。思ったよりもこぢんまりとした場所だ。日本軍は、沖合に留めた軍艦から小舟を出して兵隊を運び、一八七四年五月十日までに上陸。亀山に駐屯地を築いた。清朝の援軍が澎湖《ぼうこ》島からやってくるという噂があったので、ここで待ち構えることにしたらしい。上陸地点はもう少し南に下ったあたりとも言われているが、日本統治時代に建てられた上陸記念碑は、亀山寄りのところに現在も残っている。

その記念碑が立つ小さな公園は、一九八四年に設定された台湾の公園法に基づいて、最南端のリゾート地墾丁が整備されたときに開園した。上陸記念碑が敷地の真ん中に、台湾出兵（こちらでは牡丹社事件の名で知られている）の説明板が台湾海峡に向かって並んで立っている。派手な観光スポットではないけれど、恒春半島へドライブにやってきた旅行客は国立海洋生物博物館を見学しがてら亀山に立ち寄って、台湾の歴史を思い起こしている。

「日本軍はですね、一八七四（明治七）年五月に上陸した後、楓港にも軍人さんを送って、漢人化している平埔族をガイドに使って山に入り、地形を確認したり、十六の原住民の集落に服従するよう説得工作を行いましたよ」

野原さんとともに訪れたとき、李中元さんが補足説明をしてくれたように日本軍は原住民の説得工作を積極的に行っている。できることなら戦闘を回避して原住民との和睦を図ろうとしたようだが、誇り高い牡丹社の抵抗は最後まで続いた。地元の役人や住人らとの詳しいやりとりは、『風港営所雑記』として記録が残っていて、日本軍の工作活動の様子がよくわかる。それしても日本人は、なんとメモ魔なのだろうか！

亀山のほか、恒春市に残る清代の城門にも牡丹社事件の説明がある。恒春城自体が、日本の再侵攻を恐れて建設されたものだから、牡丹社事件をどうとらえていたかがよくわかる。

台湾で牡丹社事件と言えば日本軍と戦った石門の役をさし、パイワン語ではマツァックス（macacukes）の戦いと呼ぶのだと、バジロクさんに教えてもらった。

彼の家を訪ねると、玄関を入ってすぐのリビングルームに、石門古戦場の写真が特大のポスターのように引き延ばされて壁一面に貼ってあった。一九七六年に撮影したものだという。高さが四百メートルほどある断崖絶壁の五重渓山と虱母《シームー》山が両側に聳え、その足下に川原が広がっている。戦闘があった当時は急流だったが、上流に牡丹ダムができてからは、川の流れは穏やかになった。

深々とした霊峰の緑は深閑とした青空に溶け込んで、まるで仙界に見える石門付近で、百四十年以上前に戦闘が行われた。バジロクさんは日本軍と原住民がどのように戦ったかを、大きな写真を前に説明してくれた。

「日本軍は、まず一八七四年五月十八日に四重渓周辺の様子を探るために、数人の兵士を偵察を出します。しかし、草むらに隠れていた原住民に襲われて、死傷者が出ました。それから四日後の五月二十二日。西郷軍が四重渓に進軍します。その日は明け方から雨が降っておりました。日本の兵隊さんたちはそうとう苦戦したと思いますよ。ご覧のように地形がとても険しい。四重渓はいつにもまして濁流がうずまいています。板を渡して大勢の兵隊さんたちが急流を渡ったそうですが、途中で足をすべらせて溺れ死んだ人もおると聞いています。牡丹社の頭目のアルク（阿祿古）は二十名ほどの部下を連れて虱母山（註：石門山の旧名）に潜み、断崖の下から鉄砲を撃ってくる日本の兵隊を、石と弓矢と火縄銃で撃退しました。虱母山は見晴らしがおお、とてもよいよ。だから、日本軍の動きもすべて把握できました。女性たちは後方支援だね、石を運んだり傷の手当てをしたりと、できる限りのことはしてみんなで戦ったのです。しかし、鉄砲の威力も違えば人数も違います。だんだん劣勢になって、とうとう頭目のアルクとその息子が戦死してしまいました。リーダーを失った牡丹社の人々は撤退します。日本の兵隊さんが崖の上まで上がってきたときは、もう誰もいませんでした」

——石門で勝利をあげた日本軍は、最後まで頑強に抵抗を続けた牡丹社を目指して、一八七四年六月二日、総勢千三百名の兵隊を三方に分けて攻め入ったんでしたね。中央の本隊は、西郷従道と佐久間左馬太が指揮し、石門ルートから進軍。南から回り込んだ部隊は赤松則良が指揮して、竹社、クスクス社経由で牡丹社へ。北の楓港から出発した部隊は、谷干城、樺山資紀が指揮し、丹路、ニナイ（女仍）を通って。

「日本軍は、事前に進軍ルートや村の状況について情報を得ていたので、難なくニナイ社、クスクス社、牡丹社へ入り、村を焼き払いました。戦闘はわずか一日で終了しました。村人たちは、日本軍がやってくる前に山の奥へ避難したので、村はもぬけのからだったのです。原住民の懲罰を目的とした掃討作戦は、五月二十日から始まり六月三日には終わったから、半月ほどなんだよ」

――戦闘が終わった後は、どうなったんですか？

「おお、そのあとが大変よ。住んでいた家を壊されて、何もかも焼き払われたクスクスの人たちは、村に帰れません。もちろんまだ怖いです。そこで、しかたなく山の奥に隠れ住んでおりました。

ちょうど長雨の季節と野宿が重なりました。寒さと飢えで子供や年寄りから命を奪われていきます。

日本軍が撤退したという話を、平埔族（漢人化し、平地に住む原住民）たちから聞いて、ようやく牡丹社の人々も村へ戻ってきます。しかし、頭目のアルクと長男が石門の戦いで亡くなっています。頭目を継ぐはずの次男もまもなく亡くなってしまったよ。長男の子供たちもほかの親族も日本統治時代に病死したり行方不明となったために、アルクの一族はばらばらになってしまいました。住居のほとんどを失ったクスクス社の人々は、その後同じ場所に住むことはあきらめて、別の場所へ移りました。原住民は、石門の戦いの後がとても辛かったんですよ」

石門の戦いは、一八七二年に創刊したばかりの『東京日日新聞』（現在の『毎日新聞』の前身）が詳報した。新聞社から派遣された岸田吟香（一八三三―一九〇五）が、日本初の従軍記者として現地から戦闘の模様を熱血取材。彼の記事は国威発揚調の勇ましい内容で、〝野蛮な凶賊〟であるパイワン族を打ち負かした経過や、軍隊が日本へ連れ帰った原住民少女がどのように文明化されていったかなどを、今で言うワイドショーのようにリポートしている。

ワイドショーにたとえたのは、鮮やかに色づけされた錦絵で臨場感をあおり、講談のような大げさな語りで記事をしたてているからだ。

記事の中で岸田は、台湾の原住民を、教化の必要な未開の民でちょうど日本の北海道に住む蝦《え》夷《ぞ》人のような存在だと説明。好戦的で人肉を食べる習慣も持っているなど、偏見に満ちた言葉を並べたてている。

岸田は、その後も半年にわたって台湾レポートを連載し、原住民の珍しい風習や台湾の知られざることがらを三十三編にわたって執筆。未知の島台湾への好奇心と憧憬をかきたてた。おかげで、この新聞は発行部数を二倍近く伸ばした。

「日本では戦闘で死んだ者は十二名、マラリアにやられて命を落とした兵隊さんは五百五十名近いと言われているでしょう、しかし、戦いの済んだ後で様子を見に行った村人たちが、〝ハンチーチャン（干し芋）みたいに日本兵の死体が散らばっていた〟と、話したそうです。ハンチーチャンというたとえは、たくさんの人が亡くなったときに使う言葉ですよ。原住民の攻撃で亡くなった兵隊さんは、日本の政府が発表した数より、実はもっと多かったかもしれません」

先祖代々伝えてきたパイワン族の口伝と、日本の外交文書や当時の新聞記者の従軍記事が伝える内容に、見解の相違があるようだ。パイワン族にしてみれば、近代兵器で重装備し文明化された大日本帝国軍に、先祖たちが勇敢に戦いを挑んだことを強調したかったのかもしれない。その逆に、〝未開の民である台湾の蛮人〟のゲリラ戦に予想以上に苦戦した日本軍は、面子を保つために戦闘での死者数をなるべく最小限に公表し、兵隊の多くはマラリアで亡くなったことにしたいという意思が働いたのかもしれない。

少女おたいの故事

戦闘終了後も約半年にわたって台湾に駐留した日本軍は、化外の地と言われた東部の事情を調べ上げて帰国したのだが、駐留中に一人のパイワン族の少女を日本に連れ帰った。このエピソードは、現在の日本ではほとんど知られていない。

陸軍の報告書によれば、牡丹社を攻撃したとき、迷子になっていた少女を保護。不憫に思った兵隊たちが亀山の駐屯地に連れて帰り、台湾にちなんで「おたい」と名付けた。写真に撮られたおたいちゃんは、あどけない表情ながら警戒心を燃やすまなざしが、森の小動物のようだ。『東京日日新聞』の記者をした岸田吟香の記事によれば、〝彼女は十二、十三歳だが、体が小さく、猿のように見え、眼病を患い、手足にも傷を負っていた〟とあり、挿絵は、兵士たちがその少女に日本の浴衣を着せているシーンが描かれている。

六月十五日に、船舶「明光丸」に載せて日本へ連れて行ったのは、日本で行儀作法から教育までをほどこして、未開の原住民少女が文明の恩恵を受けてみごとに教化したというモデルに仕立てようと企てたからだろう。

陸軍が蕃地事務局へ報告し、蕃地事務局が太政大臣へ原住民少女の日本への移送にあたってやりとりした公文書が残っている。六月十五日の移送を報告した書類の見出しには、なんと「生捕」の二文字が冒頭に躍る。蕃地事務局でも、さすがにこれではまずいと思ったのか、京都に到着したという報告書を作成するにあたり、生捕という名義は不都合だから、「大倉喜八郎預け」という言葉に変え、入り用な金額は請求するように通達を出している。

おたいちゃんの新生活にともない、蕃地事務局の書類には、旅費や食費、付き人の日当などが記録されていて興味深い。その一部を抜粋してみるとかなり気を遣っていたことがわかる。

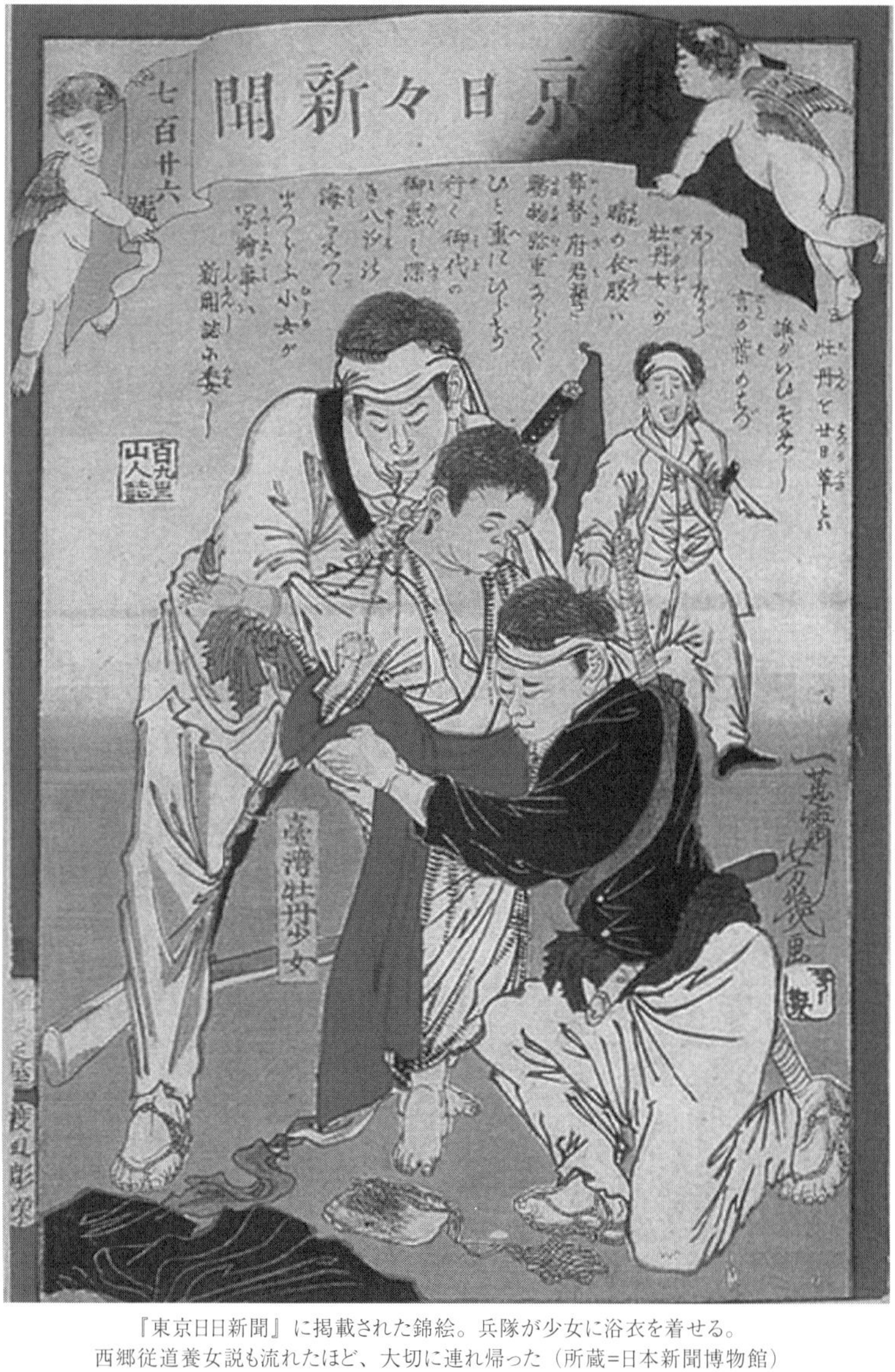

『東京日日新聞』に掲載された錦絵。兵隊が少女に浴衣を着せる。
西郷従道養女説も流れたほど、大切に連れ帰った（所蔵=日本新聞博物館）

○台湾人諸経費

一円五十銭　ブランケット一枚
一朱　　　　神戸上陸時人力車代
一歩　　　　郵便会社から大蔵省までの人力車代
二十銭　　　旅籠までの人力車代
三両二十銭　東京の食費
一円三十五銭　神戸での賄い費
従者の日当　一日三十銭

パイワン族少女の後見人となった大倉喜八郎（一八三七―一九二八）は、明治政府の富国強兵策になくてはならぬ政商だった。彼は、幕末に鉄砲店を立ち上げ、そこから武器商人として頭角を現し、台湾出兵、日清戦争、日露戦争で陸軍のロジスティクスを担当。後の大倉財閥の基礎を築いた。「大成建設」は大倉組の土木事業部がその前身だ。彼は、そのほか、鹿鳴館や帝国ホテルの開業、鉄道敷設、製紙業、教育事業など幅広い分野に事業を広げた実業家で、征台の役での活躍がきっかけになって、領台後の台湾縦貫道路の建設をはじめ、渋沢栄一と組んで台湾銀行を開設したりと、台湾でもその商才を遺憾なく発揮した。

台湾から、神戸にあった大倉の屋敷に連れて行かれた後、おたいちゃんは大倉の知り合いの夫婦に面倒をみてもらうことになった。彼女は日本にやってきた当初は慣れない生活に体調を崩し、周囲を心配させた。だが、その後は立派な文明人になるために行儀作法や読み書き、裁縫などを熱心に習い、多少の日本語も理解できるようになった。また、神戸から京都や大阪や東京にも旅行をして、文明国日本の生活を体験し、見聞を広めた。本人はどう思ったかわからないが、当時としては破格の扱いだった。

こうして、半年もすると日本の少女のようになったおたいちゃんは、一八七四年十一月に、長崎経由でふるさとの台湾へ戻る。陸軍は、彼女の帰郷の際、いろいろな土産物を持たせたという。

この「おたい」のエピソードについてバジロクさんはこのように言う。

「牡丹社事件紀念公園の説明板に写真が出ていたのを覚えていますか？　日本人はおたいと名付けましたが、ヴァヤユン・チャーリエラバール。これが正しい名前です。出身は、牡丹郷にある村のひとつ、ニナイ（女仍）社ですよ」

――はい、覚えています。牡丹郷にある紀念公園の説明板に載っているおたいちゃんは、広い額、上向きの小さな鼻、くぼんだ両目……可愛い少女でした。

「日本では美談に仕立てられていますが、これは哀しい話なんです。第一、おたいは迷子なんかではご・ざ・い・ま・せん。自分が住んでいた村に日本軍が突然やってきて、逃げ遅れたんです。ヴァヤユンとおばあさんは日本の兵隊に囲まれてしまった。おばあさんは、とっさの機転を利かせて助けを求めて逃げましたよ。兵隊たちは周囲を捜したがわからない、そこで、ヴァヤユンだけを亀山の陣地に連れて行きました」

——あれ、そうなんですか？　日本の記録に残る話とかなり違いますね。ヴァヤユンは、台湾に戻ってからどんな様子だったんでしょう？

「彼女はねえ、故郷の村に戻ってからとても苦労しました。私は、ヴァヤユンの一族というおばあさんから聞き取りをしましたが、とても可哀想な一生だったと話しておりました。

日本から戻ってきたら、村の様子はすっかり変わってしまっていた。両親も祖父母も誰もおりません。村の人たちにとって、ヴァヤユンはすでにパイワンの少女ではなくなっていました。日本人のように和服を着て、おじぎのしかたもふるまいも自分たちと違うんだよ。ねたましくもあり、憎らしくもあるのです。村の人は、ヴァヤユンが日本の習慣を持ち込んでパイワン族を堕落させると考えて、彼女を非難します。

ヴァヤユンはねえ、そんな仕打ちに耐えられず、昼間は山に隠れて夜になるとそっと家に帰ってくる。そのうち、だんだん精神がおかしくなっていきます。そして、十六歳のとき、行方不明になってしまいました。村人たちが山や河原を探すと、集落の川下にあった大きなガジュマルの木で首をつって自殺していることがわかりました。おお、気の毒だなぁ。可哀想な一生でした」

文明教化の見本とされた少女は、故郷に戻ったとたん悲劇のヒロインになり今も語り伝えられているが、「ヴァヤユン」は彼女の本当の名前だったのだろうか？　ふと、そんな疑問を抱いたのは、ヴァヤユンの意味がパイワン語で〝品性が良くない女性〟であるから女の子の名前としてふさわしくないという意見を聞いたからだ。これは私の推量に過ぎないが、日本から村へ戻ってきた少女は本名があるにもかかわらず、村人から「ヴァヤユン」とあだ名を付けられ、はやし立てられたのかも知れない。それがいつしか少女の名前となって後世の私たちに伝わってしまったのだろうか。そうだとしたら二重に彼女を傷つけたことになりいたたまれない。

ただし、少女「おたい」に関する研究はまだ十分に行われていないので、本来の名前や出自、村へ戻ってからの生活や死に至るまでの経過は謎も多い。はっきりしているのはこの少女ばかりでなくパイワン族の人々が、日本軍が引き上げてからも多くの犠牲を強いられたことだ。

山へ逃げたクスクス社や牡丹社の人々は、共同体を破壊され山中で多くの命を失った。

「石門の戦いの後で原住民たちを襲った悲劇は、台湾でも日本でもほとんど知られていません。私が事件を調べ始めた動機のひとつは、自分たちの歴史が埋もれたままではいけない、先祖が体験したことを多くの人に知らせたい、という気持ちがあったからです」

バジロクさんは、使命感に燃えた口調で話す一方で、こうも釘を刺す。

「しかし、自分たちの歴史だけにこだわっていてはだめです。歴史は両方の側から見ないと歴史にならないんだから」

勇敢な兵士たちの碑

台湾では、牡丹社事件に関係する記念碑は、日本の侵略を後世に残す、という観点から建てられている。日本の出兵を糾弾する石碑は、戦後台湾へ移った中国国民党が政権を執っていた時代に建てられたものが多く、中には、戦前の日本が建てた記念碑の碑文を削って新たに彫り直したものもある。

現在、「石門古戦場跡」と「牡丹社事件紀念公園」のふたつが整備され、事件の概要を記した説明板と記念碑が設置されている。古戦場跡には、小規模ながら展示室もある。野原さんが問題にした「武器を持った66人の成年男子が部落にやってきた」という記述があった牡丹社事件記念公園は、広い敷地を散策しながら、歴史を学べるよう工夫され、最後に和解の重要性を表す「愛と和平の石像」でしめくくられていて、観光スポットとしても人気がある。

恒春半島を訪れる台湾人観光客は、この紀念公園をルートに入れているようだが、日本人観光客の姿はまだまだ少ない。事件自体があまり知られていないためだろうが、リゾート地の墾丁《ケンティン》とは違って同じ恒春半島でも内陸部は公共交通の便が悪い。そのため、訪れたくてもなかなかその機会が作れないという方も多い。それでも、近代日本が台湾の原住民と直接戦闘をしたこの事件を知るために、なんとかたどり着いてほしいものだ。

公共交通を利用するなら、まず屏東市と恒春半島の入り口にあたる枋寮を結ぶ台湾鉄道の屏寮線終点の枋寮まで行こう。ただ、ここまではなんとか鉄道でこられても、その先は本数の少ないバスに頼るしかない。駅前から車城行きのバスに乗り、そこから牡丹郷行きバスに乗り換えるかタクシーを使う。または、高雄の左営駅から墾丁行きの快速列車かバスで恒春まで行き、そこからタクシーを拾う。

こうして牡丹郷へ向かうと、大きな楕円形の石に朱文字の碑文がくっきりと浮かび上がっている牡丹社事件の記念石碑が見えてくる。一九九〇年に牡丹郷長の肝いりで建てられたもので、付近の景勝地を楽しむ観光客が車から降りて、歴史を学ぶスポットになっている。

波の上の護国寺に立つ遭害碑の碑文では、〝凶賊〟と決めつけられているパイワン族も、台湾の側から見れば、後世に語り継ぐべき不尭不屈の精神を持った勇者となる。

碑文の要旨を抜粋して記すと……

清朝同治十年十一月、日本琉球国の宮古島島民六十九名が、那覇から帰港する際に台風に遭い、南台湾の八瑶湾に漂着。不幸にして溺死した三名を除く六十六名が上陸し、道に迷って山胞の住む牡丹社の集落へ入り、五十四名が殺害された。生き残った者は台南に送られ帰国した。

日本は琉球の宗主国と自任し、この機に乗じて台湾を侵略。日本軍は同治十三年四月に浪橋社寮（現在の車城郷射寮）港から上陸した。彼らは精鋭の武器で村を焼き尽くし殺した。原住民七社は降伏したが、牡丹社は不屈の精神をもって日本軍と戦い敵を翻弄したが、最後には頭目阿碌父子ら三十余人が犠牲となった。我が山胞の不屈勇敢な精神は、何ごとも恐れぬ不

石門古戦場の入り口に立つ勇士の像。近代兵器で武装した日本軍に弓矢で立ち向かった

朽のものであり、後に続く者たちへの手本となるであろう。

民国八十九年十月吉日　　　　　　　　　　郷長　黄順發

日本軍に最後まで抵抗した牡丹社の戦士は、勇敢さと勇気の象徴であり、尊敬すべき対象として顕彰されている。このような事実は屏東県まで足を延ばさないと知ることはできない。原住民を「凶賊」と貶《おとし》めてきたのは明治政府だけではない、事件当時の清朝政府も戦後の国民党政権も「生蕃」「熟蕃」「山胞」などと勝手な呼び名を付け、誇り高き原住民が伝える歴史や文化には、長い間無関心だった。それから百年以上が経ち、ようやく時代が追いついてきた。最後まで投降せずに戦い続け、日本軍の銃弾にあたって戦死した牡丹社の頭目アルクとその息子に、研究者たちの関心が集まっている。伝説の英雄となったアルクの像を建てる話も屏東県では検討されたようだが、どんな容姿をしていたのか写真も証言も何も資料がない。そこで、抽象的なシンボル像にする案が持ち上がっている。

駐車場の脇から、急勾配の階段をゆっくり上がってみた。登り切った丘の上は広場になっていていきなり視界が開けた。高さが数メートルもある記念碑が青空に突き刺さるようにそびえている。丘の周囲は木々が密生しているが、その遙か向こうには台湾海峡が少しだけ見える。

現在の記念碑は、一九三六（昭和十一）年に「西郷都督遺跡記念碑」として建てられたものだが、戦後中国からやってきた国民党政権により、石碑の表面の文字を「澄清海宇還我河山」（国土を返せ、の意味）に変えられた。

原住民からは、こんな碑文では中国語を理解できない先祖の慰霊につながらない、第一、碑文の意味が事件と直接関係ない、などの意見が出たそうだが、二〇一六年までこの文言が山の上にそびえていた。二〇一六年までは……と断ったのは、この年、屏東県文化処が碑文の下に、日本統治時代の文言が残っているかどうか調査をするために、「澄清海宇還我河山」の文字板をはずしたからだ。調査の結果、日本時代の碑文は形をとどめていなかったのだが、はずした部分は文化処の倉庫で保管してさらに調査中だという。二〇一九年二月現在、丘の上の記念碑は、文字のない状態でそそりたっている。

だが、台湾出兵の百五十年目にあたる二〇二四年までには、石門古戦場跡は大きく変わるだろう。というのも、県政府の、歴史を公平に再生するという方針にもとづき、この場所に「西郷都督遺跡記念碑」を復元し、同時にパイワン族のリーダーだったアルク父子に因んだ像を建てる計画が進んでいるからだ。

牡丹社の学習ブーム

本書の取材中、まるで見えぬ力に導かれたように次々と新しい御縁ができたが、台北在住の医師であり小説家の陳耀昌《チェンヤオチャン》さんもその一人だった。昨日まで縁もゆかりもなかったのに、いきなり打ち解けて友人になる。そういうときは、国籍を問わず「キモチが同じ」。これがキーワードになる。

　私が陳さんと一緒に牡丹郷へ出かけることになったのは、フェイスブックがきっかけだった。陳さんからの友達リクエストにずっと返事をし忘れていたことにふと気がついて連絡をとったところ、彼が数々の原住民の歴史小説を発表していることを知った。しかも来月、牡丹郷で講演をするというではないか。沖縄へ行くことを決めた直後だったが、渡りに船！とばかりにご一緒させてほしいとお願いをした。一度もお目にかかったことのない方なのに、私の申し出を快諾してくださった。

　台北市の松山空港で、お嬢さんとともに出迎えてくれた陳さんは、半袖シャツの上に真っ赤な原住民スタイルのジャケットをはおっていた。白衣を着ていなくてもお医者さん、という雰囲気と貫禄を濃厚に漂わせている人物だった。こういうタイプのお医者さんは、きっと患者さんの話をじっくりと聞いてくれるだろう。なんといってもまなざしが柔らかく、包容力がある。

　お目にかかる前にSNSでやりとりをしていたために、初対面という感じがまるでなく、タクシーに乗り込むと同時に、牡丹社事件のことから夜市のスナックまで、話がつきなかった。その日はご親切にも、後藤新平が民政長官をしていた時代に開院した台湾大学医学部の、史料館や創立当時の病棟を案内してくださり、森鷗外の子息にあたり、一九四七年まで教授を務めていた森於菟《おっとう》ら、日本人医学者の功績を詳しく知ることができた。

翌日、朝の新幹線で左営へ行き、駅前から主催者の車で牡丹郷の講演会場までドライブをした。今回も牡丹郷に入る手前の道路には、赤やオレンジやピンクに色づいたブーゲンビリアが数キロメートルにわたって咲き乱れ、レッドカーペットの上を歩いているような華やかな気分にさせてくれた。

牡丹郷公所の二階にあるホールには、すでに講演を聴きに来た地元の皆さんが集まっていた。陳さんの演題は「牡丹社事件と恒春半島発展史」。恒春半島の歴史を俯瞰した内容だ。牡丹社事件の起きる前後に、原住民と紛争を起こしていた欧米や清国と台湾との関係を解説し、世界潮流のひとつとして牡丹社事件（主に台湾では石門の戦いなどの台湾出兵に関する事件）を眺めるというものだ。こうして十九世紀末の台湾の状況を理解すると、クスクス社と牡丹社の人々が、先祖からのプライドをかけて自分たちの領土を死守するため、最後まで石門の戦いで抵抗したという、彼らの視点から事件がつかめるようになる。

陳さんの話はそれだけにとどまらず、日本の台湾出兵によって危機意識が高まった清国政府が、その後、どのように海防政策を整え、放置してきた原住民対策に乗り出したかなどにも及んだ。

西郷従道率いる日本軍が十二月に引き上げると、実際、清国は、恒春に城壁を建設し各地に砲台を設けて防衛体制を整え、同時に原住民の村へとつながる道路の整備にも乗り出した。そして、原住民の慰撫対策にも取り組んだ。この急な方針転換のために、一八七五年の獅子頭社事件では、原住民側に千九百十八名もの犠牲者が出た。日本が起こした台湾出兵の影響は、恒春半島の歴史を大きく変えていったことがよくわかり、興味がつきなかった。

自分たちの郷土の歴史を知りたいと集まった地元の人々からは、講演後に熱心な質問が多く寄せられた。このような講演会では、日本に限らず年配者がどうしても中心になってしまうのだけれど、この日の参加者は若い層が半分を占めていた。牡丹社事件だけでなく、十九世紀の台湾社会が、外圧にどのように耐え、どのように対処しながら変化していったかを知ることは、現在の自分たちに新たな知恵を与えてくれると、参加者の大学生は語ってくれた。

牡丹郷では毎年のようにシンポジウムを開き、世代を超えて歴史を学んでいる。これまでは、台湾の歴史が中国のそれに比べて軽んじられたり、公的な記録や研究文書に原住民の視点が欠落していたのだが、この二十年ほどでかなり成果が上がっているように思われる。前述したバジロクさんは、百数十年前の集落や部族ごとの約束事などをさらに研究し、日本の研究者たちとの意見交換を深めたいと話していた。

長い間無視され続けた原住民の口伝にもようやく注目が集まり、パイワン族出身の若手研究者たちが取り組んでいる。そのことひとつとっても、先祖に何が起こったかを知りたいという素直な好奇心と、おざなりにされてきた原住民の歴史に光を与えたいという熱意がひしひしと伝わってくる。パイワン族の人々は、ようやく牡丹社事件の悪夢から自らを解き放ち、部族のアイデンティティーを基礎にして歴史を検証し始めた。彼らの努力によってさらに史実が明らかとなり、日台の未来へつながっていくことを期待したい。

学習会の会場で、先回訪問したときアコウの木について教えてくれた王美連さんとも再会がで

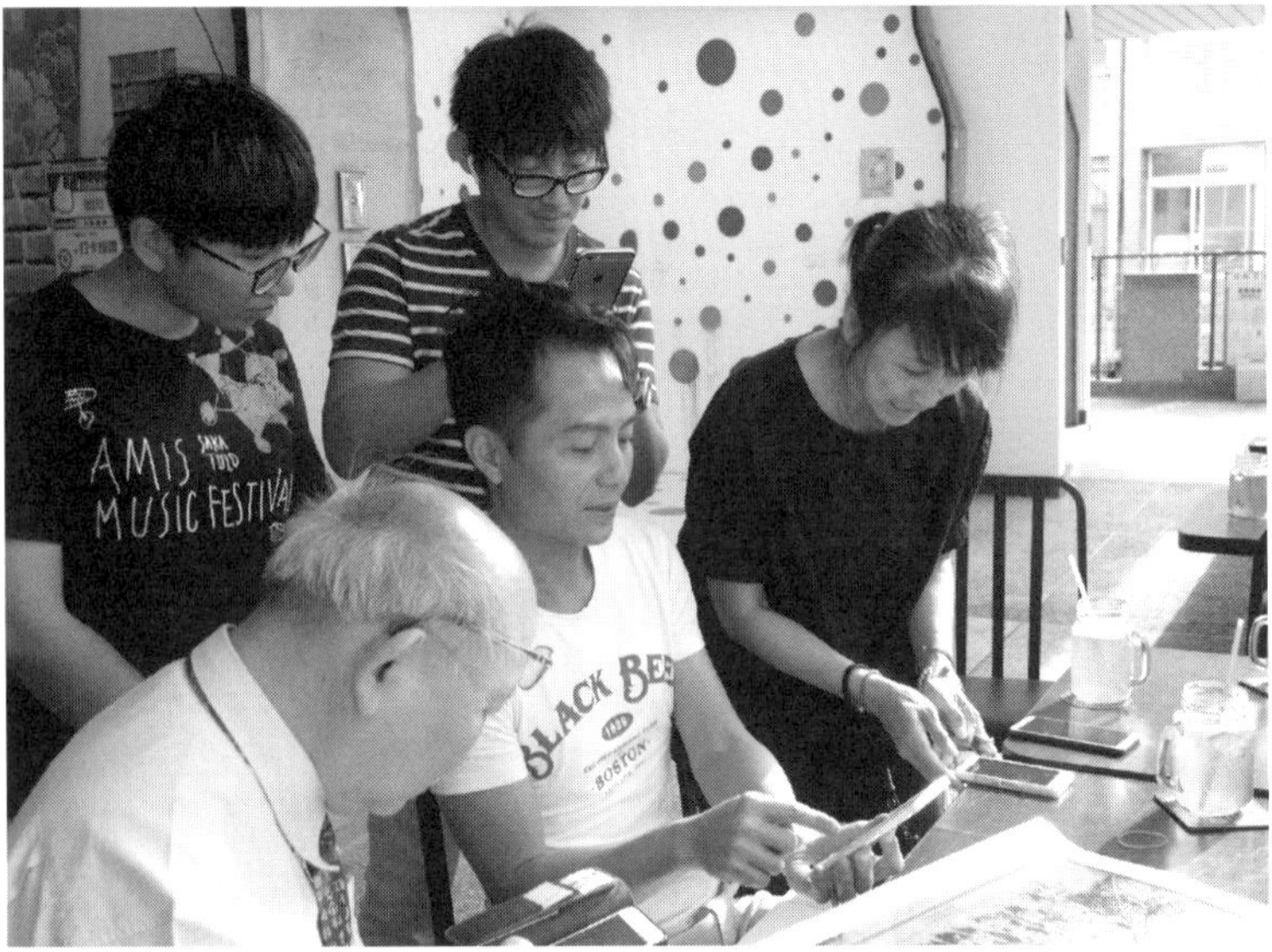

陳耀昌さん（左手前）とともに、牡丹社事件の資料を整理する地元の若者たち

恒春市には、清朝が海防のために築いた要塞の一部が残っている

きた。彼女はまだ小学生だった娘さんを伴い、沖縄県まで行った和解の旅のメンバーということは、すでに記した。宮古島でのイベントで、美連さんの娘さんを伊志嶺元市長がハグをしたことは、昨日のことのように覚えているという。

「伊志嶺先生にまたお会いしたいなあ」

美連さんは華やかな笑顔で、こう話してくれた。

救援者と感謝状

以前から、一度訪ねたいと思っていた場所があった。

車城から国道二十六号線を南下したところにある保力村だ。この村に、琉球民十二名の命を助けた有力者、楊友旺（一八三〇―一九一五）の実家が残っている。

国道から保力村へと入る脇道には、朱色に塗られた歓迎門が立っていた。村の目印としては大変わかりやすい。集落が近づくと、道沿いに続く鮮やかな壁画に目を奪われる。高さが二・五メートルほどの白いブロック塀をキャンバスに仕立てて、豊かな色彩とのびのびとしたタッチで、客家の伝統芸能や開拓の様子などが物語風に描かれている。まるで、アーティストたちが住む芸術村に入り込んだようだ。

このストリートギャラリーを過ぎると、突き当たりの真白い壁に、「➞往四重渓」（四重渓はこちら）

保力村に入ると開拓時代の客家の生活ぶりがストリートアートになって現れる

白壁に大きく描かれた道しるべ。悲劇の現場に近いことを実感

という大きな文字が書かれていた。そうだ、この村からあの凄惨な現場となった川べりまでそんなに遠くないのだ。殺害現場は、現在、国軍の演習場になっているため、立ち入りはできないけれど。

車を降りて私は同行者たちと集落の奥へと歩く。なんてのどかなんだろう。トンボが畑を飛び回り、土や草の匂いが漂っている。

楊家は代々村長を務める一族で、現在の家長や親戚も村の要職についている人が多い。楊家の建物は築百数十年を誇る三合院だが、棟割り長屋のように延びる両翼の建物には時代ごとの増築跡が見られた。中庭正面の広間は正庁と呼ばれ、先祖の霊を祀ってある。

入り口で一礼をして、ひんやりしてほの暗い正庁に入った。正面には壁一面にわたる大きな祭壇があり、中国から台湾へ開拓者として渡ってきた初代の位牌と並んで、事件に関わった楊友旺の黒ずんだ位牌が祀られていた。左手の壁には彼の生前の肖像と、一八七五年に日本軍の駐在武官が琉球民救助の功労品を届けに来たときの写真と、一九七九年に宮古島市が献呈した感謝状のコピーが額に入って架けてあった。

生前の楊友旺翁は、首里城で見た官吏に似た四角い帽子をかぶり、黒っぽい上着を着て正面を見据えている。顎ひげをはやした温和な風貌は、地域で尊敬を集める実力者そのものだ。彼なら追撃してきたクスクス社や牡丹社の戦士らに向かって、琉球の十二人の命を助けるよう交渉し、それをうまくまとめる力量をもっていたことがうかがえる。

額に納まった、宮古島からの感謝状の文言を、改めて読んでみた。

感謝状

楊友旺殿

一八七一年（同治十年）琉球藩民が
御地に漂到し遭難しました際は、その
人命を救助し又遭害者についてはその
建墓、法要等について貴殿が誠心
誠意をもって営まれ、今日まで続い
て来たことに対し深甚なる感謝と
敬意を表するものであります
今日遺族の代表として墓参をするに当
感謝状を贈呈し貴殿の偉徳を讃えます

一九七九年四月二十八日
日本国沖縄県宮古市町村長会
会長　盛島明秀

上は1979年に宮古島から贈られた感謝状。上右が楊友旺翁
下は、統治時代に、表敬訪問に訪れた日本の武官たち

楊家の親族（左から3番目）と陳耀昌さんらと
記念撮影した筆者（右端）

正庁は、先祖の位牌を飾る部屋。
楊家初代の位牌が祀ってあり、
その脇に友旺の位牌もあった

一九八〇年十月五日に、那覇市の護国寺で行われた台湾遭害者の墓の改修（開眼）式に、楊友旺のひ孫にあたる楊添才《ヤンティエンツァイ》さんが招待された。その席上、宮古島を代表して盛島会長が、命の恩人である楊友旺翁の善行を讃えて、感謝状を贈ったのだ。楊友旺翁の死から百年近くが経ってしまったものの、琉球民遭難殺害事件を過去のものとはしないで、礼を尽くした。一八七一年に起きた事件ながら、双方の絆が現代までつながっていることを感謝状は物語っている。

感謝状を眺めていると、野球帽を頭にちょこんと載せた、日に焼けて背の高い中年の男性がやってきた。親族の一人らしい。

「時々、日本から大学の先生が楊友旺のことを尋ねにわざわざやってきます。私の代になるともう詳しいことはわかりませんが、先祖が善行をしたことは今でも一族の誇りです」

彼はそう話しながら、訪問を歓迎すると続けた。

「本物の感謝状ですか？　今はね、社区中心（コミュニティーセンター）に飾ってあります。先祖の善行を村のみんなで分かち合いたいですからね」

「そうなんですか。友旺さんたちがしてくださった善行は、村の歴史の一部ですものね」

「楊家の系譜をご覧になりますか？」

野球帽の似合うご親族は、楊家の家譜も見せてくれた。二百年ほど前、中国から渡ってきた客家人の一青年が、未知の島台湾で長い歳月をかけて根をはり、子孫を増やしていった家族の足跡を、家譜は示している。こうやって、中国からの移民は台湾人になっていったのか……と、長さが三メートル近くもある壮大な家系図にびっしりと書き込まれた人名を追いながら、客家人の艱難辛苦の開拓生活に思いをはせた。

神様になった軍人

道教が仏教同様に盛んな台湾では、日本時代に活躍した軍人や民間人が、土地公（土地の守り神様）になっている例が珍しくない。日本人の間でも有名になった台南市にある「鎮安堂飛虎将軍《ちんあんどうひこ》」の廟は、太平洋戦争末期に米軍との空中戦を演じた杉浦茂峰が神様になっている。彼は、敵機に銃撃された後、眼下の台湾の村や町に墜落したら地元民の犠牲が甚大だと判断し、自分の命を犠牲にして畑に落下した。その恩を忘れぬ地元民が、戦後になって廟を建てたと言われている。「鎮安堂飛虎将軍」は日本の軍人が神様になった典型例だ。

文化処長を務めていた呉錦發さんが連れて行ってくれた東龍宮も、そうした廟のひとつではあるが、夢のお告げによって日本の軍人が神様になったという点が変わっている。しかも、台湾出兵に関わった日本の軍人が祀られているなんて。

台湾鉄道の枋寮駅からてくてく歩いて行くと果物畑が途切れ、続く商店街をしばらく進んでから左へ曲がると、右手に派手な装飾の廟が現れる。建立されたのは一九九八年。その後何度も改修され、現在は一階にご本尊の記念館まで出来ているが、私が初めて訪れたときは廟だけだった。

「お堂の中はもっと興味深いですよ」

含み笑いをしながら、呉錦發さんは先導してくれる。

ご本尊が祀ってある本殿は、床から天井まで華美な装飾が施されてまるで別世界だ。入り口の右手には東龍宮のいわれを金文字で記した開基の辞があり、その左上の天井付近に、古びた日の丸が額に入って飾ってあった（現在は一階の記念館に展示してある）。開基の辞だけでなく、本堂のあちこちに、〝田中元帥〟だとか〝田中将軍〟と書いてあるけれど、どういう履歴の人物なのか、見当もつかない。

一緒に見学した国立屏東大学人文社会学院の張月環さんが開基の辞を一読し、神様になった日本軍人は田中綱常《つなつね》（一八四二―一九〇三）であり、台湾出兵の際、先遣隊として本隊を迎えた一員だと教えてくれた。だが残念ながら、田中綱常を知っている日本人はほとんどいない。それなのに、ここ台湾では神様としてあがめられている。

現在は一階の記念館に田中の一生が年表や遺品とともに展示されて、東龍宮のご本尊様がどういう人物かよくわかるけれど、当時は何がなんだかよくわからず、理解するまでに時間がかかった。

本堂の正面を仰ぎ見ると、軍服を着た神様が三体、紅色の和服を着て、髪を明治時代に流行った「二百三高地」風に結った女性の神様二体、計五体がずらりと並んでいる。中央の田中将軍のほか、向かって右端は乃木希典《のぎまれすけ》将軍、左端が北川直征神将、田中将軍の両脇は良山神将、中山神将（この二名は従軍看護婦だった女性）と説明を受けたのだが、いまひとつ事情が飲み込めない。

北川直征（向かって左）や従軍看護婦を従えて鎮座する田中綱常（中央）

東龍宮（1階が記念館、2階が本殿）

やがて、奥から東龍宮の宮主が現れた。白いパンツと花柄のブラウスを着たその女性が石羅界《シールオジェ》さんだった。彼女は、にこやかな口調で神様たちを紹介してくれた。

「田中将軍は、台湾と日本とトルコの友好の象徴とも言うべき人物です。牡丹社事件のときは先遣隊としてやってきてあちこちを調査しています。西郷従道中将が上陸したときはその接待と案内役をしたほどの事情通でした。田中将軍は石門の戦いにも参戦していますし、原住民との和議にも関わりました。帰国後は軍艦の艦長を務めました。そのとき、和歌山県沖で座礁したトルコのエルトゥールル号の救助に関わって、トルコの人たちの帰国を手伝いました」

「へえー」。そういう人物だったのか。

エルトゥールル号事件は、和歌山県沖で座礁したオスマン帝国籍の老朽艦から、村人が命がけで六十九名を救助し、回復するまで村で親身になって世話をし、日本政府が一八九〇年十月に軍艦「比叡」と「金剛」とに分乗させて神戸からイスタンブールまで送り届けた美談で知られている。その「比叡」の艦長をしていたのが、田中綱常だった。和歌山県串本町には、エルトゥールル号の模型から乗組員の遺品などを展示した「トルコ館」や「軍艦遭難慰霊碑」もある。

〝彼は、台湾と日本とトルコの友好の象徴〟と宮主が言っていたのはこのことだった。

「田中将軍は、一八九五年に日本領となった台湾へ再びやってきます。そして、澎湖島の行政庁の役人を務めた方なのです」と石さん。

「澎湖島でお仕事をしていた方が、どうしてこの地で神様になっているんでしょうか？　もともとは台湾出兵のためにやってきた敵方の軍人ですよね」と私。

領台後、民政局に勤めて公衆衛生や治安に努めたとはいえ、日本の軍人田中綱常が土地公になっていること自体、複雑な思いで眺める人たちだっているだろうに。

「その頃は山に住む人たちが、開拓村の住民と衝突したり、首を狩りにこのあたり一帯まで攻めてくることがときどきありました。平埔族や漢人の中には、日本の軍隊が来てくれたことで治安が大変良くなると歓迎した人たちもいたんですよ。石門での戦闘を前にして平埔族や漢人が日本軍に協力したのも、山からの襲撃が少しでも減れば……という願いからでした」

石さんの説明に対し、文化処長の呉さんが言葉を添える。

「日本人とうまくつきあって、自分たちの社会に利するよう画策したグループもあれば、その反対に、日本人を断固排斥しようという人々も当然いたのです。同じように、山に住む原住民と良好な関係を持つ村もあれば、彼らを脅威とみなす人々もいた。十九世紀末の台湾では、いろいろな民族が勢力争いをしながら生活していたうえに、外来勢力が常にやってきたのですから、彼らの生活は不安定そのものでした。利害関係も今よりもずっと複雑だったのです。歴史を知るには多角的な検討が必要なんですよ」

多民族社会特有の複雑な利害関係と外来政権の支配。当時の社会状況が、廟の神様たちの背後に透けて見える。

とはいえ、これほど熱心に田中綱常を後世の人々に伝えようとするには特別の理由があるような気がする。信仰のきっかけが知りたくて宮主の石さんに質問をすると、待っていましたとばかりに彼女は答えた。

「夢の中でお告げがありました」。真顔である。

「お告げ……？　ですか」

「夢の中に田中将軍が突然現れました。そして私に自分の一生を話し出しました。私は体が硬直して動かず、ただ、じっと聞いていただけでした。目が覚めたところですぐにその内容をメモしたのです。日本軍が使用していた日の丸も彼が語ったとおり山中で発見しました。その後、田中将軍の故郷の鹿児島県まで出かけて資料とつきあわせたところ、彼の一生は、私が夢で聞いたとおりでした」

田中将軍が中国語で宮主に人生を語った？？　初めて東龍宮を訪れた私と張さんは顔を見合わせる。すでに事情を知っている呉さんは、我々のリアクションを愉快そうに見守る。

「神様からお祀りするよう言われたに違いないと思って、廟でさっそく供養を始めました」

と、宮主は話をしめた。こうして、元薩摩藩藩士でのちに貴族院議員も務めた田中綱常は、東龍宮で土地公になった。

その後も宮主の石さんは独自に調査をして、初代総督になった樺山資紀が陣中見舞いと称して、澎湖島で執務中の田中に清酒やビールなどを贈った目録、田中の総督府への建議書などを発見。それらを展示している。また、長崎県や鹿児島県へも出かけて台湾出兵に関する資料を集め、廟にお参りに来る信者たちに牡丹社事件のことや台湾と日本の歴史を伝えている。その石さんが帰り際にこう言った。

「長崎市にある征台役記念碑をご存じですか？　いらしたことはありますか？　私は、田中将軍がとてもかわいがっていた部下の北川直征の霊に導かれて、墓地を訪ねました。彼は病死ではなく戦死したんです。記念碑の脇に台湾出兵で亡くなった兵隊さんの墓が立っていますけれど、あんなにたくさんの中から、北川直征と記した墓をすぐに見つけることができたのも、田中将軍のお力添えだと思っています」

若くして出征し台湾で戦死、上司とともに土地の神様になっている一兵卒が、長崎に眠っているなんて思いもしなかった。日本人がとっくに忘れ去っている牡丹社事件の、ゆかりの地である長崎にまでやってきて、その一兵卒の墓標に手を合わせる台湾人がいるなんて……。お告げの話はともかく、郷土を守る土地の神々に対する台湾の人々の信心はほんとうに篤い。

征台の役記念碑、田中将軍、北川直征……日本人の私たちが知らないことまでとうとうと説明する宮主を眺めながら、自分に言い聞かせた。

「もう一度、長崎に行ってみなくては」

東龍宮を訪問してからしばらく経った二〇一七年四月に、屏東県から手紙が届いた。その中には地元紙の切り抜きが入っていて、東龍宮で盛大に慰霊祭と芸術文化祭が開かれたことを知った。慰霊祭には、土地公になった田中綱常のひ孫に当たる女性と、台北にあるトルコ貿易弁事処の代表と、日本の台湾交流協会高雄事務所長などが招待され、多くの関係者と笑顔で映っていた。

第五章

忘却の拠点地

誰も知らない

台湾屏東県枋寮にある東龍宮で聞いたお告げの話や、北川直征の墓の話が忘れられなかった私は、長崎市内にある征台の役（台湾出兵）の記念碑が立つ佐古招魂社跡を再度訪ねて、北川の墓標がどんな姿で立っているのかを確かめたいと思った。

長崎市は、記念碑が立っているだけあって台湾出兵と深く関わっている。この国家的事業をスムーズに運ぶために、東京の陸軍省内に開設した蕃地事務局の支局が設けられていたし、戦艦を手配した岩崎彌太郎が経営する「三菱蒸気船会社」もあった。

ところで、私事で恐縮だが、二〇一四年から念願のマルチハビテーションを実行し、自宅のある横浜と長崎を時々行き来している。友人たちからこの街の歴史をいろいろ教わったはずなのに、台湾出兵に関する記念碑が長崎市にあることを知らず、その存在を台湾人から教えてもらったわけだ。

長崎市役所にある文化財保護課に、所在地について問い合わせたときのことだった。電話の応対に出た職員から、逆に質問をされた。

「セイタイの役ですか？　どういう字を書くのですか？」

若いスタッフのようだ。そこで、「セイバツの征、タイワンの台です」と伝えて返事を待っていたところ、

「お問い合わせの記念碑は、文化財保護課の管轄外なのでこちらではわかりかねます」と返答された。近代日本が東アジアへの侵攻を始めるきっかけになった台湾出兵の事績を刻んだ歴史的石碑なのに、「管轄外」とはこれいかに?.?

観光客がお目当てにしているグラバー園の主、スコットランド商人トーマス・グラバー（一八三八—一九一一）が活躍していた時代に起こった事件なのに、すっかり忘却の彼方に押しやられている。〝日本初〟とか、なになにの〝発祥地〟という但し書きのついた史跡や記念碑が多すぎて、地元の人たちにとってはそれらが日常風景の一部になっているせいか、特別の感慨や興味を持たないのかもしれない。

長崎に行きさえすれば征台の役の記念碑まで簡単にたどり着くと思っていたのに、あてがはずれた。記念碑は蜃気楼のように遠くでゆらいでいた。

実は、蕃地事務局の長崎支局に関する情報を探したときも、似たような体験をした。支局の開設は一八七四年四月二十日。本局が設けられてからわずか十五日後で、場所は当時の長崎運上所内の穀物貯蔵に使っていた小部屋をあてたというから、その急ごしらえぶりがよくわかる。

運上所というのは、一八五八（安政五）年の安政五カ国条約によって、開国にともない設置された役所で、外国船からの税金を徴収したり貨物を点検したり、今で言う税関の仕事をした。長崎では当初「湊会所」と呼ばれていた。それが一八七二（明治五）年十一月二十八日に「税関」という名称にいっせいに変わり、この名称変更日に由来して、今日の「税関の日」が決まったわけだ。長崎運上所跡の石碑と説明板は、市内新地町の「長崎みなとメディカルセンター」の南側正面に、「我が国鉄道発祥の地」碑と並んで立っている。路面電車五番線の電停「メディカルセンター」前で降りれば、簡単に見つかる。

蕃地事務局のトップは、陸軍中将の西郷従道、事務局長には大蔵卿の大隈重信が就任、陸軍、海軍、外務省、大蔵省という軍官一体の支援体制が整った。長崎支局長は幕末までオランダ通詞を務め、その後初代税関長になった横山貞秀が任命された。

長崎に支局ができたのは、東京から台湾の距離はあまりに遠いため、中間の長崎を中継地にしようという考えからだろう。当初は、台湾出兵をスムーズに運ぶための補助業務、くらいに考えていたようだが、三千六百名を超える兵隊を送り出したり、台湾でマラリアや風土病などにかかる兵隊が連れ戻されるたびに医療施設へ搬送したり、現地で病死した遺体を受け入れる仕事で一時は繁忙をきわめた。

一八七四年の暮れに、ようやく陸軍が台湾からの撤退命令を出し、一八七四年十二月二十三日にその役割を終えて蕃地事務局長崎支局は閉鎖となった。

わずか八カ月という短い期間だったが、長崎の蕃地事務局は当初の予想を超えて多くの任務をこなした。だから、税関に聞けばわかるだろうと私は軽く考えた。

ところが問い合わせをした長崎税関の広報課でも、「セイタイの役？　どういう字を書くんでしょうか？」と、市役所と同じ質問を受けた。ご親切にいろいろ調べてくださったのだが、現在の長崎税関が運営する出島町の資料館に蕃地事務局の記録がなく、当時の古い資料も残っていないという返事であった。

県立図書館や市立図書館や歴史文化博物館など、史料のありそうなところを探してみたが、私のもくろみは、またしても外れた。

とはいっても、がっかりが続いたわけではない。むしろ、各担当の方々のご親切に胸が詰まる体験を何度もしている。お役に立てず申し訳ないと恐縮なさるし、中には私の問い合わせや訪問がきっかけで、当時の台湾と長崎のつながりに興味が湧いたと、わざわざ知らせてくださる方もいたほどだ。

政商岩崎彌太郎

それでは、次に岩崎彌太郎《やたろう》（一八三五―一八八五）について調べようと、三菱重工長崎造船所へ向かった。日本を代表するこの造船所は、もともと徳川幕府が所有していた製鉄所だった。しかし、鳥羽伏見の戦いで幕府が負けると、長崎の天領としての機能が停止。一八六八（慶応四）年に新政府に接収され、のちに三菱に払い下げられて、今にいたっている。

現在も大企業「三菱重工」の子会社「三菱造船」の恩恵を受けている長崎市は、三菱ＵＦＪ銀行が市内の一等地に店をかまえ、三井住友銀行はまるで影が薄い。三菱系列のデベロッパーが開発した住宅地には「ダイヤランド」という名前が付き、ビールは三菱グループの「キリンビール」が高いシェアを誇っているような土地柄だ。

長崎駅前から送迎バスに乗り、造船所の敷地内へ。明治の産業革命遺産に指定され、現在も稼働中のジャイアント・カンチレバークレーンや旧木型場《きがたば》には他県からの見学者も多数訪れていた。史料館は旧木型場の建物を使っている。三菱の創業者岩崎彌太郎が、どのようにして日本の海運業を育て、リードしていったかという事績はもちろん、近代日本の船舶や造船技術がわかる工作機械や部品、当時の写真が展示されていて興味深い。だが、私が一番知りたい台湾出兵に関する史料は残念ながら置いていなかった。

そこで、造船所史料館からの紹介を受けて、岩崎創業家代々の歴史や岩崎彌太郎とトーマス・グラバーとの接点、西南の役などに関する詳しい展示がある東京都文京区にある「三菱史料館」を訪ねた。展示室では、岩崎彌太郎がトーマス・グラバーを東京本社に迎え入れたときの雇用契約書が目に付いた。月給六百五十円。期限は無期限とある。

台湾出兵に関する記述は、奥の書庫に並んだ社史や代々の経営者の評伝に詳しく出ていた。それらを読むと、幕末の長崎には御用商人を生む下地が揃っていたことがよくわかる。彼らは幕末から近代日本の黎明期の造船業や炭鉱業をけん引し、富国強兵策にも大きく貢献した。その一人が岩崎彌太郎だった。彼は土佐藩の下級の地下浪人《じげろうにん》から身を起こし、幕末、明治初期の動乱期に政府要人との太いパイプをいかし、日本海運業の担い手となった人物で、佐賀の乱、台湾出兵、西南戦争、江華島事件など、政府の軍事輸送を次々に受託して自社の艦船数を増やし、ついに、海運業界の王座の地位を占めた。

岩崎彌太郎が、政府と組んで台湾出兵のための艦船運航を一手に引き受けたことは、三菱という企業を発展させる強力なエンジンとなった。一八七四年四月に、西郷従道が第一陣の兵隊を長崎港から送り出した後、次々に艦船が台湾へ向かったことは第二章で書いたとおりだ。明治政府は当初、欧米各国の支援を取り付けて、艦船を貸与してもらうつもりだったが、途中から英国や米国は台湾出兵に反対を唱え、局外中立を貫くことを宣言して支援を断った。明治政府の目論見は大きくはずれた。まだ、海軍力が弱かった日本は、初の海外出兵における軍事輸送を欧米頼みで行おうとしていたから、それは狼狽《ろうばい》したことだろう。

蕃地事務局長を務めていた大隈重信は、急きょ方針を変えて外国船を購入し、国内の汽船を総動員して輸送にあてることを、内務卿の大久保利通に進言する。さらに、大隈の信頼が厚かった岩崎彌太郎を大久保利通に紹介。彼は国士の心意気で政府の要請に応えた。

岩崎彌太郎の経営する「三菱蒸気船会社」は、蕃地事務局と契約を結び、政府が英国船長ブラウンを介して銀百五十七万六千八百ドルで購入した「金川丸」（マドラス号）、「東京丸」（ニューヨーク号）、「東海丸」（アーカンサス号）、「高砂丸」、「新潟丸」、「兵庫丸」、「隅田丸」、「品川丸」、「九州丸」、「豊島丸」、「敦賀丸」、「社寮丸」、「瓊浦丸」のすべての運行を受け持った。その総トン数は一万七千八百二十八トンにもなり、兵隊、武器、食糧を台湾へ届けた。また、大倉喜八郎の率いる「大倉組」は兵隊の食糧となる米などの輸送を受け持った。

三菱蒸気船会社は台湾出兵に大きく貢献したのち、一八七七（明治十）年に起きた西南戦争の際も、自社の全船舶を軍事輸送にあてて協力をした。こうした会社の姿勢は、彌太郎の理念にも関係している。幕末の動乱期をくぐり抜け表舞台に躍り出た彌太郎は、時の政治家と同じように、常に国家を意識して国益を考えて事業を行ったため、明治政府から特別の保護を受け、企業の発展につなげられた。徳川時代からの特権を利用して政商となった、三井や住友との違いは、そこにある。

彌太郎の後を継いだ弟の弥之助、その子の久弥らは、海運業にとどまらず、造船、炭鉱、飲料、金融など次々に業務を拡大し、三菱財閥を作りあげた。久弥の時代は、すでに日本の領土となっていた台湾で、パルプ産業、竹林事業、パイナップル栽培、コーヒー、紅茶栽培、金鉱、炭鉱の探査など、幅広く事業展開をした。そして大倉組も、多くの事業を台湾で立ちあげ財閥としての地位を築いていった。

草むす石碑群

二〇一六年の秋だったろうか。地元のコミュニティーFM局に勤める友人から連絡が入った。市の東にあたる西小島町《にしこしま》の、丘の上の佐古招魂社跡に征台の役記念碑が確かにあるという。

「見学できると思いますけれど、入り口に鍵がかかっているんですよ」

「ということは、管理者がいるのですね？」

「今、そのあたりの詳しいことを調べていますので、もう少し時間をください」

そこで、次に長崎を訪れたときに市立図書館へ出かけて、郷土資料の本を片端からめくった。すると、長崎市内の石碑を案内する小冊子に「征台の役記念碑」が載っていた。

「こんな立派な記念碑なんだ……」とびっくりするほどの大きさだ。

モノクロの写真になった記念碑は二基あった。一八七四年十二月に梅香崎《うめがさき》神社跡に建立された「征台軍人墓碑」と「台湾役戦之碑」だ。案内書に掲載されていた碑文を読むと、台湾出兵の正当性を説き、いかに日本の軍隊が勇敢に戦ったかという事績の紹介になっていることがわかった。

現在の設置場所が招魂社跡ならば、護国神社の管轄かと思って社務所に連絡を入れたが、護国神社とはまったく関係がなく、台湾出兵の犠牲者の供養などの資料は、原爆で焼失したため、記念碑に関する詳しいことはわからないと言われてしまった。


二カ月後、「とりあえず場所だけは確認できたので」と教えてくれた友人と、新地の中華街にある湊公園で待ち合わせ、招魂神社跡へ行ってみることにした。

その昔、唐人屋敷が並んでいた館内町から急な坂道と石段を上って、記念碑のある場所へ出かけた。急こう配の道路からさらに私道のような細い路地へ入ると、そこは、棚田のような斜面に密集する住宅地になっていた。道幅が一メートルもない途切れそうな道が複雑な迷宮を作り、自分が今どこにいるかもわからなくなる。海はどっちだろう……と常に方角を確認しながら、慎重に歩く。

坂の街は空き家が多いのか、それともお年寄りだけでひっそりと暮らしているのか、密集した家々は静まり返っていた。迷宮を抜けると、こんどは急な石段だ。

「あそこに何か立っていますね」

そう言われて前方を見ると、記念碑のある場所へ至る階段の脇に、細長い石碑が立っていた。その正面には以下のような文言が彫られていた。


　ここ佐古招魂社は明治七年「台湾の役」の戦没者並に当地で戦病死された五百四拾七柱の英霊を奉祀するに始まり、明治十年「西南の役」(熊本城付近)の戦没者及び、大正七年靖国神社合祀者中本県在籍者で県下各招魂社祭神以外の千二百四十二柱の英霊を合祀すると共に、明治元年「戊辰の役」(奥羽函館の役)の英霊を奉祀する梅が崎招魂社を合併し(昭和十七)年千九百十三柱の英霊を顕彰し毎年春分の日に慰霊祭が厳修されております。


碑の側面には「平成十三年三月吉日　社団法人日本郷友連盟長崎県支部」とあった。毎年春分の日に慰霊祭をしているとあるが、地元の人たちはそのことを知っているのだろうか?

「……さあ、聞いたことがないですね」

事情通で知られる友人も首をかしげる。狭い石段を上りきるとさびた鉄製の門の中に石碑群が見えた。三百坪ほどの野ざらしのこの場所が佐古招魂社の跡地らしい。門にはげんこつほどの大きな南京錠がぶら下がっていた。さて、どうしたものだろう。

脇を見ると、ちょうどよい具合に大木が茂っている。そこで、大木を利用して石塀のある高さまでよじ登り、招魂社の裏手に回って石塀が数カ所崩れているところから中へ入った。

雑草が茂る招魂社の敷地は、一部が小学校の裏庭に食い込んでいた。私たちの目の高さに、大きな校舎の二階が迫っている。坂の街長崎ならではの不思議な光景だ。


雑草が膝上まで茂る中、訪問者を睥睨《へいげい》するように六つの記念碑が並んでいた。中央にそびえるのは、台座を入れると高さが五メートルにもなる「軍人軍属之碑」だ。一八六八（明治元）年から十六カ月も続いた戊辰戦争の戦死者を祀ったもので、その左右には、一八七七（明治十）年に起きた西南戦争で戦死した兵隊を祀る「陸海軍人軍属之碑」と、長崎県警察の前身であり戊辰戦争で活躍した振遠隊の、隊員十三柱を祀る「振遠隊戦士遺髪碑」が、小さなキノコ型の石碑をしたがえて立っていた。

目当ての征台の役に関する記念碑は、正面に一列に並ぶ四つの石碑の左端と右端に、一基ずつあり、「台湾役戦没之碑」が向かって右手、「征台軍人墓碑」が向かって左手になる。どちらも事件の翌年の一八七五（明治八）年に建立されている。

右手の「台湾役戦没之碑」の裏には出兵の意義と、国家がその遺骸を収めて名誉を永久に顕彰する内容が記されているのだが、彫り込んだ文言はすでに黒ずみ、風化して文字が壊れて判読不能だ。石で造った碑ですら、永遠に記録を残すことは難しい。戦死者と病死者の総数は、五百四

佐古・梅香崎墳墓記念碑群と、台湾出兵に協力した大倉組が献納した石灯籠（手前）

「台湾役戦没之碑」は 敷地の端にある

戦役記念碑の足下に広がる戦没者、病死者の小さな墓群

佐古招魂社跡までは急階段が続く

2020年開館の「小島養生所跡資料館」。
近代医学発展の歴史がよくわかる

十七名とも五百七十三名とも言われているので、佐古招魂社に祀られている五百四十七柱がすべてであるかはわからない。

正面向かって左手にある「征台軍人墓碑」は五月に建立。明治天皇が、琉球民の遭難殺害事件を聞いて〝震怒〟し、その問罪を理由に明治七年四月に勅令を発したことや、台湾に出兵した日本軍がどのように原住民たちを成敗し、その後、大久保利通等が北京政府と交渉して慰撫金を受け取ったかなどが記されている。

しかし、記念碑に彫られた文字は、風化してしまってこちらも判読できる状態ではない。そこで地区長さんから拝借した資料をもとに、石碑の裏に書いてある漢文調の文言を読み下したものを引用してみる。少し長くなるが、戦いの様子がよくわかる。

台湾は東洋の中《うち》に在り。地は熱帯に当《あた》る。西部の熟蕃は、おおむね皆清国の制《おきて》を受く。その東部に居る者のよび名は生蕃《せいばん》という。各の社は自立して統属する所なし。その俗は凶暴にして、劫《きょう》盗をもって業となし、航海者を病《くるし》むる。先に、これ我が琉球船、颱《たい》に遇いて漂流し、その害する者五十余人となる。後に、小田県の民、また航してその地に至る。即ちまた衣をうばい、財をかすめる。□□□□（註：判読不能）。かろうじて航海する事を得たり。

天皇聞きて震怒す。明治七年夏四月に詔《みことのり》す。陸軍中将西郷従道をもって都督となし、陸軍少将谷干城《たてき》、海軍少将赤松則良《のりよし》、並びて参軍となす。兵艦二隻、糧船五隻を率い、往きて、その罪を問わしむ。五月六日軍を前め、朗璚に至る。営を立て、哨兵を旋《めぐら》し遣る。

もって動静を探る。虜は、林莽《りんもう》に伏せ、弓銃を乱射す。衆、怒って言う。

膺《よう》かつ懲せざるべからず。時に、虜は武器を四重渓の邨《むら》に貯える。

二十二日、二百余名の兵を発して、これを収め、直ちに石門に逼《せま》る。虜は険によりて、抗拒す。我が兵は力闘して、その頭目をたおす。余党潰走す。この日、都督は全軍をもって諸社に至る。酋長懼《おそ》れて、款《よしみ》を納めんと欲《のぞ》む。独り、牡丹の高士滑《クスクス》等の社は服せず。

六月二日、我が軍は三道を並び進む。一は風港より、一は竹社より、一は石門よりす。石門は虜の要地にして、風港、竹社は峻嶺、層嶂《しょう》、樹密、石磴《せきしょう》、いわゆる天険たり。しかるに虜はすでに一敗し、気沮《はば》み、力は敵し難さを知る、木を倒し、路を塞ぎて、山野に遁《のが》れ入り、出没して狙撃し、もって我が衆を遮《さえぎ》る。

衆、奮戦して、沿道の廬舎《ろしゃ》を火《や》いて行き、険をこえて前《すす》む。

明日、遂にその、巣穴を破る。

また明日は、二小隊を留めて鎮《おさえ》とし、余衆は瑯璚に引き還る。

まさにこの時諸将各、部下を集め、厳しく鈔掠《しょうりょく》を禁ず。もって恩信を布《し》く。蕃酋悦服《えっぷく》して相い率いて投降す。
或いは訛《あやま》り伝えていう。日本は、既に全台を取ると。清人聞きてこれを疑う。

碑文の半分以上は、このような勇ましい文言で埋められ、日本軍の奮闘を後世に伝えようという熱い気持ちは伝わってくる。しかし、猛々しい言葉を使うほど、戦いのむなしさが迫ってくるのはなぜだろうか。

石碑がこの場所に一同に集まったのは、一八八三（明治十六）年になって、佐古招魂社が整備されたおかげらしい。まず戊辰戦争関係の「振遠隊戦士遺髪碑」が、梅香崎神社から移された。「征台軍人墓碑」と「台湾役戦没之碑」の石碑は、大徳寺後方の稲荷山に招魂社がつくられた一八七五（明治八）年に建立されたのだが、これらも一緒に移すことになり、続く西南の役で亡くなった兵士を祀る碑も合祀することになった。さらに一九一八（大正七）年になると、県下の招魂社に祀られていない兵士たちの御霊も、まとめて合祀することになり、次々と石碑が集まり、現在の姿になったようだ。

昔、参道が続いていただろうと思われる石碑群から少し離れたあたりには、石灯籠二基が立っている。台湾出兵のロジスティクス（兵站）を担当した東京の大倉組が献納したものだ。灯籠の正面には「為台湾役死国事諸君建之」（台湾の役で国のために亡くなった諸君のために）と彫ってあった。市民からも忘れられているこんな草ぼうぼうの場所に、近代日本の黎明期に起きた戦争の記念碑が集められていたとは……。

さて、北川直征の墓はどこにあるのだろう？

英字新聞が伝えたにわか景気

「こんな記事が当時の『THE NAGASAKI EXPRESS』紙に出ていました。その頃のナガサキの様子がよくわかりますね」

そう言って、一八七四年四月二十五日付の英字新聞のコピーを渡してくださったのは、長崎総合科学大学教授ブライアン・バークガフニさんだった。すでに長崎滞在が三十五年以上になる彼は、市内の外国人居留地や外国人墓地に眠るトーマス・グラバーはもちろん、多くの居留者の事績研究で知られている。

やはり、外国人居留地でも、台湾出兵のニュースで持ちきりだったのだろうか。

『THE NAGASAKI EXPRESS』は、居留地の外国人を対象に一八七〇（明治三）年一月に発刊した英字新聞である。当初の発行人はポルトガル人だったが、オーナーが代わるとともに名前も『Rising Sun and Nagasaki Express』、『Nagasaki Shipping List』、『Nagasaki Press』などと変わりながら、一九二八年まで発行を続けていた。

“The Formosa Expedition”の見出しが付いた記事は、長崎に続々到着する兵士や市内の様子をリポートしている。以下、要旨を抜粋してご紹介しよう。

土曜日（註：この記事が出た一週間前の四月十八日）に、台湾征伐に参加する兵隊約六百名が、鹿児島から茂木経由で上陸し長崎市内まで行進をした。つづいて、月曜日には、日本政府がチャーターした蒸気船「New York」号が横浜から長崎に入港した。このたびの台湾出兵の財務担当の大隈重信大臣からの要請で、日本政府が品川—長崎間のみチャーターしたもので、日本政府の外交顧問をしているルジャンドル氏も乗船していた。同日の午後には、熊本（肥後）からは二百八十名の兵隊を乗せた「友好丸」と八百名の兵隊が乗り込んだ「宝瑞丸」が入港し、彼らは、大波止で下船した。

四月二十一日には、品川港からやってきたイギリスの蒸気船「Yorkshire」号が、五百八十名以上の兵隊を乗せて入港。この船も、日本政府が品川—長崎間だけチャーターしたもので、四月二十二日の朝に長崎港を出てサイゴンへ向かい、そこで米を積んでその後はカルカッタへと向かう予定だ。また、本日の午後には、品川から「北海丸」が二百名あまりの兵隊を運んできた。彼らも台湾へ向かう部隊ということだ。

聞くところによれば、何人かの指揮官が先遣部隊として台湾に先行上陸する。台湾へ向かう兵隊は総勢五千名になるもようで、先行上陸する兵隊は肥後の部隊になるだろうと期待されている。

この一週間に行われた戦争騒ぎの出兵準備は、長崎の街に活況を与えている。港では多く

THE

NAGASAKI EXPRESS

PUBLISHED EVERY SATURDAY.

V. 224. | NAGASAKI, SATURDAY, 25TH APRIL, 1874. | PRICE p Mo

EW ADVERTISEMENT.	MISCELLANEOUS.	FOR SALE.
FOR SALE OR TO LET.	ÆRATED WATERS.	FOR SALE.
ts 7, 18, 19 & 20, DESIMA with lings thereon And ts 32 & 33, SAGARAMATZ HILL bungalow, known as *Gipsy Hill.*	THE undersigned is now prepared to supply the following Ærated Waters, of superior quality. Soda Water. Lemonade. Tonic Water.	Ex Steamers "Era" and "Ca Castle," from Bordeaux. St. Julien Claret. La Rose Claret.

1874（明治7）年4月25日付で、長崎の街の状況を報告している

運上所は現在の「メディカルセンター」前にあった

幕末から明治初年にかけての
運上所の様子（案内板より）

の軍需物資が積み込まれた。一方で食品の値上がりが目に余る。

（一八七四年四月二十五日付）

第二章で記したように、内憂外患の明治政府は台湾出兵の決断をなかなか出せずにいた。しかし、征韓論に破れて下野した西郷隆盛らと、不平不満を抱える全国の士族が結託することを恐れた政府は、西郷従道や大隈重信らの強硬論に押されて、台湾出兵に舵を切る。一八七四年二月に入ると、具体的な計画が動き出した。

主戦派の西郷従道のもとには、早くから各地の志願兵が集まり、大規模な遠征の準備が着々と進められていたので、拠点港になった長崎では、大勢の兵隊たちが出撃の大号令を今や遅し、と待ちかまえていた。その矢先にアメリカとイギリスの公使が、台湾は清国の領土であり、台湾出兵は国際法に違反するという立場から反対を表明し、軍艦の借用もお断り、協力も一切お断り、と明治政府に通告してきた。さあ、ニッポンは、いったん抜いた刀の先をどのように収めるのか？と、居留地に暮らす欧米や中国からの冒険商人たちは、事態を固唾をのんで見守っていたに違いない。

そう思ってバークガフニさんに尋ねると、それよりも、彼らの関心はビジネスにあったのではないかと語る。

「明治政府が台湾への出兵を命じた一八七四（明治七）年ごろは、長崎居留地の景気が落ち込み、多くの外国商人たちはすでに神戸や大阪や横浜に活動の場を移してしまった後でした。あのグラバー商会も明治維新後の混乱の中で倒産したほどです。『THE NAGASAKI EXPRESS』の編集者は、前年（明治六）年の貿易状況について、輸入も輸出も大きく減少していることを〝非常に失望している〟と述べています。このような中で、明治政府が台湾への軍事輸送を指揮する蕃地事務局の支局を、長崎に置くと聞いた居留外国人は、久々の朗報として喜んだに違いありません」

——台湾出兵をビジネスチャンス到来と、とらえたのですね。

「台湾出兵が、日本によるアジアの近隣諸国への進出や欧米諸国との衝突への、最初の一歩ととらえる人はあまりいなかったようです。それでも、『THE NAGASAKI EXPRESS』の編集者は、〝軍人たちが町に滞在し、そのために消費が拡大して町全般が活気づき、大半の市民は退屈で単調な平和より戦時中の方がはるかに好況で、繁栄を謳歌できると感じている〟と、にわか景気についてやや皮肉っぽく書いており、不気味な予感を持っていたのかもしれません」

なるほど。興味深い見立てである。

もうひとつ、街の様子を伝えている記事を関連書から紹介しよう。

（前略）昼間市中を見ると、兵士たちが群をなし、隊を組んであちこち歩き回り、市中はこのため繁栄の活況を見せている。雑貨の値段も急上昇した。市中泊の兵士は三千余、薩摩から来たものが多く、東京から来たものは少ない。丸山の花街は、遊女解放後さびれ気味だったが、台湾行きの船舶が一時入港したので、毎夜遊女不足になり、夜七時すぎに丸山へ来た客は、むなしくうらみをのんで帰ってゆく、長崎は近来にない景気にわいている。

（毎日新聞長崎支局編『明治百年　長崎県の歩み』）

どちらの記事からも、台湾出兵のおかげで好景気に沸く街の様子が目に見えるようだ。

なにしろ、全国各地から志願兵が続々と集まり、長崎の港や町中で待機していたのだから、日に日に高まる異様な高揚感の中で、戦艦に積み込む武器から食料や生活品までを、軍の御用商人大倉組の指揮のもと市内の商人たちが走り回って集めていた。このにわか景気に乗り遅れまいと、小さな商店までが物資を大倉組へと回すものだから、市民の台所にしわよせが行った。また、大小を問わず旅館は兵隊たちの宿泊所となり、花街の丸山界隈にも特需の波が押し寄せた。

ちょっと話がそれるけれど、台湾出兵の二年前の一八七二（明治五）年に、明治政府は「遊女解放令」とも言うべき法律（太政官布告第二百九十五号・司法省布達第二十二号）を施行したばかりだった。佐賀の乱で大久保利通らによって断罪された江藤新平が司法卿時代のことだ。遊女だけでなく、下女や下僕の人身売買も禁止した画期的なこの法律は、一八七二年の六月に起きたペルー船「マルア・ルース号」の裁判の、おまけのような形で決まったという経過がある。簡単に言うと、ペルー船が行っていた中国からの労働者移送を人身売買だと断じた日本側に対して、被告のペルー人船長が日本にだって娼妓という立派な人身売買があると猛烈に抗議をしたのだ。それを気にした明治政府はすぐに法律を作り、遊女や下男下女の解放につなげたといういきさつがあった。

そこでこの記事が言うように、いったん解放された遊女が花街に戻ってきたものの、とても人数が足りず、それでもなんとかかき集めたので、皮肉にも花街が復活してしまった。実際、元遊女たちは行き場も仕事もなく、やがて公娼となるものも多かった。

そもそも長崎は、日本の文明開化の発信地として長い間不動の地位を占めていた。しかも江戸時代は幕府の天領である。江戸時代から積極的に西洋とアジアの人、もの、知識を取り入れたため、海外の情報が集まり他の地域とは比べものにならないほどグローバル化が進んでいた。

日本人のための本格的な新聞となる『長崎新聞』（現在の『長崎新聞』とは別物）は一八七二（明治五）年に創刊した。すでに国際電線ケーブルの敷設によって外国からいろいろな情報が入ってくるようになっていたので、一八七四年に起きた台湾出兵についても、上海からの外電および、中国各地で発行されていた外国語新聞をもとに清国の動静などを伝えることができたのだった。

『長崎新聞』の四月二十八日付の記事では、〝四月中旬より、三百五十余門の大砲を揃え、下総の国下志津原で台湾出兵に備えた演習が行われている〟ことを報じている。

新聞各紙は、台湾出兵のための艦隊が長崎を出港して以来、海の向こうの台湾に向かった大軍の動向や、清国ほか欧米各国の動きを精力的に伝えていた。しかし、一八七四年七月十五日付で、蕃地事務局は各新聞社に「台湾蕃地事件につき、軍事等干渉の儀は新聞に載すまじく候事」という報道管制をしいたので、以後、日本軍の動向やマラリアで多くの病人が出ていることなど、台湾からのニュースは届かなくなった。

耳を疑ったニュース

二〇一六年に長崎市の出島遺跡を見学に行ったとき、ベテランのガイドさんから、日本にとって大事な遺構のひとつが、風前の灯火だという話を聞いた。

それが小島養生所跡と聞いて、一瞬、耳を疑った。

「えーっ、小島養生所って日本の西洋医学の発祥地じゃありませんか。その遺構がなくなってしまうんですか？　どうして？」

小島養生所は、現在の長崎大学医学部の前身にあたる。一八六一（文久元）年に、市内にあった医学所（海軍医学伝習所）を下長崎村小島郷の畑の真ん中に移設して、付属病院を併設したものだ。病床数は百二十四。所長には、一八五七（安政四）年から海軍医学伝習所で教えていたオランダ海軍の軍医ポンペが就任した。

日本初の西洋式近代病院となった小島養生所は、生活に困っている患者を無料で治療するなど、身分や国籍を問わず、広く門戸を開けて対応した。また、伝染病や熱帯病の研究を行ったことでも、日本の医学に大きく貢献している。その後、「長崎府医学校」と一八六八（明治元）年に改名したが、一八七四（明治七）年に「蕃地事務支局病院」となり、台湾出兵のときに現地でマラリアや腸チフスにかかった多くの兵隊が、治療のため収容されたことでも知られている。その後、この病院は、西南戦争の負傷者の治療にもあたり、多くの兵士の命を助けた。その遺構が消えてしまう？

「大学の先生たちゃ市の医師会も我々市民も、全面保存するよう要望しとるんですが、市長がどうもわかっとらんね」

　ガイドさんは、憤懣《ふんまん》やるかたない口調だ。

　明治時代に発行されていた『長崎新聞』の記事を閲覧すると、台湾出兵の際にマラリアで病没した兵隊の家族に対し、内務省から葬儀代と家族扶助料が各県を通じて支払われたことが載っていた。台湾から送還されて、養生所で治療を受ける兵隊たちのことを話題にした、一般読者からの投書も掲載されていた。意訳して紹介する。


　台湾の蕃地にて銃創を受けたりあるいは発病したもの、六十九名が台湾から送り返されてきて治療を受けている。まだ、二十九名が入院中であるが、手厚い介護によって順調に回復している。入院患者の半分は、散歩などができるようになったそうだ。彼らが台湾でかかった風土病は、ここ長崎の自然により癒やされている。しかし、恐ろしい伝染病だという噂が流れているのは、いかがなものだろうか。我々市民は、平常心を持って彼らを見守りたい。

（一八七四〈明治七〉年七月二十九日付）


　長崎府医学校となってしばらくしてから浦上に移り、一九二三（大正十二）年に「長崎医科大学付属病院」となった。小島養生所は取り壊され、その後、一九〇六（明治三十九）年に、佐古尋常高等小学校が建てられ、二〇一七年まで歴史を地下で紡いできた。

長崎市教育委員会は、二〇一七年四月に、佐古小学校と付近にある仁田《にた》小学校を統合して、仁田佐古小学校を新設することに決め、その建て替え地である佐古小学校の敷地を長崎市が発掘調査したところ、西洋式近代病院の遺構が見つかった。以後、その保存をめぐり議論が続いていた。

長崎へ行くたびに地元新聞を見たり、友人たちに話を聞いたりしていたのだが、二〇一七年の秋の時点で、遺構の全面的保存を訴える市民団体の要請に対し、長崎市は、九月議会に新校舎の建設費を盛り込んだ予算を提出する考えを示した、と地元紙は報道していた。つまり遺構は一部のみ保存展示するが、あとは埋め戻して学校建設を進めるということだ。

この案については、海の彼方オランダからも、可能な限り遺構は保存するべきだという学者の意見が届き、保存の行方に注目が集まっていたのだが、二〇一八年の夏に「その後、どうなったんでしょうか?」と市民の方々に聞いてみると、関心はすでに薄れていた。

結局、市側が提案した〝小学校と遺構の共存〟という方針にしたがい、一部の遺構を保存する展示室付きの校舎が近々完成するらしい。

「市長の考えはいっちょんわからん」という人もあれば、「老朽化した校舎の建て直しは、子供の安全に関わることだ」と賛成する人もいる。とかく、遺跡保存は難しい。

展示室を小学校に併設するなら、小島養生所が果たしてきた歴史的役割を、ていねいにしっかりと後世に伝えてくれるよう期待する。

か細い墓標

二〇一八年に、再び長崎市西小島町の佐古招魂社跡へ出向いた。

台湾で土地の神様になった北川直征の墓がずっと気になっていた私は、昨年の夏にも、牡丹社事件のスタディツアーに参加してくださった皆さんと記念碑群を見にきたから、これで四回目だ。そのときは時間もなく、雑草が胸のあたりまで伸びて足を踏み入れることもできず、遠くから石碑を眺めるだけにとどまり残念だった。

「こんどこそ、見つけよう」

自分に言い聞かせながら道を急いだ。あれほど遠いと思った西小島町までの道のりも、そう感じなくなってきた。今回は、北川の墓にたどり着きたい。

いつものように、地元の知り合いにカギを頼み、鉄の門を開けてもらうと、昨年同様、戦死や病死した兵隊たちの墓が草の海に溺れていた。そのほとんどが、高さ五十センチあるかないかの小さな墓標で、将棋の「歩」の駒に見えて哀れを誘う。亡くなった日付を見ると名誉ある戦死よりも、マラリアや風土病にかかって現地で絶命した兵士、日本へ戻ってきたものの治療の甲斐もなく病死した兵士がほとんどだ。

すでに書いたように、台湾出兵の戦艦や輸送船の手配は、三菱蒸気船会社が担った。『三菱社史』には、当時の知られざるエピソードとして、病死した兵隊の輸送の一件が記されている。それによると、マラリアなどで次々に亡くなる兵士の遺体を、船が来るまで棺桶に入れて砂浜に埋めておいても、台湾の炎暑のもとでは腐乱してしまう。

ようやく故国へと搬送し、長崎港へ到着すると、こんどは荷下ろしする作業員が嫌がってなかなか陸揚げができない。そこで、特別に四斗樽の酒を振る舞い、酒の勢いで埋葬場まで運ばせたとある。その場所が、療養所のそばにあった西小島墓地なのだった。

それでも、小さいながら墓標がある日本の兵士はまだ幸せかもしれない。日本軍に成敗された〝凶賊〟の戦士たちは、その遺骨すら回収されず行方知らず。彼らのマブイはいったいどこをさまよっているのだろうか。

無名の兵隊たちに比べ、総大将を務めた西郷従道はどうだろう。兄の西郷隆盛が起こした一八七七（明治十）年の西南戦争にも関与しなかった彼は、出世の階段を順調に上がって最後は軍人として最高位の元帥の称号まで得ている。西郷従道は東京の多磨霊園に眠っているが、その墓は威風堂々、従一位侯爵西郷従道と彫られた墓石が石灯籠を従えて立っている。百数十年の歳月にさらされ墓石の角が欠け、変色しながらも必死に耐えている将棋の駒のような墓標とは比べものにならない。

明治政府は、台湾出兵を強行したおかげで懸案の琉球両属問題を解決し、国境線の確定に成功した。そればかりか、後の台湾領有にも盤石の布石を打った。だが、琉球民が遭難殺害されたと日本側が抗議したとき、清国がもし仮に琉球の属国を強く主張し、台湾東部も自国の管轄地だから内政問題であると突っぱねるだけの権威とパワーを維持していたら、その後の沖縄や台湾の状況はどうなっていただろうか？

　さて、北川直征はどこにいる？

同行した友人に頼んで、二手に分かれ「台湾役戦没乃碑」の脇に広がる墓標をひとつひとつ点検することにした。

　連日の三十七度超えの猛暑のせいか草いきれがひどく、小さな墓標ひとつひとつにかがみこんで墓碑銘を読むうちに、胃が持ち上がって来るような不快感に襲われる。

「出身県別に墓を並べてあるようですね、北川直征の出身地はどこですか？」

「どこだろう、田中綱常と同じ鹿児島県？　それとも熊本県かな」

胃のあたりを抑えながら、こころもとない返事しかできない。

　小さな墓の死没年月日は、戦闘がすでに終わった一八七四（明治七）年の七月、八月あたりに集中している。これらは病死者ということだ。高さが五十センチに満たず私の膝丈くらいしかない墓は、ほとんどが苗字のない兵隊のものだった。正面には「陸軍兵　平太」とか「陸軍兵　梅吉」、「陸軍兵　善之助」、「陸軍会計部　寅吉」とあり、脇に出身県と死没年月日と「台湾於病死」の文字が刻んであるだけだ。

　明治政府が、平民階級にも苗字を持つことを許したのは一八七〇（明治三）年のことだった。台湾出兵はこの政府令からたった四年後の出来事だったので、苗字を持たないまま、遠い台湾で一生を終えた若者たちが大勢いたということか。彼らは、近代国家が振りまいた高揚感の中で、熱に浮かされたように出兵したのだろうか。いや、生活の困窮からやむなく志願したのかもしれない。朽ち果てる墓標に囲まれていると、変化する時代の膨大な重力に吸い込まれてしまった、多くの命の未練や無念が、寄せては返す波のように押し寄せてくる。

息が詰まりそうな暑さの中、小さな墓標を点検するうちに汗が目に入ってきた。腰も痛くなってきた。東龍宮の宮主と違って、信仰心がさっぱり薄い私には霊魂のお導きはなさそうだ。それでも、キタガワ、キタガワと、呪文のように唱えながら、一基ずつ見ていった。

これはもうだめかな、と諦めかけたとき、梢が途切れて太陽光が斜め六十度の角度からあたりを照らす一画で、「北川」の二文字が浮かび上がった墓標が目に入った。てっぺんの角が欠けてしまった小ぶりのお墓だ。

「あれ、もしかして……」

急いでその前に行き、しゃがんで墓碑銘を人差し指でなぞってみた。ざらざらとした石の感触といっしょに「直」という字、「征」の字が確認できた。

「こっち、こっち！」

奥で丹念に調べてくれている知り合いがやってきて、「水をかけたほうが、はっきりと字が浮かび上がるんですよ」と言いながら、ペットボトルに入った『お～いお茶』を墓標にかけてくれた。

「字が浮かんできましたね！」

私たちは姿勢をできるだけ低くして、消えかかった墓碑銘を確認してみた。下から仰ぎ見ると、

高さ約80センチの北川直政の墓碑

埋没していると思った字がはっきりと確認できた。

正面には「徴集隊第六　小隊伍長　北川直征之墓」。

左脇には「鹿児島縣士族」。

右脇には「明治七年五月十八日　於台湾四重渓　戦死　時歳二十二歳」。

間違いない。北川直征の墓だ。私が台湾の東龍宮で聞いた話とも台湾出兵の記録とも、見事に一致している。彼は、石門の戦いが始まる四日前の五月十八日に、少人数で偵察に出かけた四重渓で、草むらに隠れていた原住民とはちあわせになり、首を狩られて死んだのだ。わずか二十二年の一生だった。北川直征は、もしかすると、戦死者第一号だったかもしれない。

崩れかけたお墓に向かって手を合わせた。蝉の鳴き声だけが、さらに大きくなった。


草の海に沈みかけている佐古招魂社跡からは長崎湾が見渡せた。目の前に広がるあの入り江から、北川直征を始めとする三千六百余名の血気盛んな若者が、はるか台湾を目指して出兵した。台湾征伐のため出航する戦艦を見送った群衆の中には欧米からこの長崎にたどりつき、中国の上海や厦門や台湾の高雄との間を往復しながら、見果てぬ夢を描いた各国の若者、つまり冒険商人たちも混ざっていただろう。その若者たちの多くも、故国ではとっくに忘れられている。

今、この墓地に響いてくるのは、熱に浮かされたようなかちどきでもなければ、大勢の見送りの声援でもない。フェリーのエンジン音や軌道を走る市電の、ほんのかすかな残響音だけだ。私はここでもまた、〝古井戸の水底〟をのぞきこんでいる。

第六章

未来への伝言

よみがえる開眼式

季節に似合わず、冷たい雨が降っていた。天候不順が続いているらしい。以前、同じ四月に訪れたときは、夏のような強い日差しが舗装道路に反射して、周囲を銀色に染めていたというのに……。

那覇市の待ち合わせ場所に指定された書店のカフェに、温厚な笑顔を見せながら又吉盛清さんが現れた。かりゆし姿がとても自然でよく似合っている。永田町から沖縄県を訪れる政治家が、とってつけたように着込む〝かりゆしファッション〟とは違うのだ。

又吉さんは手にした重そうな資料の入った袋を、さっそくテーブルの上に置いて、中から変色したハガキの束を取り出した。それらは末裔の方々から届いたハガキだった。

一枚が二十円時代のものだ。遺族と又吉さんがいかに長い時間をともに歩んできたかがよくわかる。ハガキの一枚一枚には、

〝台湾遭害者関係では大変ご苦労様でした。おかげさまで開眼式も無事終わり、御霊もよろこんでいることと思います〟

〝おかげ様で十月には現地の墓地改修工事も竣工の運びとなり、遺族たちの喜びは勿論、遭害者の御霊に末永く安らぎ、そして護神としておたすけ下さるものと信じます〟

など、先祖の供養ができたことへの感謝が綴られていた。

「これらはいつ頃のお便りですか?」

そのはがきを手に取って、彼は眼鏡をはずして確認する。

「一九八〇年十月五日に、護国寺の遭害者の墓を改修して開眼式を行った前後に連絡をしあったものですね。あの頃はまだかなりのご遺族がお元気だったんですけれどね」

開眼式の参加者予定リストには、十名近い遺族のお名前が書かれていた。その中には、野原さんの父親の薫氏の名前も入っている。当事の西銘知事と親交の深かった薫氏は遺族の立場で墓の改修に大いに尽力をした。

「この数年で、被害者の末裔にあたる方々が次々と鬼籍に入られてしまい、残念でなりません」

――先生がこの事件に関わって、もう四十年以上でいらっしゃる。今思い返すと、どんなことが一番印象深く思い出されますか？

「そうねえ、私にとって一番思い出深いのは、やはり一九八〇年十月五日の開眼式ですね。ご遺族の方々に加えて、十二名の生存者を救出してくれた台湾の楊友旺、林阿九、鄧天保の末裔の方々を招待することができました。その前の年の琉球墓の改修供養のときに、宮古島から公式に感謝状を出してもらい、台湾の方々に礼を尽くすことができました。しごく当たり前のことをするのに百年以上かかってしまったけれど、ようやくそれが果たせたわけです」

当時の思い出が安堵感とセットになっているらしい。又吉さんはふーっと息をつき、自分の記憶の袋から開眼式の情景を取り出して、眺めているように見える。

私もハガキを手に取りながら、しばらく余韻をおすそわけさせてもらおう。

「開眼法要の際に墓を開けてご遺骨を新たに供養、納骨したことも忘れられません。百九年ぶりにご遺族たちが先祖と直接対面できたのですから……」

頭骨はすでにもとの形をまったくとどめず、ばらばらになっていたが、それでも末裔たちは、段ボール箱に入れられた先祖の遺骨を手に取り、ほおをすり寄せ、思い思いに語りかけたそうだ。それまでは、運命とあきらめていた遠い過去、現実味のないまま伝え聞いていた先祖の悲劇が白日のもとにさらされた瞬間だった。遺族たちは、かさかさと無機的な音を立てるカルシウムのかけらに、台風にさえ遭わなければ、先祖たちが生きたであろう歳月を重ね、運命の無慈悲に涙したと想像する。

開眼式からすでに三十数年が経った今日、遺族会も解散し、代が替わるにつれ先祖が巻き込まれた歴史的事件への関心は薄れつつあるようだ。二〇〇五年の和解イベントに参加したものの、それ以上は台湾側との接触を望まない人もいるし、すでに遠い昔のことと割り切っている人もいるし、史実のさらなる精査を求めてやまぬ人もいる。遺族＝末裔とひとくちに言っても、それぞれの人生観や現在の生活によって、考え方はおのずと違う。そのことは台湾側も同様である。

和解への努力

二〇〇五年の和解イベントは、琉球民遭難殺害事件の被害者と加害者の末裔の間で行われた。

109年ぶりに、遺族は琉球民遭難殺害被害者である先祖の遺骨と対面した（写真提供=又吉盛清）

「互いに相手を許し、未来志向の友好を誓った」と台湾も日本のメディアも書き立てたけれど、たった数回の抱擁で、双方の過去のわだかまりがきれいさっぱり消滅するのは不可能だ。ましてや、台湾出兵まで含む牡丹社事件となれば、関係する民族がさらに増えるため、そう簡単に行くまい。最終的な和解まで、あと何が必要で、どれくらいの時間がかかるのだろうか？

「うーん、そうですねえ。なかなか現実は思うように行きませんね」

又吉さんも率直に認める。

そこで、私はこのように聞いてみた。

「長年、世話人として尽力し続けながらご自身が考えていた和解とは、どういったものだったんでしょうか？」

「……そうですね、いずれは和解をしなくてはいけないだろうと。それも公式な場でやらなくてはと思っていました」

又吉さんはスプーンでコーヒーカップを何度かゆっくりとかき回し、それからおもむろにこう言った。

「四十年ほど前、琉球民遭難殺害事件を研究し始めた頃に考えていたのは、まず統埔の墓の整備だったんです。荒れた状態の墓は見るに忍びなかったし、台湾の研究者から西郷従道の造ったお墓は風水の観点からもよくないので、亡くなった方々が成仏しないという意見が出ていました。これはなんとかしないといけないと思いました。ふたつめが護国寺に建つ遭害者の墓の改修です。明治時代に建立されたままでしたからね。みっつめが、台湾の研究者たちが事件について学べるよう日本側の資料を贈呈すること、そしてよっつめが日本の遺族関係者を台湾へお連れして、交流会を持つことでした」

又吉さんは当時浦添市の職員だったが、仕事の合間を見つけては台湾へ通い、これらのことを現地の人々と根気よく話しあった。また定期的に学生や市民を現場へ連れて行き、牡丹社事件の歴史的意味を多くの人に伝える努力を続けた。最初に立てた目標をひとつひとつ時間をかけて実現し、台湾の学者や関係者とも協力をしながら、とにもかくにも二〇〇五年の和解イベントへと結びつけたのである。

又吉さんは、和解の難しさを十分わかったうえでこう話す。

「和解は、それぞれがそれぞれの立場で今後も考えていくことが大事なのです。二〇〇五年のイベントは、和解の出発点にすぎません。真の和解に向けて双方が努力を続けないとなりませんけれど、「双方の努力」とは、具体的にどんなことをさしているのだろうか？

「まず、お互いをもっと知りあう努力です。どんなことでも疑問や反論があれば出しあって、とことん話すことです。そうして信頼関係を築くことです」

大きな勇気を持って葛藤を乗り越えなければなかなかできるものではないが、又吉さんは、努力目標としてこのようにも説明する。

「自分たちの文化や歴史の正当性を理解しながら、作られてきた歴史や牡丹社事件の、既成のストーリーから自立する努力も必要です」

「〝既成のストーリーからの自立〟……ですか。もう少しわかりやすく言ってくださいませんか?」

「牡丹社事件（特に台湾出兵）に関しては、明治政府と清国政府が作りあげたストーリーが、それぞれの国の歴史として定着してきました。しかし、当事者である琉球沖縄の視点、台湾原住民の視点に立って、事件を検証する必要があると僕は思うのです。国家が伝えてきた歴史だけでなく、自分たちの視点を加え、複眼的に精査する姿勢を養うことが、日本にも台湾にも問われているんだと思います」

そうしてこそ、多くの「なぜ?」に答えが見つかるだろうし、互いの立場を理解できるようになる、ということだろう。


その翌日、那覇市波の上の護国寺境内にある墓へ改めてお参りをした。

人影もない境内の一画に「台湾遭害者之墓」は変わらぬ姿でたたずんでいた。

五十四名の命の重さを感じるために、墓石に刻まれた殉難者の一人一人の名前を声に出して読みあげていった。光陰矢のごとし、と言うけれど、過ぎ去った歳月がどれほど膨大なものかを改めて感じる。

又吉さんが初めて案内をしてくださったとき、遭害者の墓の裏側に彫られた碑文を指でなぞりながら、こう話したことを思い出す。

「この碑文には、沖縄の旧藩民が遭害した悲劇に対して、天皇の軍隊が台湾の原住民を成敗したあらましが述べられています。ほら、見てください。台湾の原住民のことを〝凶賊〟と表現して

「台湾遭害者之墓」の裏側に彫られた碑文を読む又吉盛清さん

墓石は明治時代、台座は
昭和になって造られた

いるでしょう？　当時の政府が台湾をどのようにとらえていたかよくわかりますね。琉球民も大変ひどい目に遭ったけれど、パイワン族の人々も、台湾出兵のおかげで辛い思いをしたんですけれどね」

歴史は立場が違うと主張が逆転したりもする。歴史を一方の側から見てはいけない。

「琉球の船が漂流してしまったのは、暴風という自然の成せる結果ですからこれはもうどうしようもない。しかし、文化の違いから起きた殺害事件を、台湾出兵のきっかけに利用してしまった明治政府の方針はなんとか止められなかったのか……遭難殺害事件の当事者たちは和解が進みましたが、台湾出兵をした日本はまだ原住民との和解ができていませんね、その意味で牡丹社事件は決して過去のものではありません」

――国家は過ちを犯しても、背負うものが大きすぎるせいかよっぽどのことがない限り謝罪はしませんよね。

「国家であろうと個人であろうと、相手に迷惑をかけたら率直に謝ったほうがいい。そう考えるほうが、紛争や抗争が減って平和になりますよ」

あのとき、又吉さんはこう話していたけれど、私が呉文化処長に牡丹社事件の和解について意見を伺ったときのことも記しておこう。

ふたつの出来事をひとつにして語られる牡丹社事件は、さまざまな文化や言葉や歴史認識が複雑に入り組んだ構造になっている。糸がからんだまま、すでに百五十年近い歳月が経っている。琉球民遭難殺害事件については、いちおう被害者と加害者の間で和解の式典も行われたが、それとは別に、台湾出兵の和解について牡丹社の原住民の方々や台湾の世論は、どう思っているのだろう。自国民の保護や原住民への懲罰をかかげて戦いを仕掛けた明治政府の代わりに、現在の日本国家に謝罪してほしいと思っているのかと質問すると、呉さんは否定した。

「台湾出兵は戦争が目的だからしかたない」

沖縄の心

さて話を戻そう。台湾遭害者之墓に刻まれた犠牲者の名前を読みあげていくと、ここ数年続けた取材先で出会ったさまざまな人たちの顔が浮かんでくる。その中の一人、五代目末裔の野原耕栄さんとの出会いは、最も印象の強いものだった。今日はこれから浦添市で彼が主宰する沖縄伝統空手の道場を見学させていただくことになっている。

昼過ぎに、ゆいレールのおもろまち駅で待ち合わせたところ、浦添市に行く前に首里城に寄ってくださることになった。野原さんは、自分の空手道場に研修にやってくる各国の有段者らを、必ず首里城に案内するという。

沖縄伝統の空手は、城《グスク》時代（七～十五世紀）の戦いの中から生まれた武術で、古くからの型を少しも崩さず伝えている。琉球の歴史と文化そのものの空手を理解してもらうには「首里城を見学するのが一番わかりやすい」との考えからだ。

規則正しく動いているワイパーの間から、厚い雲に覆われた空が見える。雨雲はまだ切れそうもない。野原さんはハンドルを握りながら、城内で過ごした学生時代について語ってくれる。

「僕らが学生だった頃、琉大はまだ首里城の敷地に立っていたんですよ」

野原さんが在籍していた頃の琉球大学は、今と全然違うたたずまいだった。沖縄戦で廃墟となった首里城の跡地に一九五〇年に開学してから、一九七七年に首里城の再建計画が決まるまで、学び舎が城内にあったのだ。一九八四年まで七年をかけてキャンパスを現在の地に移転したわけだが、卒業生の中には首里城キャンパスを懐かしがる人が多い。

「自分は寄宿舎に入っていたので、那覇まで遊びに行くときは歩いて行ったものです」

「帰りはさぞ大変だったでしょう?」と言いかけて、これは野暮な質問だろうと途中でやめた。だって、次の日の朝帰りに決まっているじゃないですか。午前中の授業に間に合えばいいわけだから。

「ははは。あの頃は面白い時代でした。本土から渡ってきた過激派の活動家たちが、城壁を伝わってゲバ棒をふるっていましたよ」

四十年ほど前、沖縄でも大学闘争が激しく、内ゲバがしょっちゅう起きていた。確かにあの頃はそういう時代だった。

二〇一六年に初めて野原さんと宮古島でお目にかかり、その眼力に射すくめられてから二年。その彼の運転する車の助手席に座り、旧友のようにおしゃべりをしている自分が信じられない。

「自分は高校まで真面目な優等生だったんですけれど、ある先輩の影響を受けて、思うままにものを言い、好きなように生きることにしたんですよ」

突然、野原さんは青春時代のことを話し出した。

「大学を卒業したら弁護士か医者になりたかったので、内地の大学の試験を受けたんですが、その日、下駄を履いて面接に行ったわけさ。そうしたら、その格好は何だと。おまえみたいな反抗的な態度を取る若者は推薦できないと。面接官から、今年も推薦しないが来年も再来年もしないと言い渡されて……それで内地へ行くのはあきらめて琉大に入ったんです」

内地の有名大学から自身の生き方を否定された青年。青春の蹉跌《さてつ》。

「それでニヒルになったんですか?」

「……人生ってそんなものじゃないですか」

彼はハンドルをきゅんと切りながら、十八歳のトラウマを笑い飛ばす。弁護士や医者の夢は諦めて卒業後は県庁に就職したというから、その後の人生に少なからず影響を及ぼしたはずだ。それでも信念は曲げずに生きてきたという自負が野原さんからは感じられる。

車は、あっという間に住宅街の坂道を上り丘の上にやってきた。いつのまにか雨が止み、薄日を受けてきらめく新緑の森と首里城の朱色が、鮮やかな対比を見せて現れた。安らぎと威厳のある姿でそびえる守礼の門をくぐり、王府の衣装に身を包んだ門番に促され、城内に入った。

とたんに、私たちは五百年の歴史に彩られた琉球王国にワープする。

天然の漆と金をふんだんに使った正殿は、中国と日本、双方の文化を取り入れて独自に発達した、琉球様式の装飾がきらびやかだ。十五世紀に、アジアと日本の架け橋となって海洋貿易で栄えた琉球王国を象徴する「万国律梁《しんりょう》の鐘」のレプリカが、正殿に掛かっている（本物は沖縄県立博物館が所蔵）。冊封使の一行を迎えて儀式を行った御庭《ウナー》の様子を伝えるジオラマ、御庭へと入る奉神門から正殿を仰ぎ見る王国の栄華……。思えば、琉球王国は、一六〇九（慶長十四）年の薩摩藩による武力侵攻と支配が始まったときから、日本と中国の両方に税や物品を納め続けながら、かろうじてその独立を守ってきた。しかし、徳川幕府が瓦解して明治の新政府に代わるとまもなく、日本の版図に組み込まれ沖縄県として出発することになった。

その後、沖縄の人々は幸せになったのだろうか?

確かに農民たちは過酷な税制から解放された。とはいえ常に辺境扱いされ、構造的な差別が人々を苦しめたのではなかったか。太平洋戦争の際には本土防衛の捨て石とされ、地上戦で二十万人以上の民間人が犠牲になった。

一九四九年生まれの野原さんは「いくさ世《ゆー》」の後の世代だが、「アメリカ世」と一九七二年の返還後の「ヤマト世」を経験してきた。沖縄に来ると、ヤマトの無関心と諦めのために、戦後の日本という国のいびつさが、いっそう強く沖縄で露呈していると感じられてならない。

野原さんが琉球の文化と歴史を内包する空手道に精進するのも、自身のアイデンティティーへの切ないまでの矜持だろう。だからこそ、台湾の牡丹社事件紀念公園で見つけた例の記述は見逃せなかった。先祖が誤解されるような説明を目にしたことで、心の中に沈殿していたさまざまな不条理観や葛藤が、表面に浮き上がってきた（ように思われる）。それは、沖縄の苦闘の歴史や沖縄の心を理解しない者たちに向けられている、と私は理解している。

首里城を見学後、駐車場まで石畳の道を歩きながら、野原さんの心の内を再度、率直に聞いてみた。彼は、台湾には何ひとつ悪感情は持っていないと前置きしてこう話す。

「牡丹社紀念公園の説明板を作り直してほしい、というのが正直な気持ちです。私の希望は、前から言っているように、台湾側と我々と、双方が納得できる歴史の真実をきちんと確認して記述してほしいのです」

――二〇一七年に文化処をご一緒に訪問した際もそのように要望を出されましたね。

「史実に正確な記載をしてもらうことが、まず先ですから」

そうでなければ、未来に向けての和解も進まないだろう、というのが彼の意見である。

そこで私は、台湾の関係者が尽力しておられることも理解してもらいたいと思って、屏東県文化処の最近の取り組みなども伝えた。時間はかかるだろうが、史実の見直しに取り組んでいることを。

「時間がかかることは理解しています。ただ、いつまで言い続けなければならないのかと思うんですよ。遺族の中にはもう関わりたくないという人もおられるし、そんな昔の事件は自分に関係ないと言う方もおられる。一枚岩とはいかないんですよ」

野原さんはこうも続けた。

「父は、茶武おじいさんの遺骨をいつか確認して、野原家の墓地に埋葬したいといつも言っていました。だから、台湾にある墓を開けてもらい、野原茶武の遺骨をＤＮＡ鑑定によって探し出したい。そのことを強く要望しますし、それができる方法を必ず見つけ出したいと思います」

雨もすっかり上がって西の空が色づいてきた頃、私たちは浦添市へ到着した。

小林流師範である彼の道場は、自宅の二階にあった。満開になった真っ赤なアマリリスの鉢が並ぶ階段を上がると、そこは四十畳ほどの道場だ。広々とした板敷きの奥に壁一面の鏡があり、稽古日には大勢の弟子が汗を流す。壁には各競技会に参加した選手や海外支部の会員らの写真が飾ってある。二〇一一年の琉球民遭難殺害事件百四十年記念の慰霊祭では、台湾の統埔にある琉球墓の前で沖縄空手の型を披露し、先祖のマブイを鎮魂してきた野原さんは、一年のうち何度かはアメリカやヨーロッパの支部へ出かけて、空手を指導しながら琉球の文化や歴史について講演もするという。

大正時代の初めに沖縄の唐手師範が日本の内地に伝え、それがのちに「空手」となって発展したそうだが、沖縄の各流派と発祥地を説明する張り紙も目に入った。その前で、伝統の空手について、再度、わかりやすく教えてくれた。

沖縄伝統の精神からなる型の美や、琉球の武術としての空手を指導していると野原さん。

――ところで、野原さん、どうしてピアノが道場に置いてあるんですか?

道場に入ったときから気になっていたのだが、大きな鏡の脇にグランドピアノが置いてあるのだ。

「ときどき弾くんですよ」

野原さんは穏やかな表情でそう言うとピアノの前に座った。両手がすらすらと鍵盤を走る。ビートルズの名曲「yesterday」だ。思わず口ずさんだ。

♪Yesterday all my troubles seemed so far away
Now it looks as though they're here to stay
Oh I believe in yesterday

空手道場に心に染み入るメロディーが流れる。心に葛藤や疑問がなかった〝昨日〟に戻って、末裔たちが心安らかに先祖のマブイを供養する日、ご一緒したいと心から思った。

パイワン族の祈り

私は再び屏東県へ行って和解イベントのもう一方の協力者であるバジロクさんを三地門郷青山村に訪ねた。一年ぶりの再会だった。

昨年の春から体調を崩されたと聞いていたので、お見舞いかたがたの訪問だった。自宅まで伺うつもりだったが、バジロクさんは村の小学校を案内したいと言いだし、そこを待ち合わせ場所に指定してきた。

海抜の高い青山村は、屏東市とはうって変わり、ひんやりとした爽やかな風が吹いていた。大気に森の精が降りてきたようなフィトンチッドが濃厚に漂っているので、すぐに深呼吸がしたくなる。道路の脇に名前も知らない小さな花が咲き、微風に揺れていた。集落のいたるところを飾るパイワン族の壁画や彫刻には、山からの祖霊が宿っているに違いない。先祖の姿はどれも生き生きとしていて、彼らがこの村を守っていることを実感する。

校庭の向こうから、バジロクさんが近づいてきた。杖をついておられる。

恰幅の良い体格が痩身になってしまったように見える。バジロクさんは手を振ってくれたが、その動作も足取りもやや頼りなげに見えた。

彼は満面の笑顔を浮かべて挨拶をすると、持ち前の茶目っ気を出してこう言う。

「病気する前はこんな山道くらい何でもなかったですよ、それが今は足が弱ってしまって思い通り歩けません。宮古島もまた行きたいですが、奥さんが心配してうちから出してくれません、軟禁状態よ、ハッハッハ」

バジロクさんと一緒に、私たちはゆっくりと校庭を歩いた。極彩色のタイルを使って過去から未来へと続く子供たちの夢が、壁画に描かれている明るい雰囲気の学校だ。壁面に踊るミロやシャガール顔負けの幻想的なデザインを、バジロクさんは目を細めて眺めている。

「ほら、バジロクさん、気をつけて。ベンチに座ってお話ししましょうよ」

そして、宮古島を訪ねたことや護国寺の遭害者の墓の再訪、牡丹郷での講演会の様子や若者たちの学習熱などを報告した。バジロクさんの尽力のおかげで、パイワン族の若い人々も牡丹社事件と向き合い、自分たちの歴史として研究を始めていることに感心したと伝えると、大きな目をさらに見開いてうなずき、こう言う。

「ようやくここまで来たというのが正直な感想です。しかしねえ、愛と平和の旅はまだ終わってないですよ。努力はこれからも続けなくてはならないの」

「何度も申し上げましたけれどね、琉球の皆さんを殺してしまったのは我々の先祖の間違いだったんです。祖先の過ちを認めたうえで罪を洗い流したい。そう思って二〇〇四年に、平和のために謝罪をしようと、台湾と日本の学者たちに呼びかけました」

「ご尽力の甲斐あって、和解の旅は二〇〇五年に実現しましたね。勇気ある第一歩だと敬服します」と、私は頭を下げた。

「日本時代に謝罪ができれば、もっとよかったと思いますよ。戦後は政治がいろいろうるさくて、機会が持てなかったのです」

〝戦後は政治がいろいろうるさくて〟……あたりさわりのない表現ながら、彼は国民党政権の姿勢をさしている。

「宮古島で、私は勇気を出して被害者のご遺族に、昔のパイワン族の習慣など説明をしましたが、厳しい意見が出たことも事実です。〝おたくの先祖はなぜ我々の家族を殺した？〟そう問われました。無理もありません。しかし、あのとき、何が起こったのかを正確に調べることはとても難しい。だから、私は、牡丹社事件のきちんとした記念館を建てたいです」

記念館の構想は、彼が一九七〇年に牡丹社の郷長になったときからずっとあたためており、わざわざアメリカまで行って各地の南北戦争記念館を視察してきたという。だが、候補地がなかなか決まらない、資料が完全に集まらない、ということで今に至ってしまっている。

バジロクさんのように、自分たちの歴史を自分たちの手で、自分たちの孫や未来の子供たちに伝えたいといううねりが原住民の中から沸き起こっているのは、又吉さんの話す〝既成のストーリーからの自立〟であり、〝自分たちの歴史からの視点〟を大切にすることにつながっている。さらに言えば、先祖が巻き込まれた事件と日本政府が起こした台湾出兵のふたつを、区別して紹介してほしいという野原さんの意見も、清国や日本の、既成のストーリー(歴史)からの自立を目指していると言えそうだ。

「あの事件の末裔であるということは私に和解の責任があるということです。これは私が背負った運命ですよ。その運命をねえ、前向きにとらえて、沖縄のみなさんと交流を続けて、互いの文化や伝統を知り、尊敬し合うことで、お互いの不信感やこだわりも溶けていくのです。愛と平和の関係が築けることを心から願っております」

バジロクさんはこう言いながら別れ際にハグしてくれた。瘦身になったとはいえ、彼の信念は力強く、私はその気迫に圧倒された。

和解の旅から十数年経ったが、双方の交流はまだまだ足りないと、ゴルゴダの丘をめざすバジロクさんだ。

帰国を前に、私は屏東県内埔郷にある客家六堆《はっかろくたい》文化園区を見学に行ったのだが、客家の古い神事の展示の前で足が止まった。それは、悪い霊を追い払うために、廟で使うお札や祈祷紙、文書の類を燃やした後、その灰を川へ持ち寄って「水に流す」行事だ。過去のわだかまりや悪い習慣などが水によって浄化され、新しい生活を始める生気が人々に宿る……この説明を読んで、神道の「お祓い」や日本の行事「雛流し」が重なった。私たちは遠い祖先から共通の知恵を与えられた隣人同士だ。ならば和解できぬはずがない。

「真の和解は、努力次第で必ず実現する」と力強く別れ際に言ったバジロクさんの声がどこからか響いてきた。

と同時に、宮古島で会った伊志嶺さんとの会話を思い出さずにはいられなかった。

「日本人は、わだかまりや恨みを水に流して、そのうえで新しい未来関係を作るという解決法を昔から持っていますね。宮古島の遺族の皆さんは〝水に流す〟という考えで、台湾の方々を迎えたのでしょう？　こうした考えは、台湾人と少しでも共有できるものでしょうか？」

このように私が尋ねると、伊志嶺さんは、コーヒーを手に取ってひと口飲み、それからゆっくりとこう答えた。

「さあ、どうだろうか……通じるかもしれんね。台湾の人は優しいからね」

そう、優しさにおいては優劣つけがたいのが、琉球と台湾の人々だ。

和解のゴール

第四章で、牡丹社事件のシンポジウムや和解行動に協力をしている黄智慧さんの名前を出したが、彼女は日台関係に精通し、台湾のポストコロニアル状況をエスニックグループごとに調査分析、研究成果を社会に還元してきた行動力を持つ文化人類学者である。二〇〇四年、牡丹社事件の日本語、中国語、英語によるおびただしい歴史資料をデジタル化し、現地の牡丹郷立図書館に還元する企画に関わり、その後も一連の活動において、パイワン族の人々をサポートしてきた。

二〇一九年、ちょうど旧正月の日に、私は久しぶりに黄智慧さんにお目にかかった。台北市大安区に立つ昭和初期の日本家屋群の保存活動の中心人物でもある黄さんは、台北でこの夏に開催するイベントのために東京でも奔走し、その帰国前日に訪ねてきてくれた。「有朋自遠方来 不亦楽乎」（朋有り、遠方より来たる。亦た楽しからずや）という言葉通り、時間を忘れるひとときだった。

その彼女が、牡丹社事件にちなんでこんなエピソードを披露してくれた。

「二〇〇四年の年末に、事件の資料をデジタル化して牡丹郷に寄贈したのですが、そのお礼にと、翌年の四月に屏東から牡丹郷の林さんたちが遠路はるばるバスに乗って私の職場（中央研究院）へいらしたんです。革に彫刻した壺絵を額に入れた飾り物と、特産のタマネギを農作業用の網袋にぎゅうぎゅう詰めにした大きな袋をふたつも担いで……。こんなにも大量のタマネギをいただいてびっくりです。さっそく職場の全員に配り、みんな喜んでくれたことを思い出します。それがパイワン族の文化なの。返礼の文化です」

原住民文化に詳しい黄さんはさらに続けた。

「パイワン族だけでなく、台湾の原住民の各族には昔から和解の伝統文化があるということご存じですか？　紛争を解決するだけではなく、また相手に苦痛を与えたら〝責任を担う〟。それが〝和解〟の意味でもあるのです。彼らは人と人との和解だけでなく、疫病や災害がもたらされたら、自然界や神様とも和解をするのです」

それが千年以上も長い間、ひとつの島で多くの部族と共生してきた台湾原住民たちの知恵。だからバジロクさんは琉球民を殺害した先祖の行いが、宮古島の子孫たちにどれだけの苦痛を与えたかと心を痛め、責任を持って和解の先頭に立ったのだ。私は黄さんの話を聞いて、バジロクさんの求道者のような表情を思い出した。

「今の原住民は敬虔なキリスト教信者が多いのです。百四十年も経った歴史上の事件に対して求めるのは、クリスチャン的な表現の〝愛と平和〟という、村の誰にでも理解できる、今日的な価値観です」

この話を聞いて、和解のシンボルとしての石像に、「愛と和平」という名が付いたことも納得できた。

黄さんに、ぜひ意見を聞いてみたかったのは、最終的な和解に向けて、どのような努力が必要かということだ。又吉さんも「実はなかなか難しい」と話していたが、率直に言ってどうなんでしょう？

するとと彼女は学者の顔になり、ちょっと改まった調子でこう言った。

「牡丹社事件は、当事者の集団が多岐にわたるため複雑で、国籍も言語も文化も立場も歴史認識も違う。史実を理解しようとすれば多言語能力が必要です。だから難しいんです」

「多岐にわたる集団というと、琉球民、クスクス社、それから……」

「牡丹社、客家人、琉球王府、明治政府、清帝国と、関係集団は少なくとも七つです。さらに、被害者と加害者の立場が入り組んでいることや時間の経過で政治状況が変化していることも、いわゆる真相を解き明かす壁になっていますね」

その視点で見れば、確かに壁は高く道のりは険しそうだ。しかし、和解の努力は日本でも台湾でもここ十数年続いている。

いくつも日台間の、複雑なポストコロニアルにおける和解の課題を扱ってきた経験から、「私が考える和解のゴールは」と言いながら、黄さんは次のみっつを挙げた。

一、和解のベースとは、痛みを互いに分かちあえる人間性にある

二、和解の目的を、未来の共生のためであると明確にする

三、和解のルールを作り、独立した第三者も入れて話しあい、公益化する

こうした努力目標を掲げながら、真摯にいくつもの集団が向きあえば、和解は見えてくるのではないだろうか。まだ道のりは遠いだろう。だが今日も努力を続ける人々が現にいる。許しあう人間の心を信じたい。

頭職の末裔は今

二〇一八年八月。アスファルトがべたつくほど朝から暑い日、私は最後の取材に出かけた。長崎駅前のバスターミナルを定刻通り出発した高速バスは、長崎自動車道経由で佐賀県へと入り、その後大分県の別府湾を車窓はるかに見やりながら、ＪＲ大分駅付近の停留所へと私を運んだ。ちょうど四時間の旅だった。

停留所の近くにタクシーが並んでいたので声をかける。

「お願いします、仲宗根病院まで」

運転手さんは、前部席のミラーをのぞきながら、こんなことを言う。

「駅前からかなりありますけどいいですか?」

「いいですか? と言われたって、ほかの行き方がわかりません」

「タクシー運転手やってずいぶんになるけれど、そこにはまだ二回しか行ったことないですよ。ナビに住所を入れてみましょう。さてと……オノヅルでしたよね？」

こんなやりとりがあって到着した病院は、ここも大分市なのかと思うほど、みずみずしい緑の稲穂が広がる、里山風の景色の中にそびえていた。空気がなんと美味しいのだろう！

インタビューをお願いしたのは、六十九名を載せて遭難した宮古島船の頭職、仲宗根玄安の末裔にあたる仲宗根玄吉さんである。彼は九十歳になった今も病院の理事長を務めておられる。精神科医の立場から、私たちの心はどのように傷を癒やし、再生していくのかを伺いたかったし、ご本人がいつ、誰から先祖の悲劇を聞いたかも知りたかった。


こぢんまりと清潔な待合室を通り、エレベーターで二階へ案内された。仲宗根玄吉さんは、タンチョウヅルのように品のある細い身体を車椅子に委ねているものの、かくしゃくとしておられた。応接室の机の上には、すでに何冊かの参考書が用意されている。

「先祖が台湾で不慮の死を遂げたことは、祖父母や両親が小さい頃から聞かせてくれました。私はマークンチュ（宮古人）ですが、那覇生まれの那覇育ちなので、祖母たちと波の上の護国寺にはよくお参りに行ったものです」

「そうだったんですか。仲宗根さんは宮古島でお生まれになったとばかり思っておりました」

仲宗根家は代々琉球王朝の家臣で貿易にも携わっていた。そのため、倭寇との戦いで奪った日本刀を王府に献納したこともあり、祖父母の代まで那覇に貿易品を収納する「宮古倉」を持っていたという。ところが明治になってすべてが変わった。

「倉とその中の品物は、明治政府に全部没収されました。曽祖父は当時の松方内閣に返還を求めたのですが、結局果たせませんでした。跡地には税務署が建てられましたよ」

そのひ孫の玄吉さんがなぜ大分県在住かといえば、一九四四（昭和十九）年に疎開令が出されたため、米軍が攻撃してくる前に那覇から内地へ疎開し終戦を迎えたからだ。

「私の父は沖縄戦で戦死しましたので、母と兄弟らで大分に残ることにしたのです」

戦後、玄吉さんは熊本の旧制第五高等学校へ入学し、その後東京大学を経て熊本医科大学へ入り直し、精神科医になった。


玄吉さんは、一九八〇年に統埔の琉球墓への墓参、そして波の上護国寺で行われた開眼式に参加して、十二名の琉球人の救命にあたった楊友旺、林阿九、鄧天保の末裔たちと対面、遺族代表として挨拶などを行った。

「現地へ行って、台湾の皆さんが百年以上も墓守をやってくれたことを知り、いやあ、感心したものです」

琉球墓の墓守を続けてきたのは、林阿九の子孫たちだった。阿九の末裔にあたる林錦栄《リンヂンロン》さんが、一九三一（昭和六）年に甲子園に出場して準優勝まで行った、あの伝説の嘉義農林学校の野球部員だったことがわかり、野球好きの玄吉さんはすっかり意気投合したらしい。

また、一九七九年の琉球墓への初墓参と二〇〇五年六月に台湾から和解の旅の一行がやってきたときには、弟の仲宗根玄治さんが出席。那覇市波の上の護国寺で行われた供養と和解の儀式では、玄治さんが遺族代表として挨拶をし、台湾パイワン族の末裔らと固く握手をし未来志向の友情を誓った。

その後、仲宗根さん兄弟も牡丹郷に開園した紀念公園の説明板に、「武器を持った66人の成人男子が部落にやってきた」という、気になる記述があることを知った。

「琉球人たちは、武器を持ってやってきたから正当防衛の末に殺されたなどという台湾の国会議員がいる、と聞いて心が痛みましたよ。あの文言はどうなったのかな、削除されましたか?」

やはり、仲宗根さんも遺族としてあの文言には違和感以上の不快感を抱いておられたのである。しかも、野原さんや宮古市議の垣花さんら同様に削除されたことを知らされていなかった。

そこで、私は、紀念公園の説明板の文言が訂正されているという内容の記事を掲載した、二〇一六年四月二十八日付の『宮古毎日新聞』を一部さしあげた。

「そうですか、それはよかった、よかった」

仲宗根さんは記事に目を通しながら、おだやかな笑顔を見せた。

赦す力、理解しあう力

医学博士でもあり教養人の玄吉さんのお話は縦横無尽。私はすっかり時間を忘れてしまった。ぜひお尋ねしたいと思ったことをそろそろ質問しないと、長崎行きの最終バスに乗れなくなりそうだ。

「最後に、精神科医のお立場として教えていただきたいのですが、人間は赦しあえるものなのですか？　強い悲しみや憎しみが生まれたら、どう処理すればよいのでしょうか？」

このように伺うと、玄吉さんは、精神科医の問診のように、私の顔をじっと見る。

「相手を赦すことができるから人間なのですよ。智慧のひとつとして、人間は自分にとって不都合なこと、不愉快なこと、辛いこと、哀しいことは忘れて、甘美な思い出だけを保存する能力が備わっているのです、忘れる力です。もちろん、忘れることがすべていい、という意味ではありません」

「すると、人間は本来、生存本能として忘れる力を持っているということですか？　とすれば、いつまでも辛いこと、不都合なことを覚えているためには学習で後付けするような、後天的な智慧というか意思が必要なんでしょうか？」

「そうね、フロイトも言うように人間は本来は忘れる力を備えていますからね。忘れないようにしようという民族と、忘れてしまおうという民族の、文化の違いはあるかもしれんね。私ですか？　過去へのわだかまりは全然ないですよ、だって事件はとっくに終わったんですから」

そう前置きして、十数年前にクスクス社の頭目の末裔が、台湾からわざわざ氏のもとへ謝罪に訪れた話を披露してくれた。

「彼は私と同じ五代目です。十年以上前だったかな、あるとき、我が家へやってきてね、自分たちの先祖はあなたがた琉球人に対して大変悪いことをした、と私の前で土下座したんですよ。そこで、そんなことする必要ない、昔のことは昔。あなたがたに罪はない、と言いながらも、もうしようがないから、私も一緒になって土下座しましたよ（笑）」

この訪問者は、加害者であるクスクス社頭目の末裔のタリグ・プジャズヤンさんだ。実はこのタリグさんは、牡丹社事件の語り部として登場していただいたマバリウ・バジロクさんの兄にあたる人である。なぜ苗字が違うかといえば、母系社会のパイワン族では、年上の兄のプジャズヤンさんが母方の苗字であるタリグを継ぎ、弟のバジロクさんが父方の苗字を継いだからだ。

被害者たちの頭職の末裔である仲宗根玄吉さんと、加害者の頭目の末裔であるタリグさんが、互いにひざまずきながら頭を突き合わせて土下座した！

それから手を取りあって、笑い、涙したことは言うまでもないが……。

先祖がとりもつ数奇な運命のもとに対面したお二人が、ひざまずいて、床に頭をつけて土下座をしあう光景を想像してみてほしい。被害者とか加害者という意識はすでに消え、異文化を超えて互いの心が通じた対等の人間同士が向きあっている。沖縄人、それもマークンチュ（宮古人）の仲宗根玄吉さんと、パイワン族の、それもクスクス人のタリグ・プジャズヤンさんだ。

残念ながらプジャズヤンさんは二〇〇八年に他界してしまったが、彼はそのときの模様をのち

日本での和解報道の新聞記事を持つバジロクさん

人間は許しあう心を持っている、と仲宗根さん

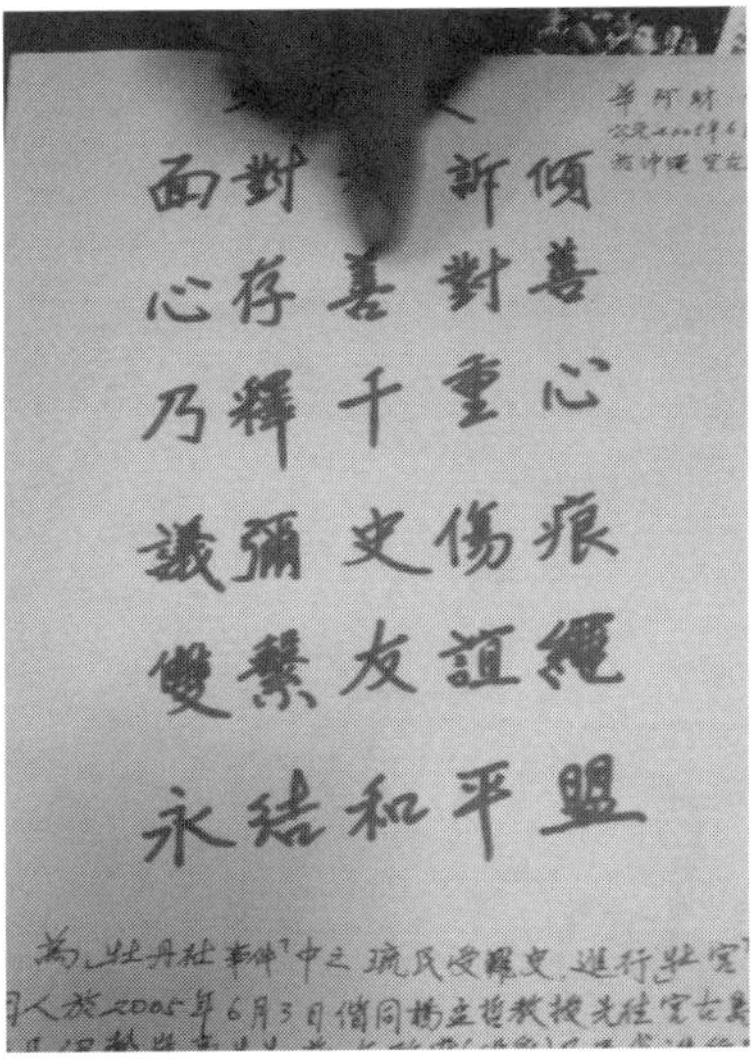

バジロクさんが座右の銘にしていた和解の心得

に、映画監督の酒井充子さんにも語っている。その部分を紹介しよう。

ひざまずくというのは、これは最高の儀礼なんですよ。あにはからんや、あの方、一緒にひざまずいてね。僕が感動したのはね。「昔のことは歴史として過ぎたことだから、あなたに罪はない。そういうことは必要ない」と言われた。感動したんだよ、あの言葉にね。そこまで言ってくれたんだからね。度量が大きいなと思った。それから仲良くして手紙とか年賀状やりとりしています。

（酒井充子『台湾人生』）

私は仲宗根さんの言葉をかみしめるたびに爽やかな気分が胸いっぱいに広がる。世の中を見渡せば、いつのまにか私たちの社会は寛容や和の精神を失っている。言葉が通じるにもかかわらず、心を通い合わせる努力をしないために、なんと多くの痛ましい事件が起こり、禍根を残しているだろうか。ひとりよがりの歴史観を各国がぶつけあい、未来志向の話しあいや和解を妨げていることだろうか。

このような心の交流を多くの人が持てば、愛と平和を目指す和解のゴールは、必ず、向こうから近づいてくる。

終　章

マブイの行方

予定していた取材がすべて終わり、原稿の執筆も一段落した二〇一八年十一月三十日。携帯電話のラインに、「華さんが本日ご逝去。葬儀は来月九日のようです」というメッセージが飛び込んできた。本書の第四章で、パイワン族の口伝を披露してくださった語り部のマバリウ・バジロクさんが亡くなった？　二日前の十一月二十八日に、私はご本人に会っているのに？　半信半疑で沖縄や台湾に電話をかけて訃報を確かめる。

間違いなかった。享年八十一。お兄さんのタリグさん同様、ガンが彼の命を奪ってしまった。

二〇一八年九月に李中元さんと資料のことでやりとりをしたとき、バジロクさんの様子を尋ねた。すると、五月にお目にかかったときから病状が進んだと心配そうな声で告げられた。以来気がかりだった私は、台湾へ行く用事があった十一月末に、同行者の皆さんと高雄市で別れてひとり屏東市へ向かった。駅には李さんが待ち構えていて、私たちはその足で市内の病院へと向かった。

「十一月に入ってホスピス棟へ移られたんですよ。体調の具合でお会いできるかどうか今朝まで心配でねえ、そうしたら先ほど奥さんから連絡があってお見舞いできることになったんです。神様がうまく案配してくださったんでしょう」

いつもは明朗な声で弾むように話す李さんだけれど、神様のおかげだと言うところをみると、バジロクさんの様態はのっぴきならないところへ来ているのかもしれない。私は心臓を抑えながら、車の中で深呼吸をする。

午前十一時過ぎにキリスト病院へ到着。やわらかな色彩にあふれたフロアにはキリスト像が壁にかかり、病院独特の消毒薬の匂いも医療器具もなく、どこかのアパートを訪れたような雰囲気だった。奥の開け放たれた個室の入り口にベビーグリーンのカーテンが垂れていた。中へ入ると、ホシタカラガイに似た目を持つ夫人と長男の方が笑顔で迎えてくれた。バジロクさんは酸素チューブだけをつけて寝息をたてている。五月にお目にかかったときよりもずっと小柄になってしまい、少年のように見える。

「たぶん二時頃には目が覚めると思うので、もう一度いらしていただけますか？　主人もきっと喜ぶと思いますから」

夫人の言葉に従い、私はお土産に持って行った岩手県産のクロモジの精油と静岡産の緑茶を渡して病室を出た。

午後、再訪した私たちをバジロクさんはベッドからしっかと目を見開いて迎えてくれた。言葉の代わりにジェスチャーで私たちを歓待し、自分が着ている緑色のTシャツの胸に手をかざす。そこには〝正義誠実　勇気百倍〟との文字が印刷されている。二〇〇九（平成二十一）年に、NHKが放送したドキュメンタリー番組『JAPANデビュー』の内容が名誉毀損にあたるとして、当事者のパイワン族とNHKの報道姿勢に疑問を持った日台の視聴者ら、一万人を超える人々が集団訴訟を起こしたとき、支援者が作ったTシャツだ。バジロクさんは原告団代表の一人として、先祖の名誉を守るために法廷闘争に加わっていた。

彼はTシャツに手をそえ、「見舞いに来てくれて、勇気百倍だ」と私たちにお礼を言っている。

「バジロクさんったら……」

彼の茶目っ気に笑ってこたえようとしたけれど、目から水滴があふれてきて、それをごまかすためにハンカチをあて「今日は暑いですねえ」などと、とりつくろった。その後なんとか気を取り直し、原稿の束を渡して耳元に日本語で話しかけた。

「おかげさまで書き上がりましたよ。この本を読む日本の人たちに、愛と平和のメッセージが伝わるように、バジロクさんから聞いたお話はみんな載せました」

私の言葉を、念のためにと李さんが台湾語にして、それを夫人がパイワン語にさらに訳して、もう片方の耳元で彼に伝えた。すると、目からすーっと一筋の涙をこぼし、枕から顔を起こすようにしてうなずき、「ありがとう」とでも言うように口を動かした。

「和解のための努力、これからもできることはお手伝いしますからね」

私はバジロクさんの左手を取りながら、そう話すのがやっとだった。すると、こちらの手をぎゅーっと何度も力強く握りしめてくださった。重病人とは思えぬほどの握力だった。李さんが、一緒にお祈りをしましょう、と言い、ベッドのかたわらで「主の祈り」を唱えた。最後に「アーメン」と言うと、バジロクさんは穏やかな顔で私たちを見回し、それから目をつぶってしまった。疲れたのだろう。私たちは、神様が奇跡を起こしてくださることを祈りながら病室を離れた。それがたった二日前の出来事だったのだ。

今から思うと、亡くなる直前にバジロクさんにお目にかかれたのは何か大きな力が働いたからとしか思えない。完成した本をお届けできなかったのは残念であるが、彼は自分の言葉、いや言霊が印字されているのをその目で確認し、安堵の表情を浮かべ、眠りについた。「あとは、自分でがんばりなさい」と言われているような気がした。

マバリウ・バジロクさんの墓は故郷のクスクス社にある。彼のマブイは今頃、先祖とともに霊峰大武山や生まれ育った戦前のクスクス社があった一帯を、軽やかに行き交っているのだろうか。それともお兄さんのタリグさんとともに、頭職の仲宗根玄安さんはじめ琉球の乗組員たちと、あの世で親しげに交流をしているのだろうか？　彼はもうこの世にいないが、いっそう近しい存在になったような気がする。

そんなことを考えてしまうのは、土地公を信仰する漢人系の住民も祖霊信仰の篤い原住民も、沖縄に似て、この世とあの世の距離が近く、親しみをもって死者と接している印象があるからだ。不勉強の私には、民俗学や宗教的な説明はできないが、台湾でも沖縄でも、遠いご先祖のマブイを「神様」と呼んでいるように思えるし、亡くなった祖父母や両親のマブイもやがて神様になり、この世を生きる子孫たちに平和と豊穣、幸福をもたらし、守護してくれる、という考え方があるようだ。沖縄では、公的神事を行う神職者のツカサやノロ、民間に根付いた霊媒師ユタが今もいる。彼女たちを〝民族の感情に最も鋭敏な、やさしい女たち〟と評したのは、民俗学者の柳田国男だったが、この世とあの世はつながっているらしい。

無宗教の私は、人が死んだらそれでおしまい、生まれる前の絶対的な無の世界に戻る。それだけのことと思っていたけれど、取材旅行を繰り返すうちに多少考えが変わってきた。

こんなことがあった。

二〇一六年六月二十六日に行われた「牡丹社事件和平音楽会」に参加したときのこと。台湾の統埔にある琉球民遭難殺害事件の被害者の墓の前で、「八重山台湾親善交流協会沖縄支部」の皆さんによる八重山民謡と踊りが披露されている間の不思議な現象は忘れられない。

この日の墓前音楽祭では、琉球民遭難殺害事件の被害者である琉球人、加害者のパイワン族、救出にあたった客家人、三つのグループが伝統の民族音楽を奉納し、出席者に披露した。沖縄からは八重山民謡、パイワン族の少女たちのアカペラ、客家系の子供たちによる月琴の演奏。それぞれの調べは、旋律やリズムの取り方がお互いにどことなく似ていて、沖縄と台湾の親和性が民族音楽からも感じられた。

その後、琉球墓の前に、白と黒の配色に赤と紫をアクセントにした衣装に身をつつみ、髪を高く〝ウチナーカラジ〟に結い上げた三人の踊り手が登場した。哀愁のこもった八重山の代表的な民謡『とぅばらーま節』の、ゆったりとした節回しにのせて、犠牲者の鎮魂、慰霊を願い、静かに舞う。

家《や》かい帰《は》る船《ふに》　大風《うふかじ》んかい流され　蓬莱島《ほうらいずぃま》なんが　命《ぬつぃ》ゆ落《う》とぅしょうり
（我が家へと帰る船が、台風によって流され、台湾で人々は命を落としてしまった）
島唄《すぅまうた》いざば　踊《ぶどぅ》るん踊《ぶどぅ》らば　肝《くぃむ》やふぁあやふぁあとぅ　すらし給《た》ぼり
（島唄を、さあうたおう、ふるさとの踊りを舞おう、安らかな気持ちになりますよう、癒やされますように）

今日《きゅう》ぬ今《たま》までぃ　墓ば守《む》りひょった　蓬莱島情き　肝に染《す》みら
（今日のこの日まで　墓を守ってくれた　台湾の情け深さが　心に染みて忘れられない）
（作詞＝三木健、方言指導＝宮野照男）

間近でこの演舞を見守っていた私は、唄三線が佳境に入った頃、墓の周囲の大気がこわばって細かく振動しているように感じた。と同時に、首から下が硬直したようになり、胸苦しさを覚えた。それは、まるで、琉歌に惹かれて墓の周りに五十四名のマブイが集まり、彼らの息づかいで大気がビブラートしているようだった。実際私は、目に見えないたくさんの視線を感じたのだ。舞いと歌が終わるとじょじょに体の緊張が溶けていった。汗がとても冷たく感じた。琉球墓でこんな気分になったのは初めてのことだった。

今から思えばそれは、私の思い入れがおかしな幻覚を生んだのかもしれない。炎天下で気分が悪くなったせいかもしれない。

だが、もしあの世からマブイが集まってきたのであれば……苦痛に満ちた事件に遭遇した皆さんに永久の安息を与えようと、台湾と日本双方の多くの人々が集い、ともに未来へ歩もうと努力していることをどうぞわかってほしい、と強く願った。

炎天下、唄三線に合わせ鎮魂の踊りを披露した八重山台湾親善交流協会沖縄支部の皆さん

清代から伝わる月琴を手に民謡を披露する客家系の子供たち

アカペラで古謡を披露するパイワン族の子供たち

あとがき

本書は、一八七一（明治四）年に起きた琉球民遭難殺害事件と、一八七四（明治七）年の台湾出兵のふたつの事件を、末裔たちとともに現代の視点から眺め、その取材記録をまとめたものである。

一般的に、これらふたつの事件をひとつにして呼ぶ「牡丹社事件」は、日本が台湾を領有する二十年以上前に起きた。琉球（沖縄）、日本、清国（中国）、台湾の近代史にとって、とても重要な意味を持っている。なぜなら、明治政府が琉球を併合したきっかけにもなったし、その後アジアへと進出した近代日本の、初めての海外出兵と位置づけられるからだ。それを清国側から見れば、帝国主義的日本が、自分たちの領土に攻め入った一大事であり、台湾側から見れば原住民が勇敢に戦った歴史、というとらえ方になる。したがって、台湾では中学校の歴史の時間にかなり詳しく教えている。

最近では原住民の研究者や作家らが中心になって、自分たちの先祖の歴史を知ろうと、十九世紀末に台湾へ忍び寄った欧米列強や新興の近代国家日本との抗争のひとつとしてとらえ、学習会やシンポジウムを開いている。

一方の日本では、牡丹社事件のことはほとんど知られていない。東日本の大震災が起きた二〇一一年に台湾の方々から多くのご厚意を頂いた私たちは、台湾とそこに住む人々に親近感と関心を持つようになった。観光客の往来数も約六百七十九万人（二〇一八年度）に達し、相互の交流が進んだおかげで、台湾の文化や歴史を知る機会が増えた。

それなのに、日本が台湾を領有した一八九五年以前、黎明期の近代日本がどのように台湾や琉球と接触や抗争を持ったかを、知る機会があまりない。特に、台湾出兵の口実として、明治政府に政治利用された琉球民遭難殺害事件は忘れられている。それは五十四名もの漂流者が原住民に殺された前例のない悲劇。五百年続いた琉球王国が、沖縄県になった伏線。なぜ彼らは殺されなければならなかったのか？ あのとき、何が起こったのか？ という答えは、現在も残ったままである。文字を持たなかったために、原住民が自分たちの歴史記録をわずかな口伝でしか残していないことも理由のひとつだ。

そんな忘却の彼方にある牡丹社事件を、なぜ今になって取り上げるのか？ と問われれば、二〇二一年は琉球民遭難殺害事件から百五十年目、二〇二四年は台湾出兵（台湾では牡丹社事件と呼ぶ）から百五十年の節目の年にあたることに、思いを寄せてほしいからだ。これほど日台間の相互交流が盛んになっているのに、日台友好のブームも親日台湾のイメージも、ほとんどが一八九五（明治二十八）年の、日本が日清戦争の結果台湾を領有した以降の歴史を念頭に語られる。そこには、かつて琉球だった沖縄県民も台湾原住民もほとんど登場しない。近代日本と台湾（原住民）が初めて接触（戦闘）した歴史が置き去りにされていることを、私はとても残念に思う。

もうひとつ付け加えるなら、今の世の中は、国家間の歴史認識の違いや感情論、自分中心にものを考える風潮がまんえんして、あちこちで険悪な論争や裁判沙汰が起きている。そんなぎすぎすした世の中でも、和解の努力を地道に続ける日本と台湾の関係者がいる。彼らの勇気ある行動を知ってほしいと思ったからだ。

私が琉球民の悲劇について初めてそれらしい話を聞いたのは、かなり昔のことで、それも石垣島だったような気がする。

沖縄を初めて訪れたのは一九七〇年。本土復帰の前だった。まだ十代だった私は、父親からもらった米ドルを財布に入れて、東京都発行の渡航証を持ち、大学のスクーバダイビングクラブの先輩に連れられて、東京の晴海埠頭から旅立った。那覇港までは二日がかりの船旅であった。

沖縄本島ばかりでなく、手つかずの自然が残っていた石垣島や竹富島や西表島も訪れた。那覇から石垣島へは貨客船でわたった。天候が悪く船は揺れに揺れ、甲板につながれていたたくさんの牛が、波をかぶりながら涙を流している姿が今も忘れられない。十八時間後、ようやく島に到着したとき、私はしばらくまっすぐに歩けなかった。だが、船酔いの苦しさはすぐに報われた。地上の暮らしぶりも陽光にきらめく珊瑚礁の海も、この世と思えないほどの光景で、それこそマブイ（魂）を奪われた。

その一方で、沖縄本島では米軍の圧倒的な存在と、ヴェトナム戦争の休暇兵が集まるコザ（現在の沖縄市）をはじめとする、基地の町の異様な現実を見せつけられた。沖縄旅行の一年半後、初めて語学研修をかねてフランスへ出かけたが、ヨーロッパで体験したカルチャーショックより、沖縄での見聞のほうがその後の人生に大きな影響を与えたように思う。

以来、何度も訪れた沖縄県。現在のように本土化が進んでいない時代だったので、本島や宮古島、八重山諸島、どこも、琉球の風景や文化が色濃く残っていて、行くたびにお年寄りたちは、東京からやってきた世間知らずの私に戦時中のことも含め、いろいろ話をしてくれた。

石垣島の民宿で、〝アッパー〟（八重山方言でおばあさんの意味）が、私たちが持ち込んだスクーバダイビングの装備を見ながら、昔のウミンチュ（漁師をはじめ海に関わる人々）は、身ひとつで遠くまで出かけたと話してくれたとき、大勢の琉球の人たちが台湾に漂着して、原住民に首を狩られたことがあったと事件に触れた。のどかな語り口だっただけにかえって怖かった。

その昔、沖縄で聞いた問わず語りは、知らぬ間に心の底に沈殿していったようだ。台湾で偶然知った和解のニュースや、その後南部の屏東県に足繁く通って現場を訪れる体験を重ねるうちに、心の中でなにやら化学反応が起きた。あれから何十年も経って、アッパーから聞いた記憶をもとにこのような一冊が生まれたとしたら……。懐かしい石垣島の民宿までお礼を言いに飛んでいきたい。その願いがもはや叶わないとはわかっていても……。

本書の取材を続けていくと、序章でも記したように近代国家創設の独特の高揚感の裏側で、明治時代が生んだ負の遺産を背負って生きてきた日台双方の人々が、しだいに輪郭を帯びて見えてきた。歴史から忘れられ、うち捨てられながらも、こんこんと水が湧く古井戸のように、絶えることない歴史の息づかいが聞こえてきた。

一八七四（明治七）年の台湾出兵の武勇や明治政府の外交的勝利に隠れがちな琉球の人々と、当事者でありながら、長い間外来政権から疎まれてきた台湾原住民の視点を加えないと、牡丹社事件は見えてこないし、両者の視点を抜きにして台湾と日本との関係性は語れないと、強く感じた。そして、彼らには、共通の哀しみがあるように思われた。

ご存じのようにノンフィクションは、多くの方々のご厚意とご協力なしには完成しない。特に、琉球民遭難殺害事件の被害者野原茶武氏の末裔に当たる野原耕栄さんは、お目にかかって日も浅い中、第三者には言いづらい遺族の心情などを率直に語ってくださった。また、突然のお願いにもかかわらず取材にご協力くださった頭職の仲宗根玄安氏の末裔にあたる仲宗根玄吉さんは、精神科医の立場からも、和解について多くの教示をいただいた。だが、その玄吉さんも二〇一九年秋に亡くなられた。末裔の方がまたひとり旅だってしまったことを噛みしめながら、私は二ヶ月後に大分市へ向かい、弟の玄治さんの案内で仲宗根家の墓へ詣でた。玄吉さんの温かな笑顔が迎えてくれたような、小春日和の午後だった。

クスクス社の頭目、ならびに救助者の一人である林阿九の末裔にあたる故マバリウ・バジロクさんは、日本人の私が知り得なかったパイワン族の口伝から得た知識を惜しげもなく披露してくださり、互いの文化と民族の歴史を理解することが、いかに未来を築いていくうえでに大切かを教えてくださった。このお三方が示してくださった勇気と寛容の心に敬意を表すると同時に、心よりの感謝を申し上げる。と同時に最後になったが仲宗根玄吉さんとマバリウ・バジロクさんのご冥福を心から祈ります。本書に記した彼らの言葉はすべて、愛と平和を説いてひたすら努力を続けた事件の末裔の、魂の証である。

実は、執筆がようやく一段落した頃、野原耕栄さんからメールを頂戴した。そこには、出版を期待するという励ましのお言葉とともに、次のような一文が添えられていた。

「（前略）最後まで、殺した側、殺された側の子孫が納得出来るような記載の努力を期待します。でなければ、小生たちがまた同じような調査をしなければならないことになり、後世に禍根を遺します。小生たちの末裔までが納得出来る資料として、書籍として残るようなものにして頂き、今後、ああでもない、こうでもないとお互いに争いが起こらないようにまとめて頂ければ幸いです」

この、当事者ならではのお気持ちが綴られたメールを私は何度も繰り返し読んだ。一冊の本となって世に出るまで、仕事場に貼っておいた。百五十年近い昔の出来事とはいえ、歴史はめんめんと今につながっているのであり、事件は生きていることを自分に言い聞かせるためにも。

本書の執筆に関し、私のつたない知識を補うべく、さまざまな情報と知識をくださった沖縄大学客員教授の又吉盛清さん、台湾の中央研究院民族学研究所の黄智慧さん、前屏東県政府文化処長の呉錦發さんには大変お世話になった。そのほか、宮古毎日新聞社の平良幹雄さん、前市会議員の垣花健志さん、屏東県に行くたびに協力してくださる李中元さん、鍾勲興さんのご親切にもこの場を借りてお礼を申し上げたい。

また、アジアへの熱い思いがみなぎる福岡の出版社「集広舎」の川端幸夫社長、装丁を担当してくださった同じく福岡の「design POOL」の皆さん、編集者として細かな心配りをしてくださった長崎市在住の西浩孝さん。今回の協同作業により、出版文化に対する高い志を持つ同志を得たこと、東京以外の視点からアジアを考え、本作りができたことを深く感謝している。さらに、増補版を担当して下さった「Jarzyna」の岡本裕子さんにもお礼を申し上げる。

本文でも記したように近年台湾では沖縄県同様に、牡丹社事件を自分たちの歴史視点から捉えさまざまな研究、広報活動が行われている。新型コロナウィルス感染の影響で日台交流が足踏みしたことはやむをえないが、両者が共有する近代史のさらなる真相解明や和解への努力を続け、未来志向の関係を築くことをこころから願う。今後も沖縄と台湾を行き来しながら、末裔の方々との交流を深めたい。その文化と優しさの恩恵に浴したい。日本と台湾のさらなる友好を願う多くの方も、ふたつの事件のゆかりの地を訪ねてくださることを願っている。

なお、二〇二〇年四月に「長崎（小島）養生所跡資料館」が長崎市西小島一丁目八番十五号（仁田佐古小学校体育館脇）にオープンした。遺構の一部のほかポンペや松本良順など近代日本医学の発展に尽くした人々の足跡が動画や写真を使って展示されている。

二〇二一年四月

平野久美子

【参考資料一覧】

◎参考書籍

『琉球国民台湾漂到遭害届二付大山鹿児島県参事問罪出師建言ノ儀』国立公文書館

『明治七年対話書　四　自四十六号至五十五号』国立公文書館

『南島　第三輯　遭害に関する文書』宮古島民族文化研究所編

『台湾事件輯録』防衛省防衛研究所

『長耳国漂流記』中村地平　河出書房

『近代アジア史のなかの琉球併合』波平恒男　岩波書店

『幕末の薩摩』原口虎男　中央公論社

『台湾出兵』毛利敏彦　中公新書

『明治七年征蕃医誌』落合泰蔵

『明治維新と領土問題』安岡明男　教育社

『琉球処分』渡久山寛三　新人物往来社

『琉球王国の崩壊　大動乱期の日中外交戦』山口栄鉄編訳　榕樹林社

『新　琉球王統史　20　尚泰王　下　琉球処分』与並岳生　新星出版

『沖縄　島人《しまんちゅ》の歴史』ジョージ・H・カー著　山口栄鉄訳　勉誠出版

『近代日本の南進と沖縄』後藤乾一　岩波現代全書

『ル・ジャンドル台湾紀行』ル・ジャンドル著　我部政男・栗原純編　緑陰書房

『台湾　人間・歴史・心性』戴國輝　岩波新書

『台湾植民発達史』東郷実・佐藤四郎　南天書局

『台湾歴史地図』国立台湾歴史博物館

『台湾史小事典』呉密察監修　遠流台湾館編著　横澤泰夫訳　中国書店
『牡丹社事件　愛與和平　世紀大和解　沖縄訪問団成果報告書』屏東県牡丹郷公所
『平良市史　第一巻　通史編（先史～近代）』平良市史編纂委員会　平良市役所
『平良市史　第三巻　資料編1（前近代）』平良市史編纂委員会　平良市役所
『宮古島在番記』
『宮古島日記並歌集解説』稲村賢敷　至言社
『近代沖縄の歴史と民衆』沖縄歴史研究会　至言社
『宮古島歴史物語1　宮古島島民台湾遭難事件』宮國文雄　那覇出版社
『宮古研究　第七号』宮古郷土史研究会編　宮古市教育委員会
『近代宮古の人と石碑』仲宗根将二
『新版　宮古史伝』慶世村恒任　富山房インターナショナル
『宮古島郷土史』沖縄県宮古教育部会編
『新訂　八重山歴史』喜舎場永珣　図書刊行会
『街道の日本史56　琉球沖縄と海上の道』豊見山和行著　高良倉吉編　吉川弘文館
『県史47　沖縄の歴史』山川出版社
『よしのずいから　歴史随想』島尻勝太郎　那覇出版社
『牡丹社事件』林修澈　原住民族委員会
『屏東学概論』李錦旭主編　五南図書出版
『台湾原住民研究　第十一号』台湾原住民研究会編
『台湾原住民と日本語教育』松田吉郎　晃洋書房
『台湾原住民族の現在』山本春樹／黄智慧／パスヤ・ポイツォヌ／下村作次郎編　草風館
『台湾北部タイヤル族から見た近現代史』菊地一隆　集広舎
『大日本帝国植民地下の琉球沖縄と台湾　これからの東アジアを平和的に生きる道』又吉盛清　同時代社

【参考資料一覧】

『那覇の史跡・旧跡ガイドブック』那覇市歴史博物館編
『岩崎彌太郎伝　上』岩崎家伝記刊行会編纂　東京大学出版会
『岩崎彌太郎小伝』三菱史料館
『岩崎久彌伝』岩崎家伝記刊行会編纂　東京大学出版会
『三菱社史』三菱広報委員会編
『日本郵船七十年史』日本郵船株式会社編
『荘田平五郎伝』宿利重一　対胸会
『長崎の碑　第三集』長崎市南公民館どじょう会編
『明治六年の長崎新聞』丹羽漢吉編著　長崎文献社
『明治百年　長崎県の歩み』毎日新聞長崎支局編
『長崎談話叢・第七十六編』長崎史談会
『長崎近代双書　第一巻　明治六年の長崎新聞』丹羽漢吉編　長崎文献社
『長崎医学百年史』長崎大学医学部
『戦争と新聞　メディアはなぜ戦争を煽るのか』鈴木健二　ちくま文庫
『佐古・梅香崎墳墓記念碑に就いて』日本郷友連盟長崎県支部編
『台湾人生』酒井充子　光文社
『台湾海防並開山日記』羅大春　台湾銀行
『浪濤』巴代　ＩＮＫ印刻文学生活雑誌出版
『獅頭花』陳耀昌　ＩＮＫ印刻文学生活雑誌出版
『暗礁』巴代　草風館
『The Glover House of Nagasaki An Illustrated history』Brian Burke-Gaffney　Flying crane

◎**新聞**
東京日日新聞　長崎新聞　宮古毎日新聞　宮古新報　琉球新報　沖縄タイムス
自由時報　自立晩報　中国時報　民衆日報　THE NAGASAKI EXPRESS

◎**論文**
「加害の元凶は牡丹社蕃に非ず・牡丹社事件から見る沖縄と台湾」大浜郁子　『二十世紀研究　第七号』京都大学大学院文学科・文学部編
「「牡丹社事件」はなぜ起こったのか「原住民」・琉球島民・客家人からみた事件発端に関する検討」大浜郁子　琉球大学法文学部
「Sinvaudjanから見た牡丹社事件　上・下」高加馨　里井洋一訳　『琉球大学教育学部紀要』第七十二、七十三集
「明治七年台湾出兵の一考察」後藤新　『慶応大学院法学政治論研究』第六十号
「小田県漂流民における中国側の史料紹介」白春岩　『早稲田大学大学院社会科学研究科社会研論集』第十五号
「南國與萬國的交会」国際学術研討会論文集

【関連年表】

西暦年号	日本	台湾	事柄
1840	天保11	道光20	イギリスと清朝との間でアヘン戦争勃発
1841	天保12	道光21	アヘン戦争の影響で、台湾停泊中のイギリス船襲撃される 天保の改革始まる（～1843）
1842	天保13	道光22	南京条約締結　香港島をイギリスに割譲
1847	弘化4	道光27	イギリス船が鶏籠（基隆）付近の炭鉱を調査
1853	嘉永6	咸豊3	日本の浦賀にペリー率いるアメリカ艦隊来航
1854	嘉永7	咸豊4	日米修好条約締結
1858	安政5	咸豊7	清朝が、イギリス、フランス、アメリカ、ロシアと天津条約結ぶ。台湾の2港が開港
1860	安政7	咸豊10	清朝がイギリス、フランスと北京条約を結び、台湾の淡水と安平を開港 桜田門外の変起きる
1863	文久3	同治2	薩英戦争勃発
1868	明治元	同治7	明治維新にともない、新政府樹立
1869	明治2	同治8	戊辰戦争終結
1871	明治4	同治10	琉球民遭難殺害事件が起こる 廃藩置県により、琉球は鹿児島県管轄となる 岩倉具視使節団、欧米へ出発

西暦年号	日本	台湾	事柄
1872	明治5	同治11	廃藩置県のため、鹿児島県庁から奈良原幸五郎、伊知地壮之丞らが那覇へ 琉球民遭難殺害事件の生存者12名が帰郷 琉球王府から維新慶賀使が上京 鹿児島県参事大山綱良が台湾出兵を政府に建議 明治政府、太陽暦を導入 台湾問罪の方針が明治政府から琉球王府へ伝わる
1873	明治6	同治12	ドイツ船籍ロベルトソン号が宮古島南岸に漂着、島民が救助に当たる 琉球王府役人が上京し、台湾征伐の中止、琉球の両属関係維持を懇願 那覇—東京間に郵便船就航 樺山資紀が台湾で調査活動 明治6年政変起きる。西郷隆盛、板垣退助、江藤新平、後藤象二郎が辞職 明治政府、琉球が諸外国と結んだ修好条約を政府管轄にする
1874	明治7	同治13	蕃地事務局を陸軍省に開設、長崎に支局も 西郷従道ら台湾出兵。牡丹社、クスクス社を成敗 内務卿大久保利通が全権となり、英国公使の仲介、清国と和議。北京議定書調印 西郷従道、「大日本琉球藩民五十四名墓」を統埔に建立 江藤新平による佐賀の乱起きる 琉球藩の事務が内務省管轄となる

【関連年表】

1875	明治8	光緒1	日本軍、年末に台湾から撤退 明治政府、琉球館の閉鎖を迫る 台湾遭難の生存者12名に、明治政府が見舞いの米を送る 那覇に届いた頭骨44柱は、琉球王府により、市内若狭町上之毛に合葬される 福州の琉球館閉館 朝鮮との間で江華島事件起きる 琉球側、明治天皇に旧制度維持を嘆願 清国、台湾で開山撫蕃政策を決定
1876	明治9	光緒2	ドイツ皇帝博愛記念碑が宮古島に建つ 琉球の親中派が、清国に救援を求める
1877	明治10	光緒3	西南戦争勃発 東京帝国大学開学 清国大使何如璋が、日清修好条規違反と、明治政府に抗議。琉球の両属問題が日本と清国の間で外交問題になる
1878	明治11	光緒4	琉球処分官の松田道之、処分案を内務省へ提出 大久保利通暗殺される 清国大使、寺島外務卿に抗議するも明治政府取り合わず
1879	明治12	光緒5	琉球王尚泰、首里城を明け渡す。華族となり、都内に屋敷をあてがわれ、従三位に叙せられる 琉球藩を廃止し、沖縄県を設置

西暦年号	日本	台湾	事柄
1879	明治12	光緒5	清国が、米国大統領グラントに琉球問題の調停を依頼
1880	明治13	光緒6	清国と日本政府が琉球島分割案を協議
1884	明治14	光緒10	清仏戦争勃発。台湾の基隆も仏軍の砲撃を受ける
1885	明治18	光緒11	台湾省誕生　劉銘伝が初代巡撫となる
			清国とフランスの間で和議
			内閣制度発足、初代総理大臣に伊藤博文就任
1886	明治19	光緒12	劉銘伝が生蕃の帰順工作を本格化する
1889	明治22	光緒15	大日本帝国憲法発布
1890	明治23	光緒16	教育勅語が発布
1891	明治24	光緒17	台北—基隆間に鉄道開通
			漢人による樟脳の生産が本格化
1893	明治26	光緒19	台北—新竹間に鉄道敷設
1894	明治27	光緒20	日清戦争勃発
1895	明治28	光緒21	日清両国が下関条約に調印。清国は朝鮮の独立を認め、遼東半島、台湾、澎湖諸島を日本へ割譲した
			台湾民主国が独立宣言するも、5カ月で崩壊
			日本軍、台北へ入城
1896	明治29		台湾総督府、台湾鉄道会社を設立
			山地資源保護のため撫墾署を創設

【関連年表】

		台湾—大阪の定期航路開設
		恒春—枋寮間の電線架設工事
1897	明治30	領台後の国籍選択自由の期限を迎える
		台湾アヘン令発布。アヘンを専売とする
		台湾全土を6県3庁に分ける
1898	明治31	児玉源太郎総督、後藤新平民政局長が就任
		台湾児童用の公学校と内地人用の小学校制度を公布
		新竹のカラバイ蕃を制圧
		沖縄県知事奈良原繁によって、琉球民遭難殺害事件の墓が、波の上の護国寺境内に移転建立される
1899	明治32	総督府、食塩と樟脳を専売制にする
		総督府、阿里山の森林資源に着目
1900	明治33	台湾製糖株式会社設立
1902	明治35	日英同盟締結
1903	明治36	照屋宏が台湾総督府工務課に赴任
		地租改正にともない、宮古島の人頭税廃止
1904	明治37	最初の蕃人児童教育所を嘉義州に開設
		日露戦争勃発
1905	明治38	総督府、この年の人口を303万9751人と発表
		日露戦争終結、ポーツマス条約締結

西暦年号	日本	台湾	事柄
1905	明治38		恒春蕃社の大頭目で、日本の信頼が篤い潘文杰が死去
1906	明治39		中部嘉義地方に大地震発生
			阿里山森林事業開始
			牡丹社事件に関わった軍人佐久間左馬太が、第5代総督に就任
1908	明治41		台湾縦貫鉄道が全線開通
1909	明治42		佐久間総督、理蕃5カ年計画を発表
			伊藤博文、ハルピン駅で暗殺される
1910	明治43		東部の花蓮庁に、初の日本人入植者
			韓国併合
1911	明治44		阿里山森林鉄道開通
1912	明治45		明治天皇崩御
			辛亥革命により中華民国成立
1914	大正3		佐久間総督、自らタロコ蕃を征伐
			第一次世界大戦勃発
1915	大正4		日本が対華21条を中国に要求
1918	大正7		台湾の中央山脈横断道路開通
			シベリア出兵
1919	大正8		最初の文官総督田健治郎就任
			ヴェルサイユ条約締結

【関連年表】

1920	大正9	台湾の地方制度を改革し、行政地域を5州、2庁に分ける
1921	大正10	台湾議会設置請願運動
1922	大正11	台湾教育令を改正。内地人と台湾人児童の共学実現
1923	大正12	摂政宮（のちの昭和天皇）台湾視察 台湾製糖技師鳥居信平が屏東県に地下ダム造る 関東大震災起こる
1925	大正14	磯栄吉ら、台湾の「蓬莱米」開発に成功 生存者の一人島袋亀が、照屋宏あてに恩人捜索願の手紙を出す 照屋宏が「牡丹社遭難懐古」と題した記事を、『台湾日日新報』と『沖縄朝日新聞』に4日間連載する 治安維持法発令 普通選挙法公布
1926	大正15	照屋宏、在台沖縄人に琉球墓改修寄付を呼びかける 大正天皇崩御 生存者の島袋亀が死去　享年76
1927	昭和2	台湾に初の合法政党誕生 台北帝国大学開学 在台湾沖縄県人会が統埔の琉球墓に墓名碑を建立
1928	昭和3	照屋宏らの尽力により、統埔の琉球墓の改修なる。恒春郡守を招いて式典を行う

西暦年号	日本	台湾	事柄
1930	昭和5		台湾総督府技師八田與一による烏山頭ダム完成
			セデック族が蜂起。霧社事件発生
1931	昭和6		満州事変起きる
			台湾でラジオ放送始まる
			第二次霧社事件が起きる
1935	昭和10		始政40周年記念博覧会が台北で開催
1936	昭和11		二・二六事件が起きる
1937	昭和12		台湾の大屯山、次高山、タロコ、新高山、阿里山が国立公園に指定される
			台湾で国語家庭の普及始まる
			日本軍が南京を占領
1938	昭和13		牡丹社事件の語り部マバリウ・バジロク（中国語名 華阿財）誕生
			国家総動員法が公布、戦時体制濃厚に
1939	昭和14		第二次世界大戦勃発
1940	昭和15		朝鮮人、台湾人の創氏改名
			日独伊三国同盟
1941	昭和16		日本軍、ハワイの真珠湾を攻撃
			皇民化教育、台湾で盛んになる
1942	昭和17		原住民青年らを高砂義勇隊として南方戦線に送る
			ミッドウェー海戦で日本軍惨敗

【関連年表】

1943	昭和18		台湾で海軍志願制度が始まる カイロ宣言で日本の敗戦処理を英米が協議
1944	昭和19		台湾人にも徴兵制実施 学童疎開、沖縄県民にも疎開令
1945	昭和20		台湾全島が米軍空襲を受ける 沖縄の地上戦で甚大な被害が出る 広島、長崎に米軍が原子爆弾投下、日本が無条件降伏 中華民国の国民党軍、台湾へ駐留 安藤総督、台湾の行政権を台湾省行政長官陳義へ委譲
1946	昭和21	民国35	在台日本人の引き上げがほぼ完了 昭和天皇が人間宣言 東京裁判開廷
1947	昭和22	民国36	二二八事件の引き金になった市民と憲兵との衝突が台北で起きる 蔣介石、援軍を送り市民の大虐殺開始 日本国憲法施行
1949	昭和24	民国38	台北地区に戒厳令発布 いわゆる白色テロが横行、以後多くの市民が犠牲に 中国から蔣介石はじめ、国民党軍とその関係者が台湾へ敗走。翌年にかけて約２００万の中国人が台湾へ 湯川秀樹博士が日本人初のノーベル賞受賞

西暦年号	日本	台湾	事柄
1951	昭和26	民国40	日本がサンフランシスコ条約を締結、台湾および澎湖島を放棄
1952	昭和27	民国41	日華平和条約締結
1953	昭和28	民国42	国民党政府が第一次四カ年経済計画を発表 朝鮮戦争勃発
1954	昭和29	民国43	国民党政府が原住民を9族に分ける
1956	昭和31	民国45	日本が国際連合に加盟
1960	昭和35	民国49	台湾の中部横断自動車道完成 日米安保条約新たに批准
1964	昭和39	民国53	東京オリンピック開催 米軍、ヴェトナムに空爆
1965	昭和40	民国54	台湾への米国経済援助が終了
1971	昭和46	民国60	中華民国、国連を脱退
1972	昭和47	民国61	日本が中華人民共和国と外交樹立　台湾と断交 沖縄が日本復帰を果たす
1975	昭和50	民国64	元高砂義勇隊のアミ族兵士、中村輝夫（スニョン）がモロタイ島より生還 沖縄県で海洋博覧会開かれる 蔣介石死去
1978	昭和53	民国67	蔣介石の長男の蔣経国が第六代総統に就任 又吉盛清が「琉球藩民五十四名墓」の現状を初視察

【関連年表】

西暦	和暦	民国	事項
1979	昭和54	民国68	アメリカ、台湾と断交 高雄で美麗島事件が起こる 琉球民遭難殺害事件の遺族、関係者が、初めて台湾統埔にある琉球墓へ墓参に出かけ、108年ぶりに先祖と対面
1980	昭和55	民国69	那覇市波の上護国寺内の「台湾遭害者之墓」を改修し、開眼式を執り行う。台湾から、救援者の末裔を招待
1982	昭和57	民国71	台湾の琉球墓の改修工事完了　沖縄から遺族と関係者が墓参
1984	昭和59	民国73	本省人の李登輝が副総統に就任
1987	昭和62	民国76	国民党政府、戒厳令を解除 中国大陸の親族訪問を許可 国鉄分割民営化
1988	昭和63	民国77	蔣経国死去。李登輝が初の本省人総統に
1989	昭和64	民国78	昭和天皇崩御、平成に改元
1990	平成2	民国79	国会改革の学生運動盛り上がる
1991	平成3	民国80	中国が海峡両岸関係協会を設立 日本のバブル経済崩壊
1994	平成6	民国83	（作家司馬遼太郎と対談した）李登輝総統、「台湾人の悲哀」と表明 憲法改正で、従来の「山胞」を「原住民」と改め明記
1995	平成7	民国84	松本サリン事件が起こる 李登輝が、国民党総裁として初めて「二二八事件」の謝罪を行う

西暦年号	日本	台湾	事柄
1995	平成7	民国84	阪神・淡路大震災起きる
			東京で地下鉄サリン事件起きる
1996	平成8	民国85	台湾出身の歌手鄧麗君（テレサ・テン）死去
			直接選挙で李登輝総統が第九代として再選される
1997	平成9	民国86	台湾中心の史観「認識台湾」を中学校に取り入れる
			宮古島の遺族関係者ら、第2回の琉球墓墓参を実施
1998	平成10	民国87	台湾省、省長、省議会の廃止
			長野で冬期オリンピック開催
1999	平成11	民国88	台湾中部でマグニチュード7・3の大地震。原住民居住区も大損害をこうむる
			国旗国歌法成立
2000	平成12	民国89	民進党の陳水扁が第十代総統に就任
2001	平成13	民国90	金門島、馬祖島と中国福建省との間で「小三通」解禁
			アメリカで同時多発テロ起きる
2002	平成14	民国91	台湾WTOに加盟
2003	平成15	民国92	台湾でもSARS猛威を振るう
			台湾、新旅券の発行
2004	平成16	民国93	陳水扁総統が第11代総統に再選される
			台湾で牡丹社事件130年記念シンポジウムが開催される
2005	平成17	民国94	国民党連戦主席が中国訪問

【関連年表】

			郵政民営化 愛知万博開催 牡丹社事件の和解を目的とした「愛と和平・和解の旅」実施 台湾側の関係者が沖縄県を訪問
2007	平成19	民国96	高鉄（台湾新幹線）開通 リーマンショックで株価急落 屏東県牡丹郷が宮古島に贈る「愛と和平の石像」が完成。台湾で贈呈式行う
2008	平成20	民国97	国民党馬英九が第12代総統に選ばれる 台湾と中国との交流や対話が広がる
2009	平成21	民国98	中国大陸からの投資を解禁
2010	平成22	民国99	原住民人口は全体の約2％の50余万人と発表 中国で台湾旅行ブーム
2011	平成23	民国100	東日本大震災発生。台湾から莫大な義援金が寄せられる 霧社事件を扱った映画『セデック・バレ』が日台でヒット 琉球民遭難殺害事件140周年を記念して、台湾で国際シンポジウムが開かれる。出席の遺族が牡丹社事件紀念公園に設置予定の説明文言の一部に異議を申し出る 統埔の琉球墓が、屏東県の県指定遺跡に認定 琉球朝日放送が「百四十年目の墓参」として、琉球民遭難殺害事件、および台湾出兵の番組を放映

西暦年号	日本	台湾	事柄
2012	平成24	民国101	馬英九総統が再選 日本が尖閣列島を国有化。中国、台湾ともに反発し、小競り合いが続く 宮古島市議の垣花健志氏が、一般質問で台湾の牡丹社事件紀念公園の説明板の表記についてただす
2013	平成25	民国102	日台漁業協定締結 中台サービス協定調印 富士山が世界文化遺産に登録
2014	平成26	民国103	屏東県牡丹郷に紀念公園と石門古戦場跡が完成 学生たちが中台サービス協定に反対し、立法院の議場を占拠
2015	平成27	民国104	若者たちが中心になって第三の政党「時代力量」が誕生 中国が台湾独立阻止を見据えた国家安全法を公布 馬総統と習近平国家主席がシンガポールで会談
2016	平成28	民国105	民進党主席の蔡英文が総統選挙で勝利 沖縄の「八重山台湾親善交流協会」が屏東県で音楽と舞踊による交流を行う 作家陳耀昌著『傀儡花』など、原住民視点の歴史小説が次々世に出る 日本企業シャープが台湾企業に買収される
2017	平成29	民国106	原住民作家巴代、牡丹社事件をテーマにした小説を出版
2018	平成30	民国107	豪雨、地震など自然災害相次ぐ 年金改革その他で蔡政権支持率降下

			沖縄の「台湾を学ぶ会」が牡丹社事件をテーマにした楽曲を制作、CD化（非売品）
2019	平成31	民国108	パイワン族の語り部、マバリウ・バジロク死去 屏東県政府により、牡丹社事件関連の遺跡復元・修復作業が始まる 屏東市で、国際学術研討会「南國與萬國的交会」が開かれる
2020	令和2	民国109	長崎市西小島に「長崎（小島）養生所跡資料館」が開設

◎撮影

黄智慧　又吉盛清　平野久美子

◎取材協力

屏東県政府文化処　屏東県牡丹郷公所　牡丹郷図書館　屏東県原住民文教協会　国立屏東大学　国立台湾歴史博物館　東龍宮　屏東県高士国民小学　中華民国（台湾）台北経済文化駐日処台湾文化センター　宮古毎日新聞社　宮古市立図書館　宮古市立下地中学校　那覇市文化財課　長崎税関　医療法人とよみ会仲宗根病院　公益財団法人三菱経済研究所付属三菱史料館　三菱重工業長崎造船所史料館　日本新聞博物館　同時代社

◎取材協力者

石羅界　包聖嬌　李中元　呉錦發　林思玲　柯清風　Mavaliu Vasirok（華阿財）　王美連　陳耀昌　陳来福　畢麗黎　黄智慧　張月環　曽龍陽　鍾勳興　Brian Burke-Gaffney　Nathalie Lacour　青山恵昭　秋山賢一郎　伊志嶺亮　垣花健志　平良幹雄　仲地清　仲宗根玄吉　野原耕栄　細川呉港　又吉盛清　南ふう　宮野照男　山口俊明　渡辺優

平野久美子（ひらの・くみこ）
作家。東京都出身。学習院大学仏文科卒業。編集者を経て1990年代末より執筆活動へ。学生時代から各国、特にアジアを巡り、その体験を生かして多角的にアジアと日本の関係をテーマに作品を発表。台湾の日本統治時代に関心が深く、取材を続けている。主な著作に『淡淡有情』（小学館ノンフィクション大賞）『トオサンの桜』（小学館）『中国茶 風雅の裏側』（文春新書）『水の奇跡を呼んだ男』（産経新聞出版、農業農村工学会著作賞）『テレサ・テンが見た夢』（ちくま文庫）『台湾世界遺産級案内』（中央公論新社）など。日本文藝家協会会員、一般社団法人「台湾世界遺産登録応援会」顧問。

牡丹社事件　マブイの行方
日本と台湾、それぞれの和解　増補版

令和三年（2021年）5月11日　第2刷増補版発行

著者――――平野久美子
発行者――――川端幸夫
発行――――集広舎
〒812-0035 福岡市博多区中呉服町5番23号
電話 092（271）3767　FAX 092（272）2946
https://www.shukousha.com/
装丁――――design POOL（北里俊明・田中智子）
増補版 DTP――――Jarzyna
印刷・製本――――モリモト印刷株式会社

ISBN978-4-86735-010-2 C0095